文春文庫

孔丘

上

宮城谷昌光

文藝春秋

上●目次

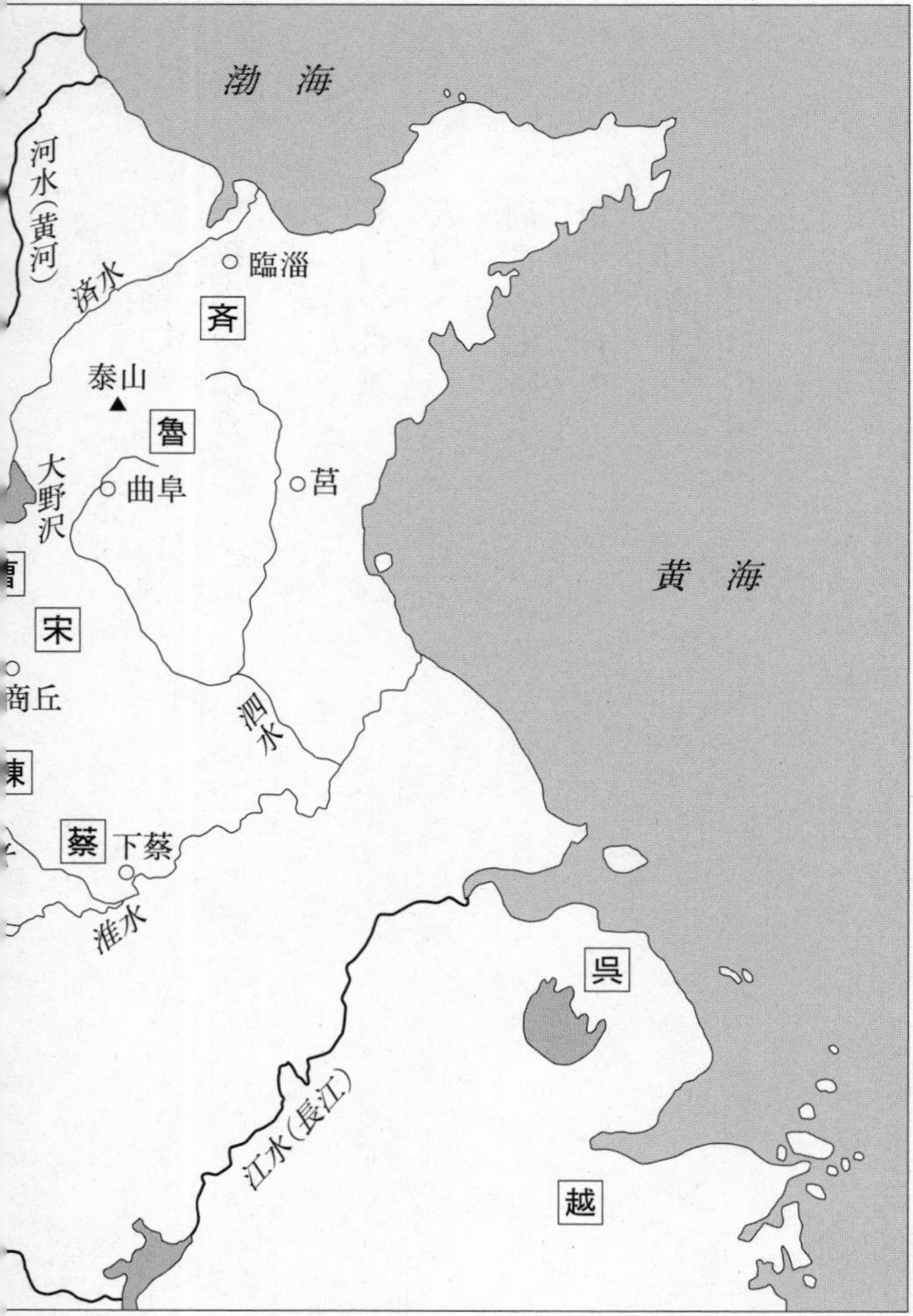
渤　海
河水(黄河)
済水
臨淄
斉
泰山
魯
大野沢
曲阜
莒
黄　海
宋
商丘
泗水
蔡
下蔡
淮水
呉
江水(長江)
越

春秋時代概念図

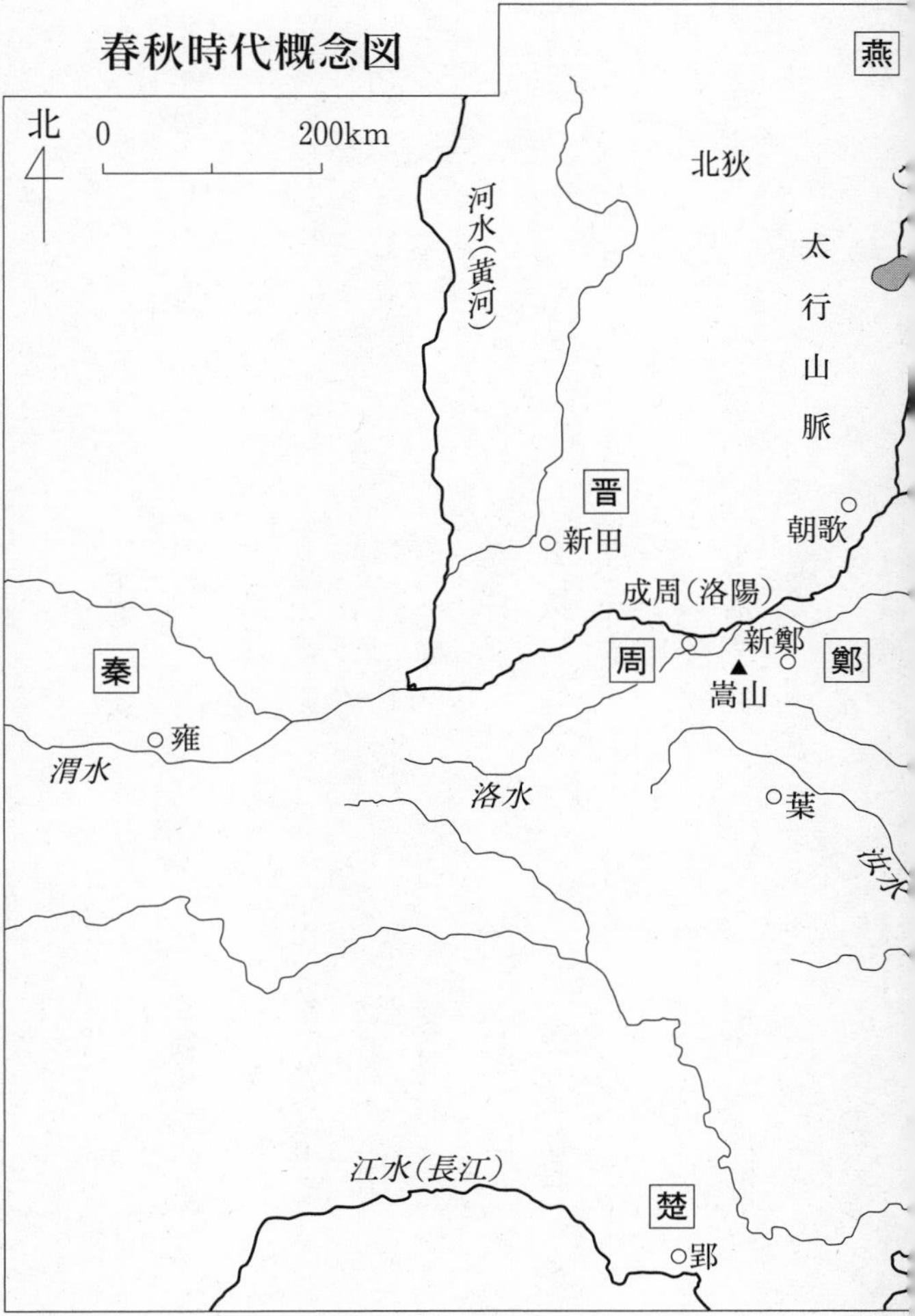

下巻　目次

孔丘　上

盛り土

さわさわという音が近づいてくる。

その音は、翠天《すいてん》を急速に翳《かげ》らせるひろがりから落ちて、風に翻弄《ほんろう》されながらも、樹木を打ち、地をうがつほどの強さの到来を予感させる。

「先生、雨です――」

閔損《びんそん》の声である。この童子《どうし》は家の外の気配をうかがっていた。

――雨か……。

意外であった。葬地である防《ぼう》山にいたときは、おだやかに晴れていた。母の遺骸《いがい》を斂《おさ》めた棺《ひつぎ》を父の墓に合葬する際に、このおだやかさは母の徳のせいであろう、と感じた。だが帰宅して一時《いっとき》ほど経《た》つと、あたりは暝《くら》くなった。

孔丘《こうきゅう》の胸裡《きょうり》も翳りはじめた。

「たれか、帰ってきたか」

この孔丘の問いに、すぐには答えなかった閔損は、雨の音が烈しくなってから、

「まだ、どなたも──」

と、いった。このとき九歳である閔損は、成人となってから、

「子騫《しけん》」

というあざなをもち、孝子、として知られる人物になる。いまはそういう年齢でありながら、この童子は孔丘の内弟子である。閔損はすでに不遇《ふぐう》である。生母が亡《な》くなったあと、父が継妻《けいさい》を娶《めと》った。閔損の継母となったその女には非情なところがあり、前妻の子である閔損を疎《うと》み、孔丘のもとにやってきて、

「この子は、学問ずきです。穀物をお送りしますので、先生にあずかっていただく、ということが、できましょうか」

と、なかば強引に閔損を押しつけた。

女の表情からは人を不快にさせる冷酷さと、閔損の表情からはきわめて濃い不安とを感じとった孔丘は、すぐさまその家庭内の複雑さを察知した。

井戸に落ちようとする子を救いたい、とおもう感情のことを、惻隠《そくいん》の情《じょう》、というが、そのことばは孔丘が発明したわけではなく、はるかのちの思想家である孟子《もうし》によって造《つく》られた。が、幼い閔損を視《み》た孔丘がおぼえた憐憫《れんびん》は、惻隠の情に比《ちか》い。

──この子を救えるのは、自分しかいない。

強い直感であった。同時に、孔丘は自分の子を想《おも》った。すでに、

「鯉《り》」

という幼児をもっていた孔丘は、鯉の話し相手に閔損がふさわしいとも想った。そこで、難色《なんしょく》を示すことなく、

「いいですよ」

と、あっさり閔損をあずかった。このときから、謙虚さと篤実《とくじつ》さを性質にそなえているこの夭《わか》い内弟子は、孔丘の思想の成熟と強烈な感情を全身で吸収することになった。

「遅い――」

孔丘ははじめて苛立《いらだ》ちをみせた。

葬儀というのは、埋葬をすませばそれで完了というわけではない。孔丘が葬地に弟子たちを残して、ひと足さきに帰宅したのは、虞《ぐ》祭の準備のためである。埋葬を午前のうちにおこない、午後に死者の霊を祭って安息せしめるのが虞祭である。その虞祭をおこなうために弟子たちとともに葬地から引き揚《あ》げるつもりであった孔丘は、急に、

「盛り土をしてくれまいか」

と、弟子たちにたのんだ。古代から、庶民の墓には、標柱《ひょうちゅう》を建てず、盛り土もしない。しかし孔丘の父は、

「孔紇《こうこつ》」

と、いい、叔梁紇《しゆくりようこつ》という通称をもち、魯《ろ》国内の勇者として知られ、陬邑《すうゆう》を所有した小領主であったのだから、庶民ではない。当然、父の墓は平坦ではなく、多少の隆起をもっていた。その近くに母の棺を沈めたあと、

——これでは、母の墓は、みつけにくい。

と、感じた孔丘は、土を盛ることをおもいついた。勇者・叔梁紇の妻であった母に、それくらいはゆるされてよいであろう。ただし、このおもいには孔丘の恚憤《いふん》がこめられている。けっして幸せであったとはおもわれない母の生涯を悼《いた》む最大の手当《てあて》が、この盛り土である。

——母は犠牲《ぎせい》のようなものではなかったか。

その結婚は、想像するしかなく、また想像したくない悁《くら》さをもっている。すべては孔紇の都合《つごう》による娶《しゆ》嫁《か》であった。すなわち孔紇は六十歳をすぎてもあとつぎの男子を得られなかった。女《むすめ》ばかりを視て嘆息した孔紇は、あらたな妻を求めた。数年のあいだにいろいろな家にあたったであろうが、その求婚の矢は顔《がん》家にむかっても放たれた。当時、顔家には三人の女がいた。父にさとされた長女と次女は、即座に顔をしかめて、

「いやです」

と、答えて、顔をそむけた。六十数歳の老夫に、肌を合わせることを想えば、ぞっ

とする。しかしながら末女の顔徴在《がんちょうざい》だけは表情も態度も変えず、意を決したように、

「わたしが参ります」

と、けなげに答えた。父の苦しげな顔をみて、孔家からの求めをことわりきれぬ事情があることを察した。

が、のちのことを想えば、これは不幸な決断であった。

まずこの結婚は、媒人《ばいにん》（仲人《なこうど》）を立てる正式な結婚ではなかったので、口の悪い人には、

「野合《やごう》」

と、ののしられた。顔徴在の生家が貧しく、祈禱《きとう》や祭礼あるいは葬式にかかわるなりわいをしており、また老齢になって嫩《わか》い女を求める孔紇のありようも、世間の顰《ひん》蹙《しゅく》を買ったということである。

さらに、媒人なしで孔家にはいった顔徴在は、継妻と認められず、下女同然にあつかわれて、つらい毎日をすごすことになった。

おどろいたことに、孔家には妾《しょう》として別の女がいた。なんとその女はすでに男子を出産していた。ちなみに、その男子は孟皮《もうひ》という。

——あとつぎの男子がいるのに、なぜ、いまさら……。

唇を嚙《か》んだ顔徴在の心の問いが、きこえたかのように孔紇は、

「これでは、あとつぎにできぬ」

と、幼児の足を指した。その幼児は足に障害をもっていた。

「そなたが、あとつぎを産むのだ」

これは、はげましではない。ことばによる打擲《ちょうちゃく》であった。あとつぎにふさわしい男子を産むためにきた女が、男子を産まなければ、家畜にも劣る、といわんばかりであり、実際にそういったかもしれない。あまりのつらさに、顔徴在は近くの尼丘山《じきゅう》にむかって禱《いの》った。どうか男子をさずかりますように、と願ったというより、自身のつらさを山に訴え、救いを求めたのかもしれない。

ついに顔徴在は男子を産んだ。

孔丘の誕生である。

生地は孔家のある魯国・昌平郷《しょうへいきょう》・陬邑《ゆう》ということになっている。ただしこの表記は後世の書式によるであろう。もともと邑とは、くに、と訓《よ》み、時代が下っても、むら、とは訓まず、まち、と訓む。むら、と訓むのは、はるかのちである。むらには鄙《ひ》という文字があてられる。郷もあやしい。鄙より大きい集落は、聚《しゅう》と書くのがふつうである。それより大きいのが邑であり、邑のなかでも大規模なものを都《と》という。

それはそれとして、孔丘の名は、尼丘山から一文字を採《と》ってつけたことはまちがいない。子の命名権は父がもつのに、ひごろ引きぎみの母の意望がここにだけ強くまえにでたと想ってよい。顔徴在が尼丘山にむかって必死に禱って男子を得たことなど、孔紇は知らなかったはずだからである。

孔家のあとつぎとなった孔丘であるが、まったく父の容姿を知らない。父は、孔丘が三歳のときに亡くなってしまった。

その後、母の顔徴在は孔丘を残して孔家を去った。正妻の腹から生まれた女たちもいる孔家にあっては、さまざまな折り合いの悪さがあったにちがいない。

家のなかに母がいないという衝撃は、孔丘にとって大きかったが、二度と母に会えないわけではないことを、下働きの者からおしえられた。母の実家のある集落は、近くはないが遠くもないと知った孔丘は、しばしば孔家と顔家を往復した。顔家にある祭器をいじって遊んだ。

母は死ぬまで、夫であった孔紇について、孔丘に語らなかった。その墓地の所在さえおしえずに逝《い》った。それだけでも、孔家でうけたしうちのむごさが想像を超《こ》えるところにあった証左であろう。

「勇者とよばれた男の、どこが偉いのか。死んでしまえば、上からも下からも、わずかな称揚《しょうよう》も寄せられなかったではないか」

武勇を烈しく憎む母の本心の声とは、それであろう。勘《かん》のするどい孔丘は母の憎悪の的《まと》がなんであるのか、十歳になるまえに気づいた。それゆえ、十五歳になったとき、自分はけっして武人にはなるまい、学問で身を立てるべく懸命に学ぼう、という志《こころざし》をもった。この立志《りっし》は、精神的な企望《きぼう》というより、母の偏向《へんこう》的な感情を批判することなくひきついだといったほうがよいであろう。

――母に正しさがある。

そう認めたかぎり、孔丘はおのれの生きかたにおいて、母を擁護《ようご》しつづけなければならない。まず孔丘は身近にある知識を全力で獲得しようとした。その知識とは、祭《さい》祀《し》と葬儀の礼法である。口伝《くでん》だけではわからないため、書物も読んだ。それは独学に比い。そういう歳月を十年ほど積み重ねた二十四歳の春に、母が逝去した。

――さて、どこに葬ったらよいか。

さしあたり母の遺骸を五父《ごほ》の衢《く》へはこんで、殯葬《ひんそう》をおこなった。五父の衢は、首都の外にあり、共同墓地をそなえた公園であると想えばよいであろう。殯葬は一定の時間、遺骸を安置しておくことであるが、死者の身分が高ければ高いほどその時間は長い。当然のことながら一国の君主が薨《こう》じたあとの殯葬が最長で、往時、魯の隣国である斉《せい》の君主の桓《かん》公が死去したあと、内乱が生じて、その遺骸は納棺《のうかん》されず、六十七日も牀上《しょうじょう》にあったため、腐敗がすすみ、虫がわいて戸外までできたという話がある。孔丘は殯葬を終えたら母を共同墓地に埋葬するつもりであった。

そこにひとりの老婆がやってきた。

陬の鄙人《ひじん》であるので、顔は知っている。

「せっかく孔家の墓があるのに、ここに埋葬するつもりかえ」

と、老婆はいった。

「えっ、父の墓をご存じですか」

孔紇がどこに葬られたのか、成人となった孔丘におしえてくれる者は、たれもいなかった。義姉《ぎし》はとうに他家に嫁して、家に残ってはいない。

「ああ、知っている。防山にあるのさ」

墓の位置をくわしく説《と》いてくれた老婆の家は、葬儀があれば人をだし、いまでもその子は葬儀の際に車を輓《ひ》いている。

「おしえてくださって、感謝します」

一礼した孔丘の胸裡に、にわかに迷いが生じた。

――あれほど嫌った父の近くに母を埋葬してよいのだろうか。

迷いぬいた孔丘は、自分が孔紇と顔徴在とのあいだに生まれた子であるかぎり、母を父の墓に合葬すべきであると決めた。それゆえ殯葬を終えた孔丘は、多くない弟子とともに、母の遺骸を防山にはこんで埋葬した。それだけではなく、母の墓の所在がすぐにわかるように、盛り土をさせた。弟子のひとりである曾点《そうてん》が、

「どれほどの高さにしましょうか」

と、問うた。すかさず孔丘は、

「四尺《せき》でよい」

と、指示した。この時代の一尺は、現代の二十二・五センチメートルにあたる。もともと尺とは、指を最大にひろげた長さのことで、手の大小によって長さがちがう、と想うほうが正確な理解のしかたであろう。それではわかりにくいとなれば、ここでの孔丘は、

「高さは、九十センチメートルでよい」

と、いったと想えばよい。たいした高さではない。むずかしい作業を弟子たちにおしつけたくない孔丘は、その高さなら早く作業も終わるであろう、という予想をもって、独《ひと》りで帰宅した。ところが、弟子たちはなかなか帰ってこなかった。

ふりはじめた雨は、豪雨になった。

「みなさん、お帰りです」

雨の音に消されそうな閔損の声をきいて、颯《さつ》と腰をあげた孔丘は、すこし趨《はし》って戸口に立った。

雨が舞い込んできた。

同時に、ずぶ濡《ぬ》れの弟子たちが家のなかに走り込んできた。

顔の雨滴《うてき》を片手でひとぬぐいした弟子の秦商《しんしょう》が、

「先生、盛り土が……」

と、喘ぐようにいい、口をゆがめた。秦商は成人になったばかりで、あざながある。子丕（あるいは丕茲）という。かれの横で、土間に両膝をついた曾点が、孔丘のほうには顔をむけず、地にものを吐くように、

「せっかくの盛り土が、雨で、崩れてしまいました。それでも、なんどもこころみたのです」

と、いい、くやしげに両膝を拳《こぶし》でたたいた。

——そうであったのか。

無言のまま弟子たちの説明をきいていた孔丘は、肩をおとして、涙をながした。墓の盛り土に関しては、昔からしきたりがある。盛り土をおこなうのは一度だけで、あとで修築してはならない。今日の豪雨で盛り土がながれてしまったとなれば、もはや永久に墓は平坦のままである。

「よけいなことをしなくてよい」

孔丘は雨の音より強い母の声をきいたような気がして呆然《ぼうぜん》と坐り込んだ。

埋葬が終わったあとには、喪《も》に服する期間がながながとある。

人にとってもっとも尊貴なのは父母であり、仕えている主人や君主ではない。この考えかたは時代にかかわらず厳然とある。父母がいなければ、自分はこの世に存在し

ない。その事実を最重視するのである。この思想は、おそらく周《しゅう》王朝が血を尊んだところから発している。血胤《けついん》における嫡庶《てきしょ》をやかましくいうようになったのも周王朝からである。ちなみに殷《いん》（商《しょう》）王朝を倒して成立した周王朝は、首都の位置によって時代が分けられる。首都が西方の鎬《こう》にあったあいだを西周《せいしゅう》といい、首都が東方に遷《うつ》って成周《せいしゅう》となってからを東周《とうしゅう》という。孔丘が生きているのは、東周時代である。

父あるいは母の喪に服するのは、あしかけ三年（より正確には二十五か月）である。孔丘にとってそれは母を偲《しの》びつづけるための期間ではあるが、喪が明けてからの就職を想うと、かれの胸は不安で翳らざるをえない。

自分の妻子だけではなく、義兄の家族をも養ってゆかねばならないのである。

孔家は貧しい。当主であった孔紇が亡くなったあと、孔家は大きいとはいえない領地を公室に返上した。家のあとつぎが三歳では、領地の継承は認められなかった。十歳をすぎると急に身長が伸び、大人にまじって労働をしてもとがめられなかった。葬《そう》穴《けつ》を掘る仕事はいくどとなくした。埋葬をふくめて葬儀を請け負《お》う者たちを、

「儒《じゅ》」

という。かれらのすべてが礼儀正しく、清貧《せいひん》にあまんじているわけではない。どこかの家で死去した者があったときけば、

「葬式だ、葬式だ」

と、手をたたいて喜び、埋葬を終えたあとに仲間を集めて盗掘をおこない、高価な副葬品を入手してひそかに売りさばいた者たちもいる。そういう事実があるかぎり、儒者は卑陋《ひろう》な者として世間からさげすまれている。

——わたしも儒者か。

葬儀にかかわる仕事をするたびに、孔丘はやるせなげに首をふった。しかしながら、身分の上下にかかわらず、人の死とは厳粛《げんしゅく》なものであり、それを正しい葬礼によって保ち、紊《みだ》さぬようにするのが、儒者の本来のありかたではないか。そうおもった孔丘はまず葬礼について精究《せいきゅう》しようとした。母に問うただけではなく、顔氏一族の長にも会わせてもらい、真剣に学んだ。のちに孔丘は、

「三人で行動すれば、かならず師を得る。善《よ》いとおもった者をみならい、善くないとおもった者をみて、おのれを改めればよいからだ」

と、いった。あえていえば、孔丘にとってすべての人が師であった。どのような境遇にあろうとも、死ぬまで学びつづけるという心構えは、まさしく死ぬまでくずれなかった。

このたぐいまれな好学心は、十歳まえの孔丘に大冒険をさせたことがあった。

「延陵《えんりょう》の季子《きし》が旅行中に長男を喪《うしな》った」

というううわさを耳にしたからである。孔丘は、延陵の季子ほど博識の貴人がどのよ

うな葬礼をおこなうのか、観《み》たい、とおもった。

孔丘が幼いころに、中国における最高の教養人は、鄭《てい》の執政《しっせい》の子産《しさん》と呉《ご》の公子の季子である、と断言してよいであろう。鄭という国は、中華のなかの中心に位置して、東周時代になってからもっとも早く栄えた文化国家であるので、子産のような卓抜《たくばつ》した頭脳が生まれてもふしぎではない。ところが、呉の国ははるか南にあって、

「あの国の人々は、ろくに衣服を着ないで、髪を短く切り、身には入《い》れ墨《ずみ》をしている」

と、想われ、礼儀をまったく知らない野蛮国だ、とさげすまれていた。その国の王の弟で、延陵という地に食邑《しょくゆう》をもっていたのが季子である。かれは呉に新王が立ったことを中原《ちゅうげん》諸国に告げるべく、まず魯に表敬訪問にきた。周の伝統を守りぬいているという誇りをもつ魯の大臣たちは、季子が無知な公子であろうとひそかにあざわらい、古い舞曲をきかせて、まごつかせ、恥をかかせようとした。ところが季子はことごとくその曲名をいいあてたばかりか、深い解釈を披露《ひろ》したので、大臣たちはいちように驚嘆し、居ずまいをただした。

季子の評判はまたたくまに国内にひろまった。

魯をはなれた季子は、隣国である斉へ往った。そこからひきかえし、魯を通って鄭へ往く予定であった。ところが斉をでるまえに、随行《ずいこう》させてきた長男を病気で喪った。

「その葬礼を観たいのです」

孔丘は地を踏みならして母に訴えた。眉《まゆ》をひそめた母は、

「どこへ往けば、それを観ることができるのですか」

と、問うた。

「嬴《えい》と博《はく》のあいだだそうです」

孔丘の答えをきいた母は、おどろき、あきれた。その二邑は、魯の国境に近いとはいえ、斉の国に属している。童子が歩いてゆくには遠すぎる。それを想って、なりませぬ、といいかけた母は口をつぐんだ。延陵の季子は、いわば雲の上の人で、庶民がどれほど背のびをしても観ることはできない。しかし旅途《りょと》での葬儀であれば、見学がゆるされるのではないか。わずかに観るだけでも、人の生涯にとって宝物になりうる光景はある。幼年ながら志望の方向がはっきりしている孔丘のために、ここは冒険させてもよいと考え直した母は、

「わかりました。でも、独りでは危険ですし、徒歩では、埋葬にまにあわないでしょう」

と、いい、顔氏の族人のひとりに懇願《こんがん》し、付《つ》き添《そ》いを兼《か》ねて馬車をだしてもらった。

魯の国の外にでたことのない孔丘にとって、これは胸がときめく旅であった。幸運なことに、かれは季子がおこなう埋葬にまにあった。見物人はさほど多くなかったの

で、かれはまえにでて、食《く》い入《い》るようにみつめた。

掘られた葬穴は、水がでるほど深くはなかった。季子は遺体を特別な衣服でくるまず、季節に適《あ》った衣服をかけただけであった。その遺体を棺に斂めて、地中に沈めたあと、土を盛った。盛り土は低かった。

――目印は、要《い》らないということか。

つまり、季子は二度とここにはこない、と想った孔丘は、泣きそうになった。

季子は左袒《きたん》をおこなった。左の肩を肌ぬぎしたのである。

――あれ……、吉礼のやりかただ。

一瞬、孔丘は困惑した。凶礼は、右の肩の肌ぬぎをすべきなのである。疑念をかかえた孔丘は、右まわりに墓をまわる季子を見守った。右まわりは凶礼に適っている。

それから季子はみたび哭《な》き、こういった。

「骨肉が土に復《かえ》るのは、天命である。だが、魂気《こんき》はどこにでもゆける。どこにでもゆける」

ほどなく季子は去った。

しばらく孔丘はたたずんでいた。左袒は、季子がまちがったわけではなく、長男の死を不幸とみなさず、魂が骨と肉から解放されて自由に動きまわるようになったことを祝う心づかいの表れである、と解したのは、それから十数年後である。

二十歳をすぎて、孔丘ははじめて弟子をもった。孔丘が葬祭における礼法を教えてくれるというので、数人の若者が集まった。ほぼ同時に、孔丘は吏人《りじん》に採用された。

喪中の光明

穀物倉の出納《すいとう》係りを、委吏《いり》という。

孔丘《こうきゅう》はそれになった。

委吏は下級役人にすぎない。とはいえ、吏人《りじん》に採用されるには、どこかに推薦《すいせん》者がいたにちがいない。その者は孔丘をじかに観察したというより、孔丘の父の勇者ぶりを知っていて、

「そういえば、叔梁紇《しゅくりょうこつ》は晩年に男子を儲《もう》けた、ときく。その男子は、もう二十歳をすぎたのではないか」

とでもいい、官府に採用をもちかけたのではあるまいか。

多かれ少なかれ、子は親の徳の影響下にある。

叔梁紇すなわち孔紇《こうこつ》は、魯《ろ》の戦史における伝説の人である。

孔丘が生まれる年より十二年まえに、

「偪陽《ふくよう》」

において戦いがあった。偪陽は国名である。しかも、めずらしい妘姓の国である。ちなみに妘は、邧《うん》あるいは云《うん》とも書かれる。

往昔《おうせき》、周《しゅう》の武《ぶ》王が殷《いん》の紂《ちゅう》王を伐《う》とうと挙兵したとき、武王を援《たす》けるべく集合した諸侯の数は八百であった。殷を倒して革命を成功させた武王が、その八百の君主をのこらず封建したとはかぎらない。が、数百の君主に建国をゆるしたと想《おも》ってよい。その後、周の首都が東へ遷《うつ》ってからも、存続しつづけた国は百四、五十をかぞえ、それから漸減《ぜんげん》した。

偪陽のような小国がその年まで存続していたことに、おどろくべきかもしれない。

妘姓というのは、古代の火神である祝融《しゅくゆう》から発した姓で、その子孫たちが建てた国は、偪陽のほかに、

夷《い》　檜《かい》　鄅《う》

という三国が知られている。いずれも小国で、発展することなく、歴史のかたすみで摩耗《まもう》してゆくことになるが、偪陽の滅亡だけはちょっとした華やぎがあった。魯からみて東南に位置するこの国の不幸は、さほど遠くない柤《さ》という地で諸侯会同《かいどう》がおこなわれたことである。

諸国の君主（あるいは大臣）が集まって盟約を交わす会を、諸侯会同という。そういう会を主催できる強国はふたつあり、北の晋《しん》と南の楚《そ》がそれである。東周時代がはじまったときから、この世でもっとも尊貴である周王は、天下経営の威権を失いつつあった。そのため諸侯は盟主を必要とした。中原《ちゅうげん》と河北の国々は、晋という超大国に恃《たの》み、その盟下にはいった。南方にあって蛮荒《ばんこう》の国とみなされていた呉《ご》が、寿夢《じゅぼう》という名君を戴《いただ》くようになって急速に隆昌《りゅうしょう》した。ちなみに寿夢は延陵《えんりょう》の季子《きし》の父である。南方に位置する国々は楚にすり寄るはずであるが、呉はちがった。この国は周王室から岐《わか》れでたという伝説をもち、しかも楚と反目しあっているということで、晋と盟《ちか》おうとした。

喜んだ晋の君主と大臣は、諸侯を引率《いんそつ》して、寿夢を迎えるべく、祖まで南下してその到着を待った。かなりの厚意といってよい。晋としては、呉を同盟国にすれば、その隣国である楚を牽制《けんせい》してくれるので、おのずと楚の北進の速度がにぶると予想される。北へ北へと勢力をのばしてきた楚との大戦を経験してきた晋には、もう楚とは戦いたくないという気分がある。

寿夢との会見が終わったあと、晋のふたりの大臣が、

「偪陽は、この会同に、君主どころか卿《けい》もよこさなかった。不敬の極《きわ》みである」

と、恚怒《いど》をあらわにした。卿は参政の大臣をいう。卿のなかで最上位にいる執政《しっせい》を

正卿《せいけい》という。

さらにそのふたりの大臣は、そのような無礼な国は、この際、討伐すべきである、と主張した。このとき、晋の正卿は荀罃《じゅんおう》であり、かれは、

「偪陽の城は小さいとはいえ、守りは堅固である。それに勝ったところで武勇をたたえられることはなく、もしも勝てなかったら、笑いものになるだけだ」

と、難色を示した。だがかれはふたりの強い主張に押しきられて、やむなく偪陽攻めを諸侯に命じた。より正確にいえば、荀罃の決定をうけた晋の君主（悼《とう》公）が諸侯に命じたのであるが、それは形式にすぎず、実質的には大臣の威権が君主をしのいでいる。極端なことをいえば、晋の正卿である荀罃が天下の経営権をにぎっていた。

諸侯は軍旅を率いて会同に参加しているのである。それゆえ会同の地には各国の旗が林立し、あたかも彩雲《さいうん》がたなびいているようであった。それらが移動して、偪陽へむかった。

なにしろこのとき、集合した国は、晋、魯、宋《そう》、衛《えい》、曹《そう》、莒《きょ》、邾《ちゅ》、滕《とう》、薛《せつ》、杞《き》、小《しょう》邾《ちゅ》、斉《せい》、呉という十三国で、帰国した寿夢をのぞく君主たちが、兵馬を偪陽に寄せたのであるから、偪陽にとってはむごい防戦となった。だが、城兵は数万の敵にひるまず、けなげに戦いつづけた。あせりはじめたのは、諸侯連合の軍である。

あるとき、突然、城門がひらいた。

たまたまそれをみつけた城外の兵は、

――城内に内応者がいたのだ。

と、喜び、遮二無二《しやにむに》前進して、門内に突入した。そのなかに孔紇がいたということは、魯軍の陣に近い城門がひらき、おもに魯兵が門内になだれこんだと想ってよいであろう。

が、城門がひらいたのは城兵がしかけた罠《わな》で、ほどなく城門を閉じて、突入してきた数十の兵の退路をふさぎ、かれらをみな殺しにするつもりであった。

門は閉じられた。

――しまった。はかられた。

侵入した兵はおのれの軽率《けいそつ》さを悔《く》やんだ。が、どうすることもできない。かれらの大半が、ここが死に場所になる、と観念したであろう。

そのとき、孔紇が信じがたい剛力を発揮した。なんと独《ひと》りで門扉をもちあげたのである。脱出孔ができたため、うろたえていた兵はいっせいにしりぞき、門外に走りでた。いうまでもなく、孔紇が死地を脱した最後のひとりとなった。この豪挙《ごうきょ》は魯の陣のなかでたたえられたが、かれらよりも大いに感嘆したのは城兵であったろう。

しかしながら、孔紇よりも高く驍名《ぎょうめい》を揚《あ》げたのが、秦菫父《しんきんほ》である。

ある日、城壁の上から布がたらされた。この布をつかんで登ってこい、という城兵

の挑発である。多くの兵がそれを眺めたが、たれも近づかず、むろん手もださなかった。それをみていた魯軍の秦菫父が、

——これでは城兵にあなどられる。

と、発憤し、ひとりおもむろに歩をすすめて、布をつかみ登りはじめた。それだけでも衆目《しゅうもく》をおどろかす壮胆《そうたん》の行為である。

城壁の最上部は埤《ひめがき》になっており、あとすこしでそれに手がとどくところで、布が切られた。秦菫父はまっさかさまに墜《お》ちた。しばらく気を失っていたが、意識をとりもどすと、ふたたび布をつかんで登った。秦菫父はまた墜ちた。おなじことが三度くりかえされたのち、布はたらされなくなった。城兵がその勇気に驚嘆したといってよい。

「どうだ、みたか」

秦菫父は切り落とされた布をまとって、三日間も、おのれの勇を自軍に吹聴《ふいちょう》してまわった。

四月の上旬にはじめた城攻めが、五月にはいっても埒《らち》があかなかったので、

——なんたるだらしのなさか。

と、荀罃はふたりの大臣にむかって机《き》（ひじかけ）を投げつけるほど怒り、

「七日経《た》っても勝たなければ、城攻めをいいだしたなんじらに死んでもらうぞ」

と、すさまじく叱呵《しっか》した。この激怒が偪陽の城を陥落させたといってよい。落城と

ともに、偪陽という国も消えた。

魯軍が帰国してから、秦菫父は、魯の卿のひとりである仲孫蔑《ちゅうそんべつ》（諡号《しごう》は献子《けんし》）の車右《しゃゆう》に抜擢《ばってき》された。車右というのは、主君の兵車に乗り、主君の右に立って護衛をおこなう勇者のことで、参乗《さんじょう》ともいう。武人としての名誉は最上級である。多くの兵のいのちを救った孔紇を超《こ》えて秦菫父が実利を得たのは、その場の実況を目撃した者の数の衆《おお》さによるであろう。

ところで、孔紇と秦菫父は戦友ということになるのか、秦菫父の子である秦商《しんしょう》は、よく孔家に遊びにきた。秦商は十代のなかばになったころ、

——仲《ちゅう》さんは、武人にならないのか。

と、衝撃をうけた。孔丘は次男なので、幼少のころから、仲、とよばれた。成人になってからのあざなは、

「仲尼《ちゅうじ》」

である。かれは二十歳になるまえに、その身長は九尺《せき》六寸（二メートル十六センチ）に達していた。堂々たる体軀《たいく》である。鄹《むら》の人々は孔丘をみて、

「長人《ちょうじん》」

と、おどろきをこめていった。

孔丘は軽々と矛《ほこ》をふりまわせる膂力《りょりょく》をもっていながら、その特徴《とくちょう》を活《い》かそうとせず、

書物を蒐め、人に頭をさげて、葬祭の礼法を究明しようとしていた。秦商はその意望と知識欲のすさまじさに打たれた。そこで、

「わたしは葬礼などはくわしく知りたいとはおもわないが、礼儀については知りたい。教えてくれないか」

と、いい、孔丘に師事した。ただし秦商は孔丘の弟のような気分で接してきたので、はじめは師事するというより兄事《けいじ》するといったほうがよいかもしれない。かれもまた武人として勇名を馳《は》せた父の生きかたに多少の疑問をもっていたとおもわれる。

なにはともあれ、秦商は孔門における最古参の弟子である。

孔丘が若者たちに教えはじめたころに限定して、ほかの弟子についていえば、曾点《そうてん》、顔無繇《がんむよう》などの名が知られている。

曾点は皙《せき》（または子皙《しせき》）というあざなをもつことになるが、かれの子が曾参《そうしん》（あざなは子輿《しよ》）である。顔無繇は顔氏の族人の子といってよく、孔丘の母を知っていた関係で、昔から孔丘から遠くないところにいた。かれのあざなは路《ろ》または季路《きろ》といい、孔丘より六歳下である。おそらくかれの家は儒《じゅ》に属していて、顔無繇は十代のなかばで孔丘に就《つ》いて葬礼を知ろうとしたのであろう。ちなみにかれの子が顔回《がんかい》（あざなは淵《えん》または子淵《しえん》）である。

孔丘は熱血の教師である。

「よいか、礼は、はるか上にも、はるか遠くにもなく、近くにある。あえていえば、礼は飲食にはじまる、と想いなさい」

かれは太古の飲食のしかたを説《と》き、時代の推移にともなうその変化を述べ、正しい飲食器の置きかたまで、こまかく語った。弟子たちの、なぜ、という問いに、合理的に答える方法はそれしかない。古きを温《たず》ねなければ新しさを知ることができないのである。そういう研覈《けんかく》をつづけるかぎり、礼の範囲を超えた故事にくわしくなるのは当然であった。

しかしながら孔丘はおもいがけなく委吏に採用されたため、弟子に教える時間を多くとれなくなった。

孔丘は勤勉な役人となった。まったく不正をおこなわず、穀物を出納する際には、料《はかり》と量《ます》のあつかいも正確でしかも公平であった。その勤めぶりは評判となり、その好評が上にもとどいたのか、職を遷された。

司職《ししょく》の吏に任じられた。

牛馬の飼育係りである。より正確にいえば、馬、牛、羊、鶏《にわとり》、犬、豕《ぶた》という六畜《りっきゅう》を飼育するのである。食用のためではない。祭祀《さいし》用の犠牲《ぎせい》にするためである。神にささげる動物は美しいものでなければならない。それがわかれば、その飼育がたやすいわけではないことに気づくはずである。孔丘は犬が好きで、実際に飼っている。が、牛馬のような大型の動物の飼育は経験がないので、ここでは熟練者に頭をさげて教えを乞《こ》い、知識を増やすとともに動物に馴《な》れようとした。孔丘はどこにいても学ぶ姿勢を保持し、未知のことを究《きわ》めようとする。それを称《ほ》める者もいれば、けなす者もいる。孔丘に質問されるたびにいやな顔をする役人もいたということである。

かなりのちに、孔丘は弟子のひとりから、

「毎月、朔《さく》（一日）におこなわれるはずの告朔《こくさく》の礼が、もはやおこなわれていないのに、羊だけが供《そな》えられています。むだではありませんか」

と、いわれた。すると、孔丘は、

「なんじは、その羊を惜《お》しがっているようだが、われは礼を惜しむ」

と、答えた。羊も供えられなくなれば、告朔の礼はまったく失われてしまう。それをかなしむべきである、というのが孔丘の考えかたである。伝統は、時代が変わると、意義を失って消滅する場合がある。そうなってから、伝統を復活させるのは至難《しなん》である。

とにかく孔丘が犠牲とその礼についてくわしくなったのも、その職に在ったからであろう。

ところが、在職中に母が死去した。そのためかれはその職を辞さねばならなくなった。

家の近くに小屋を建て、毎日そのなかですごすのが正式な服忌《ふくき》である。孔丘はそれをやった。ただし、ほどなく、

——われは復職できるのか。

という不安に襲われた。喪が明けると、二十六歳になる。それまで弟子を教えることはできず、独りで学ぶこともできない。毎日、粗食ですごすので、体力が衰えてゆき、気力も萎《な》えてくる。最悪の場合、正しい服忌をしたせいで、死亡してしまう。

孔丘が小屋に籠《こ》もっているあいだは、顔無繇が住み込んで、家事をおこなってくれることになった。幼い閔損《びんそん》では、家事のきりまわしはできない。

半月ほどすぎて、小屋に近づいてきた顔無繇が、

「ただいま、季孫《きそん》氏のお使いのかたがおみえになり、慶事を賀《いわ》う会に、先生も招待されることになったと申されました。どうなさいますか」

と、低い声で告げた。

「季孫氏の使者……」

孔丘の胸が高鳴った。魯の三卿のひとりである季孫氏の当主を、

「季孫意如《きそんいじょ》（諡号は平子《へいし》）」

と、いい、魯の群臣の頂点に立つ最高実力者である。ちなみに、その三卿は、

「三桓《かん》」

と、よばれ、仲孫氏、叔孫氏、季孫氏がそれであるが、それらの家の始祖は、孔丘が生まれた年より百五十年ほどまえに魯の君主であった桓公の次男（仲）、三男（叔）、四男（季）である。かれらの子孫が魯の要職に就くと、しだいに他家を陵駕《りょうが》し、ついに君主の室《いえ》さえしのぐ威勢を得るようになった。それが魯の実情であり、いまや季孫意如が陰然と君臨していると想ってさしつかえないであろう。

その季孫意如に、どういうわけか、孔丘は招かれたのである。

——この招待はことわれない。

というより、ことわりたくない、と孔丘の心が動いた。

「出席する、とお伝えしてくれ」

顔無繇は眉《まゆ》をひそめた。

「喪中ですが、よろしいのですか」

「かまわぬ。それよりも、季孫氏にどのような慶事があったのか、なんじは知っているか」

祝賀すべき事の内容も知らないで、のこのこでかけるわけにはいかない。

「さあ、存じません」

顔無繇は好奇心の旺盛な男ではない。世評にもうとい。

「それなら、秦商を呼んでくれ。ついでに馬車を借りたい、といってくれ」

た。

「かしこまりました」

顔無繇が去ると、孔丘は坐ったまま、喜びが湧《わ》いてきたのか、両手で両膝《ひざ》をたたいた。

四日後に、秦商が馬車に乗ってやってきた。孔家で一泊し、翌朝、孔丘を乗せて首都の曲阜《きょくふ》にむかうのである。孔丘は閔損の声をきいて小屋をでた。孔丘をみた秦商は、

「すこしおやつれになりましたね」

と、素直な感想を述べた。

「明日は、やつれ顔をお歴々《れきれき》にみせるわけにはいくまい」

「それにしても、すばらしいことではありませんか。季孫氏に招待されたとは――」

「いや、恥ずかしいことだ」

「なぜでございますか」

「季孫家の家臣か、あるいは季孫氏に近い人が、われを推挙してくれたにちがいない。その人はわれを知っているのに、われはその人を知らない。ゆえに恥じている」

人が自分を知ってくれないことを患《うれ》えるのではなく、自分が人を知らないことを患えるべきである、という考えかたは、永い不遇が孔丘にもたらした教訓であるといえなくもないが、知るとは、人を知ることである、という基本姿勢は若いころからあったと想ってよいのではないか。

「そういうものですか」

秦商の頭では孔丘の思考の深みまでおりてゆけない。

とにかくこの日だけは、孔丘はまともな食事を摂《と》った。そのあと秦商にむかって、

「さて、なんじであれば、季孫氏の慶事がどのようなものか、知っていよう」

と、いった。秦商の家は仲孫氏とのかかわりをもっているので、かれは三卿についても無知ではないはずである。

「知っています。だが、その慶事よりも、季孫氏を襲ったふたつの災難を知っておかれたほうがよいです」

秦商は語りはじめた。

季孫意如の最初の災難は、二年まえのことである。

季孫氏にはいくつか食邑《しょくゆう》があるが、それらのなかでもっとも重要であり、本拠地というべき邑《まち》を、費《ひ》、という。季孫意如には正卿としての政務があるため、国都を離れるわけにはいかず、費邑を重臣に治めさせている。当時、その邑宰《ゆうさい》であった者は、南《なん》蒯《かい》、という。かれは意如の父にはよく仕えたが、意如はかれを嫌い、礼遇しなかった。怒った南蒯は、費邑に拠《よ》って叛乱を起こした。やっかいなことに、南蒯は隣国の斉に通じた。その状態はたいそうこみいっており、費邑は南蒯個人の所有になったと同時に、斉の版図《はんと》に加えられたかたちになり、季孫氏が単独ではたやすく鎮圧して邑を取

り返すことができなくなった。

二番目の災難は、昨年にあった。

晋が主催する諸侯会同が平丘《へいきゅう》でおこなわれた。

平丘の位置は魯の西で、衛の国に属する邑であり、魯からはかなり遠い。

その会同に参加した莒と邾の君主に随《したが》ってきた大臣がそろって、

「魯が、朝な夕な、わが国を伐つので、わが国は滅びかけています。わが国が晋へ貢《こう》物《ぶつ》を納められないのも、魯のせいです」

と、晋の君臣に訴えた。

「けしからぬ」

怒気をあらわにした晋の悼公は、われは魯君に会わぬ、と烈しくいい、晋の大臣をつかって季孫意如を捕らえさせ、会同の地から晋都（新田《しんでん》）へ送った。みせしめ、ということであろう。

季孫意如は晋都で幽閉されたまま冬を迎えた。

本拠地は臣下に強奪され、自身は国外で拘束される。季孫意如にとって、これほどの大厄《たいやく》はないであろう。

まず、この苦境からかれを救ったのは、仲孫氏から岐れた家の子服椒《しふくしょう》（諡号は恵《けい》伯《はく》）である。かれは連行される季孫意如を見失わないように晋都までついてゆき、晋

の卿のひとりである荀呉《じゅんご》にひそかに会って、

「これまで晋に奉仕してきた魯のどこが莒と邾におよばないのですか。また、わが国の卿にいかなる罪があるのか、あきらかにしていただきたい」

と、ねじこんだ。荀呉だけではなくほかの卿も、これには困惑して、季孫意如を帰国させることにした。

ものごとが好転するとは、こういうことなのであろう。今年の春に帰国した季孫意如は、やがて吉報に接した。費の住民が南蒯に背《そむ》いた。そのため邑を支配できなくなった南蒯は、斉へ亡命した。吉《よ》い事はそれだけではなく、斉の君主である景《けい》公は、

「叛徒《はんと》がもたらしたものを、うけとるわけにはいくまいよ」

と、いい、臣下をつかって費邑を正式に返却した。

二重、三重の喜びをおぼえた季孫意如は、国じゅうの名士を集めて饗応《きょうおう》したい、といいだし、実際に、盛宴を催すことにした。

「季孫氏の慶事とは、そういうことか……」

納得《なっとく》した孔丘は、翌朝、喪章《もしょう》をつけて馬車に乗った。

だが、季孫邸でのできごとが、孔丘の心のもっとも深いところに、生涯消えぬ傷痕《きずあと》をつくることになる。

陽虎《ようこ》

車中の孔丘《こうきゅう》は饒舌《じょうぜつ》になった。

心のはずみが、そのままことばをはずませているのであろう。

性癖《せいへき》というほどではないが、孔丘は喋《しゃべ》りはじめると止まらないところがある。弟子にむかって熱心に解説をするときも、それはあり、そのことばの過剰《かじょう》さを重く感じるのは、秦商《しんしょう》だけではなかった。ここでも孔丘は、

「魯《ろ》の国を建てたのは、周《しゅう》公（旦《たん》）のご長子の伯禽《はくきん》公であった。知っているか」

と、手綱《たづな》を執《と》っている秦商に語りはじめた。

――はじまった。

秦商はわずかに眉《まゆ》をひそめた。

「それくらいは、存じています」

と、いうかわりに、小さくうなずいてみせた。

「そうか……、だが、最初に魯の国に封《ほう》じられたのは、周公ご自身だ。しかしながら、

当時の周都が西に寄りすぎて、中原《ちゅうげん》と東方を治めるのに不都合であったため、周公が洛陽《らくよう》の地に成周《せいしゅう》をお造りになって、そこにとどまり、周王にかわって軍事と行政を掌《しょう》管《かん》なさった。そこで、封国には、ご長子の伯禽公をお遣《や》りになった」

孔丘は古代の歴史にくわしくなりつつある。

「さようですか」

と、秦商は答えたものの、孔丘の声はかれの耳を通過してとどまらない。

この時代、平民にかぎらず貴族でも、歴史意識はそうとうに低い。端的にいえば、国家の過去を知ったところで、いまの生活が豊かになるわけではない。が、孔丘は実生活を超《こ》えるところにある精神生活に着目した。庶民にも精神生活はある。富む者がすべて幸せで、貧しい者がすべて不幸であるのか、と問うてみればよい。歴史を知ることによる文化的効用に最初に気づいたのは、孔丘であるといっても過言ではない。

車中の孔丘の説明はつづく。

「曲阜《きょくふ》を魯の国都にお定めになったのも、周公であろう。東夷《とうい》の寇擾《こうじょう》を防ぎ、隣国である斉《せい》を監視するためだ」

斉は羌《きょう》族の太公望《たいこうぼう》が封ぜられた国である。太公望は周の文《ぶん》王と武《ぶ》王（周公の兄）を軍事的に助けた勲功を賞されて東方に国を与えられた。それはみかたによっては、周とはちがう民族の首領である太公望が、周王朝の政治の中枢《ちゅうすう》から遠ざけられたことになろう。

「なるほど」

孔丘の話を傾聴すると、御《ぎょ》がおろそかになるので、秦商は首を動かさなかった。

やがて曲阜の城がみえてきた。

南北よりも東西に長い、長方形の城である。

その長いほうの城壁はおよそ九里ある。一里は現代の四百五メートルである。東西南北の濠《ほり》と城壁の内に、君主と貴族それに庶民の住居区がある。人口は十万を超えるが、十五万にはとどかない、と想《おも》ってよいであろう。

「曲阜は、古代の帝王である少皞金天氏《しょうこうきんてん》の都の跡だ」

と、孔丘はまたしても蘊蓄《うんちく》をかたむけた。

孔丘がいったことは、ほぼ正しいであろう。より正確にいえば、少皞は、姓が己《き》で、名を摯《し》といい、金天氏は号である。その本拠地を奄《えん》といった。その位置は曲阜よりすこし北にあったかもしれない。少皞の勢力圏は広大で、東方だけではなく南方にもおよんでいた。少皞を帝王とよぶのは後世の美称で、当時はおそらく巨大な族の首長であった。

曲阜の南の城壁が近くなった。

「門がみえるであろう。あれが高《こう》門だ。もとは稷《しょく》門とよんでいたが、僖《き》公が高大に造りかえられたので、高門とよぶようになった」

僖公は桓《かん》公の孫である。百年もまえの君主である。

馬車は橋と城門を通過して南北道にはいった。そのまま北へすすみ、東西に走る大路にさしかかると、右折した。季孫《きそん》氏の邸宅は、君主の宮殿からさほど遠くない。

「わあっ――」

と、秦商はおどろきの声を揚《あ》げた。大路は馬車でいっぱいである。とても目的の邸宅には近づけない。

「よし、ここでおりて、歩いてゆく」

馬車をおりた孔丘は、数歩すすんでからふりかえり、

「客をおろしたあとは、馬車のむきをかえて待つのが礼だ」

と、秦商に声高《こわだか》に教えた。

門のほとりに行列がある。饗応《きようおう》の席は庭に設けられていて、その入り口に受付がある。招待客は謁刺《えっし》（名刺）をさしだしてなかにはいる。ようやく受付のまえに立った孔丘は謁刺をさしだした。

「陬《すう》の孔丘か……」

係りの者はそうつぶやきつつ、名簿に指をすべらせ、その名をみつけると、目をあげた。とたんに、おっ、と低い声を発して身じろぎをした。目前にあったのは、おも

いがけぬ長身である。おどろいたのは、それだけではない。孔丘の面貌は、異相といってよかった。それについて、

——面《かお》は蒙倛《もうき》の如《ごと》し。

と、戦国時代（東周時代の後半期）の碩儒《せきじゅ》である荀子《じゅんし》は表現した。蒙倛とは、鬼やらいをおこなうときにかぶる面で、それをみれば魑魅魍魎《ちみもうりょう》のたぐいでも恐れるであろう。ちなみに鬼やらいの面に四つ目があるものを方相《ほうそう》という。蒙倛は二つ目である。

「どうぞ——」

と、係りの者がいいかけたとき、それをさまたげるように、ぬっとまえにでてきた家臣がいる。

「陽虎《ようこ》」

と、いい、年齢は孔丘よりすこし上のようで、身長は孔丘におよばないものの、体躯《たいく》は大きい。目つきに険《けん》がある。

「そこの者」

と、孔丘をゆびさした陽虎は、

「季孫氏は士を饗応なさるのだ。なんじのような者を饗応するのではない」

と、あたりにきこえる声でいい、指をふった。その動きは、空気を切り裂くようなするどさがあった。去れ、ということであろう。

さすがに孔丘は憮《むっ》としたが、無言のまま、きびすをかえした。

その後ろ姿を睨《にら》んでいた陽虎は、姿が消えると、幽《ほの》かに冷笑した。

孔丘の名は陽虎の耳にとどいていた。仲尼《ちゅうじ》というあざなをもつ孔丘は、いなかの儒者のくせに、無知な若者を集めて、こざかしい智慧《ちえ》をひけらかしている、そのことを片腹痛いとおもっていた陽虎は、入り口に尊大に立っている孔丘をひと目みて、

——こやつが仲尼か。

と、癇《かん》にさわった。本能的な嫌悪感といってよい。じつは陽虎は故事と礼典《れいてん》を学んでいて、その道ではかなりの自信があった。すると、人は相似形を嫌うという原理がここではたらいたのかもしれない。一瞬の対面であったが、孔丘も陽虎を嫌悪したにちがいない。が、それをたしかめてもしかたがない。

——せいぜい小役人で畢《お》わる男だ。

そうおもいたい一方で、孔丘を季孫氏に近づけたくないという防禦的感覚がはたらいた。孔丘に危険なにおいをかいだ、というのが本当のところであろう。

ほどなく、せかせかと受付にやってきて、謁刺をしらべはじめた家臣がいた。いかにも少壮《しょうそう》といった年齢で、気の強さが眉宇《びう》にでている。かれは、

「公山不狃《こうざんふじゅう》」

と、いい、子洩《しせつ》というあざなをもっている。孔丘の謁刺をみつけて、つまみあげた

不狃は、

「この者は、どうした。庭内にみあたらないが」

と、係りの者に問うた。

「はあ、それが……、陽虎どのが追い返されました」

「なんだと――」

眉を逆立てた不狃は、趨《はし》り、陽虎をみつけるとその肩をつかんで、

「陬の孔丘を名簿に加えたのは、われだぞ。かってに追い返すな」

と、怒声を放った。が、陽虎は顔色を変えず、肩に乗った不狃の手をやすやすとはずすと、

「邪教《じゃきょう》をもって若者をまどわす者を、主《しゅ》に近づけてよいものか」

と、鼻で哂《わら》った。

「邪教だと。なんじは孔丘を知らぬのだ。あの者は若者たちを善導《ぜんどう》している。正しい礼をよく知っているという評判だ」

「礼――」

陽虎は不狃をするどく視《み》た。

「礼は庶人に下《くだ》さず。長い間、守られてきたきまりだ。庶民の秩序は法によって保つものだ。礼ではない。庶民が礼を知ってどうなるというのか。孔丘はそれさえもわか

らぬ異端者だ」

礼はもともと宇宙の原理のことであるが、それを人間の世界におろして、秩序として表現しなおしたものが、いわゆる礼となった。ただしその礼は、貴族だけが適用し、陽虎がいったように、庶民の秩序維持は法をもっておこなうというのが、この時代の通念である。

時代の推進力が、大夫《たいふ》という上級貴族ではなく、士という下級貴族に移りつつあることを、陽虎ははっきりと予見しているがゆえに、士であるかれは礼について精通しようとしている。が、孔丘は士ではない。士ではない者に礼をつかみとられては、士の存在意義がうすれてしまう。

「その常識が、もはや古いのだ」

と、抗弁《こうべん》しかけた不狃は、季孫意如《きそんいじょ》が庭にあらわれたことに気づいて、口をつぐんだ。不狃は宴席に闖入《ちんにゅう》する者を防ぐ警備をいいつけられている。陽虎もおなじである。

宴が酣《たけなわ》となり、意如は手ずから賓客《ひんかく》に酒を注《つ》いでまわった。その手をやすめた意如は、庭の隅《すみ》に立っている不狃に近づき、

「なんじが推挙した陬の孔丘は、どこにいるのか」

と、訊《き》いた。不狃が口をとがらせて答えようとすると、かれをおしのけてまえにでた陽虎が、

「孔丘は喪中につき、欠席です」

と、いった。陽虎は孔丘がつけていた喪章《もしよう》をみのがさなかった。

「さようか。どんな男か、みたかったな」

意如は宴席にもどった。

もしも孔丘が魯の最高実力者に嘱目《しよくもく》されたら、かれの思想と生きかたは、ずいぶんちがったものになっていたであろう。不運が、孔丘を鍛《きた》えてゆくことになる。

憤然《ふんぜん》と曲阜をあとにした孔丘は、馬車を川のほとりに停《と》めさせ、自身は汀《みぎわ》まで行って、吼《ほ》えた。吼えたとしかいいようがない。その声は、地を裂き、水を逆流させ、天をも破るように、秦商にはきこえた。

——季孫家でなにがあったのか。

独《ひと》り、血相を変えてでてきた孔丘を馬車に乗せた秦商には、邸内での小事件の内容はわからない。そのときの孔丘は、くやしさで骨までふるえていたであろう。人を怨《うら》むという感情を自覚したことがなかった孔丘だが、はじめて陽虎を怨んだ。激情家である孔丘にとって、その怨みの深さは尋常ではない。孔丘は死ぬまでその怨みについてたれにも語らなかったが、その怨みを忘れたわけではなく、語りたくないほど怨みは深かったとみるほうが正しいであろう。

——あの男を超えてやる。

陽虎への復讐《ふくしゅう》のしかたがあるとすれば、それである。怨みを匿《かく》して、その人と友だちづきあいをするのは、恥ずべきことである、とのちに孔丘はいうが、怨みの相手を名指すことはしなかった。名指せば、その人を超えられない。そういうものである。批判者は批判する相手と対等の位置に立つ。したがって批判のことばは、相手にぶつかっておのれにはねかえってくる。ゆえに超越する者は、批判しない。孔丘にとって、あの男を超える、ということは、あの男に詆辱《ていじょく》された自身を超えることにほかならない。

無言のまま帰宅した孔丘は、門のほとりに小さな影をみた。

——閔損《びんそん》が立っている。

なんのために立っているのか、と問うまでもない。あの童子《どうし》は師が早く帰ってくることを予感したのだ。馬車からおりた孔丘は、鬱念《うつねん》をなげうちながら趨り、閔損のまえでしゃがんだ。

閔損はまっすぐなまなざしで孔丘の表情をさぐった。

「心配をかけたな」

と、孔丘は口調をやわらげていった。閔損はしばらく孔丘の顔をみつめたあと、すこし笑った。このとき孔丘の顔に柔和《にゅうわ》さがもどっていたのであろう。

——ああ、この子は……。

孔丘は閔損を抱きしめたくなった。それほどいとおしくなった。家のなかにはいると、妻がいぶかしげに立っていて、

「あら、お帰りなさいませ」

と、虚《きょ》を衝《つ》かれたような表情をみせた。この瞬間、孔丘は、

――妻の愛情の量と質は、閔損のそれにおよばない。

と、小腹が立った。

妻は、孔丘が十九歳のときに、宋《そう》の国の开官《けんかん》氏の家から嫁《とつ》いできた。媒人《ばいにん》となった者は、孔丘の先祖について多少の知識をもっており、

「ご先祖は、宋の貴族でしたから、娶嫁《しゆか》は宋の家の女《むすめ》がよろしいでしょう」

と、いって、実際に宋へ行って、孔丘の伴侶《はんりょ》にふさわしいという女をみつけてきた。

実のところ、孔丘は幼年のころに、あたりに孔という氏がみあたらないことを、ふしぎにおもっていた。十五歳になったとき、おもいきって郰《むら》の長老を訪ね、自家の父祖について問うた。

「ああ、そなたの曾祖父は、孔防叔《こうぼうしゆく》といってな、宋から魯に亡命してきた貴族で、防という邑《まち》を君主からさずけられた、ときいたことがある。われが知っているのは、それだけだ」

この長老のことばは、孔丘の心にはじめて誇りの灯《ひ》をともした。

——わたしの先祖は、宋の貴族だったのだ。

亡命貴族は諸国にあまたいる。かれらのすべてが亡命先で優遇されるわけではない。邑を下賜《かし》されるのは、かなりの優遇で、以前、高い地位に在ったか、そうとうな実力をそなえていたか、とにかく人として高く評価されなければ、公室の領地を割《さ》き与えられることはない。

——曾祖父は宋の大臣か大夫であったにちがいない。

孔丘はそう想像した。卿《けい》あるいは大夫が国外へのがれるには、さまざまな理由があろう。常識的には、政争があって、敗《やぶ》れた、とみたい。孔丘の想像はふくらんだ。

——宋について、よく知りたい。

と、おもうようになったのは、そのときからである。やがて、宋が殷《いん》の後裔《こうえい》の国であることを知った。殷は周に滅ぼされた。殷の最後の王である紂《ちゅう》王は周の武王に討たれ、六百年つづいた王朝は倒壊した。そういう潰乱《かいらん》のなかで、紂王をたびたび諫《いさ》めた庶兄《しょけい》の微子《びし》啓《けい》だけが、罪に問われず、建国をゆるされた。その国が宋である。

——宋は敗残の国か……。

孔丘の誇りの灯は、消えそうになった。しかし、である。宋は殷民族の国なので、多くの周民族の国に妥協《だきょう》しないでいたが、やがて孤立する頑冥《がんめい》から脱して、衰微《すいび》をまぬかれた。それどころか、伝統を守りながら大地にしっかり立っている国、という印象をもった。

宋は孔丘の曾祖父を逐《お》った国であるにせよ、孔丘は憎悪の感情をむけなかった。もしも政争が生じなかったら、亡命事件は起こらず、孔丘は宋の貴族の裔孫《えいそん》として生まれ育っていただろうと想えば、宋はやはり遠祖の国として認識しておくべきである。孔丘の体内にながれている血が、その国のどこかにつながっているにちがいないのであり、そのことが精神をひそかに高揚させることはたしかであった。

とにかく、その国から妻はきた。

媒人が妻の年齢をいわなかったので、孔丘は不審をおぼえたが、はたして婚期にふさわしい十五歳ではなく、年齢は孔丘に近かった。

——この齢《とし》まで家にいたということは……。

むずかしいことが、実家の内情にあったか、妻の性格にあったか、どちらかであろう。この推測が孔丘の心を多少幽《くら》くした。妻のからだはすでに女として闌《た》けていたので、翌年、児を産んだ。母ともなった幵官氏の女は、家政としきたりのちがいにとまどうことが多かった。孔丘はそのひとつひとつを丁寧に教えたが、妻はときどき気乗りうすになり、さらにうんざりした容態をみせるようになった。

——礼を教える家の主婦は淑女《しゅくじょ》でなければならない。

孔丘は家主《かしゅ》としてそういう情熱をもっていた。が、妻にはその情熱は通じなかった。

——女とは、教えがいのないものだ。

この落胆の意《おも》いは、じつはたがいに共通するものであった。妻は夫の上に平穏で平凡な夢を画《か》いてきた。が、夫はあきれるほど厳格であり、こまかな言動まで注意される妻は精神的に縛られて生活しなければならず、耐えがたい窮屈さを感じるうちに、夢はこなごなに砕《くだ》け散った。夢を失った妻にとって孔丘は、ただ口うるさい夫、にすぎなくなった。

孔丘は自分の気の短さを自覚し、それを性格上の欠点と認め、癇癖《かんぺき》をおさえる努力をつづけてきた。が、妻にたいしては、その努力をおこたるときがあった。孔丘の叱《しっ》声《せい》に、いつしか妻はおびえず、淑気《しゅくき》をなげうったようなふてぶてしさをみせるようになった。この関係が、父と母の相関図《そうかん》に似《に》ていると孔丘は気づき、ぞっとした。

——母があれほど嫌った父に、われは肖ている。

この状態で夫婦生活をつづけてゆくむずかしさを孔丘は痛感した。妻を実家に帰そう、いや、帰さなければならない。なぜなら、実家に帰った妻が三十歳をすぎていたら、再婚先がみつかるまい。いまなら離婚の傷も深くならないで、他家へ嫁いでゆける。そうおもいつつも、孔丘は離婚を切りだせなかった。

——わが子の鯉《り》が幼すぎる。

母が家を去った悲しみをたれよりもよく知っているのは、孔丘である。鯉の場合は、もっと残酷で、生母の実家は、童子の足ではとても歩いてゆけない宋にある。妻も、この家をでたら、鯉とは二度と会えない、というおもいがあるので、耐え忍んでいるにちがいない。夫婦がたがいに苦しんでいる家庭に、この齟齬《そご》を改善する陽が射し込んでくることがあるのだろうか。

暗澹《あんたん》たるおもいの孔丘は、諸事に無関心になりつつある妻から目をそらし、いぶかしげに立っている顔無繇《がんむよう》に、

「小屋にもどる」

と、不機嫌な声でいった。

すぐに顔無繇は外にでて趨り、うつむいて車体を点検している秦商のもとにゆき、

「季孫家でなにがあったのですか」

と、あまりにも早い孔丘の帰宅のわけを問うた。すこし顔をあげた秦商は、

「わからぬ。いやなことがあったにはちがいないが……」

と、冷ややかに答えた。そのあと、馬首のむきをかえて、孔家をはなれた。

小屋のなかの蓆《むしろ》の上に坐った孔丘は、しばらく呆然《ぼうぜん》とした。自分が怒っているのか、悲しんでいるのか、わからなかった。やがて、

——なにもかも、うまくゆかない。

という苦《にが》いおもいが、心底から喉《のど》もとまでのぼってきた。季孫氏の招待をうけたと

きには、きわめて明るい陽射しのなかにでたような喜びがあった。が、その喜びは、ひとりの男によって打ち砕かれた。しかも孔丘は恥辱まみれになって帰ってきた。

「なんじは士ではない」

そうののしった季孫家の家臣の名はわからないが、その声と貌《かお》は、一生忘れぬであろう。

「為《な》すべきことを為さぬから、そうなるのです」

母の声であった。あまりにもはっきりときこえたので、小屋の外に母が立っているのではないか、と孔丘はうろたえた。

――母の魂が、ここに還《かえ》ってきて、服忌《ふくき》をおこたったわれを叱《しか》ったのだ。

そう感じたとたん、孔丘は薦の上につっ伏した。なぜか地のぬくもりを感じた。土は冷えきった孔丘の心身を、おもいがけず、あたためてくれるようであった。人は、人に支えられて生きているが、そのまえに地に支えられている。わが母も、地にいだかれて、眠っている。人の世の寒さをいやというほどあじわった母は、いま、地の温かさのなかでやすらいでいるだろう。かならず人は地に帰って無限の休息にはいるが、それまでに、寒々しい世の中でめぐまれぬ個を精神的に転化し、それを礼によってつないでゆけば、世間全体が体温をもち、質も向上するのではないか。

孔丘は暗い小屋のなかで、そんなことを考えはじめた。

礼と法

喪《も》が明けた。

孔丘《こうきゅう》は二十六歳になった。

服忌《ふくき》のあいだ家事にあたってくれた顔無繇《がんむよう》に礼をいった。すると顔無繇は、

「あのかたたちに、だいぶ助けられました」

と、声を低くしていった。あのかたたち、というのは、孔丘の兄の孟皮《もうひ》とその妻のことである。孔丘にとって嫂《あによめ》にあたる人は、孟皮に足の障害があることを承知で嫁《とつ》いできて、ふたりの子を産んだ。女子と男子である。この時代、女子の名は、まず記《しる》されない。孔丘の妻も、幵官《けんかん》氏の女《むすめ》、というだけで、名はわからない。孟皮の女子もそうだが、男子は、

「孔蔑《こうべつ》」

と、いう。ちなみに孔丘の妻も、男子だけではなく女子も産んだ。孟皮と孔丘という兄弟はそれぞれふたりの子をもったことになる。

顔無繇は孔丘の妻についてなにもいわなかった。

――われが小屋に籠《こ》もっているあいだ、妻はなにをしていたのか。

もしも孔丘が妻に詰問《きつもん》すれば、おそらく妻は、

「あなたは人に食事をつくらせて、小屋に籠もっていればよかったでしょうが、わたしはふたりの子を育てなければならないのです」

と、いい返すであろう。それがわかるだけに、つねに横をむいているような妻に、ことばをかけにくかった。

ところでこの年に、顔無繇は成人となり、路《ろ》（あるいは季路《きろ》）というあざなをもつ。なおかれは顔由《がんゆう》ともよばれるので、由はあざなではなく名であると想《おも》うしかないが、無繇のほかに由という名があったわけはわからない。さらにいえば、この年からかぞえて五年後にかれは男子を儲《もう》ける。まえにふれたことではあるが、そこで生まれた男子こそ、のちに孔丘の弟子のなかで最高といわれる、

「顔回《がんかい》」

である。

顔無繇が去ったあと、孔丘は兄と嫂に会って、

「喪中のあいだ、よく家を守ってくれました」

と、いい、頭をさげた。嫂はつねにやさしい目をしている。

——わが妻には、こういう目つきはない。

それがやるせない。

だが、妻からさほど離れたところにいない童子《どうし》の笑貌《しょうぼう》の明るさは、どうであろう。孔丘の子の孔鯉《こうり》のそれではない。十一歳になった閔損《びんそん》が、服忌を終えた孔丘を心からねぎらっているのである。閔損の賢さは、むずかしい孔丘の妻に嫌われない立ち位置を確保していることである。

——閔損の孝心は、妻にも滲《し》みたのだろう。

そう感じた孔丘は、閔損のまえにしゃがんで、

「毎日、小屋に飲食物をとどけてくれたのだな。そなたも喪に服してくれたことは、われにはよくわかっている。人に真心《まごころ》で接するそなたを、嫌う者はこの世にひとりもいないであろう」

と、この幼い内弟子を称《ほ》めた。

閔損は一粲《いっさん》した。師に称められたことが嬉《うれ》しいという笑顔である。

——この童子の存在だけが、わが家では明るい。

わが子の鯉も、閔損をみならってもらいたいが、どちらかといえば妻に肖《に》て、すこし暗い。

数日後、孔丘は官衙《かんが》へ往き、喪明けを告げて復職願いをだした。が、反応はなかっ

た。そこでふたたび若者たちを教えることにした。すると、集まった者たちの数は、以前よりかなり多かった。

「なぜであろうか」

孔丘は古参の弟子である曾点《そうてん》に問うた。

「三年の服忌が効《き》いているのです」

「ほう……、そうか」

孔丘は売名的に服忌をおこなったわけではない。だが、父母が亡《な》くなって三年も喪に服する庶民などひとりもいない。小吏《しょうり》にすぎなかった孔丘がそれをやりぬいたことが、世間に衝撃をあたえた。孔丘は貴族的な葬礼をおこなった、と世間はみた。

孔丘が礼法に精通しているというわさはかなりひろまったらしく、冠婚葬祭の助言者として諸家に招かれるようになった。このことは、弟子だけではなく孔丘に声をかけられて人をだす家の家計を助けた。

ある家の喪主は、孔丘の顔をみると、

「死んだ父は、あなたのお父さんの配下でした」

と、父からきかされた往時の戦いを自慢げに語った。孔丘が生まれる五年まえに、孔紇《こうこつ》が決死隊を編制したという話である。

父に関する武勇譚《たん》には耳をふさぎたい気分の孔丘であるが、いのちがけで魯《ろ》の国を

守った人々の功績をないがしろにするほど傲慢《ごうまん》ではない。それゆえ喪主の話にまともにつきあった。話をきき終えた孔丘は、ふと、

――父は臧孫《ぞうそん》氏に仕えていたか、その与力《よりき》であったか。

と、おもった。

話の内容をてみじかにいえば、こうである。

魯の君主が先代の襄公《じょうこう》であったころ、魯は北辺《ほくへん》を斉《せい》軍に侵された。臧孫紇《ぞうそんこつ》が守っていた邑《まち》が斉軍に包囲されたので、魯の朝廷は援兵をだして臧孫紇を救出しようとした。臧孫紇は大夫《たいふ》であり、大臣といってよく、斉軍に捕斬《ほざん》されてはこまるからである。だが、救援の魯軍は斉軍を恐れて近寄れない。そこで邑内《ゆうない》で決死隊をつくって、囲みを破り、臧孫紇を迎えの魯軍にとどけようとしたのが孔丘の父の孔紇であった。三百人の甲士《こうし》が包囲陣を突破して、ぶじに臧孫紇を送りとどけ、邑内に帰った。あざやかな進退であった。その功勲はいまなお色あせないという話である。最後に喪主は、

「臧武仲《ぞうぶちゅう》さまが、わが国を去られたのは、いかにも残念です」

と、つけくわえた。その武仲とは、臧孫紇の諡号《しごう》である。

――臧孫紇は斉へ亡命したのか。

ここではじめて孔丘はその事実を知った。孔丘が二歳のときに、臧孫紇は季孫《きそん》氏との政争に敗れて、魯をでると斉へ奔《はし》った。それによって魯の大夫のなかで名門中の名

門であった臧孫氏は衰退した。三桓が台頭するまえは、臧孫氏が魯の正卿の地位にいて国政をになっていたのである。

——臧孫紇の亡命後、臧孫氏にかかわりのあった家は没落したのか。

孔家もそのひとつではなかったか。

となれば、臧孫氏の政敵であった季孫氏に、孔丘が擢用《てきよう》されることは、まずない、といってよい。

——世の中のしくみとは、そういうものだ。

前途に深い暗さをおぼえたものの、遠くをみすぎるな、と自分にいいきかせた孔丘は、功利的な自分を棄《す》てようとした。功と利を求めて動くと、先年のあのときのように、挫折《ざせつ》させられ屈辱をあじわうことになる。

冬に、公庁《こうちょう》から通知がきた。

「えっ、師は曲阜《きょくふ》の府に登用《とうよう》されたのですか」

秦商《しんしょう》、顔無繇などの弟子は、その通知を知って喜躍《きやく》した。こんどは地方の小吏ではなく、中央の官としての採用である。

——どこかにわれを視《み》ている目がある。

途《みち》をさえぎる者がいれば、啓《ひら》いてくれる者もいる。もしもそれが人ではなく天であれば、その知らせは天命といいかえることができる。そう想った孔丘はひそかに身ぶるいをした。

「来春から、勤務することになった。まもなくこの教場《きょうじょう》を閉じなければならない」

孔丘は曲阜の官舎にはいることになる。

「師の教えをうけられなくなるのは、残念です。でも、よかった。野《や》に遺賢《いけん》があっては、国家の損失です」

先年、孔丘を馬車で季孫邸まではこんだ秦商は、孔丘の尋常ではないくやしさを察しているだけに、その採用通知を心から喜んだ。

新年になると、さっそく孔丘は公庁へ往き、届けでて指示を仰いだ。

祭祀官《さいし》の下に配属された。

上司は性質にいやな癖《くせ》のある人ではなく、すぐに職務の内容について簡潔に教えた。

「宮中の祭事はこまごまとあるが、儀式における挙止《きょし》進退は年配の者をみならい、おいおいおぼえればよい。だが、みずからおぼえなければならぬものがある。ついてきなさい」

上司は宮中の文書保管室に孔丘をつれて行った。建物の一部は、公室図書館といってよい。

「そなたは、詩を知っているか」

「いえ」

孔丘は恐縮してみせた。上司がいった詩とは、のちに儒教の教科書のひとつとなり、はるかのちには『詩経《しきょう》』とよばれることになるが、孔丘はそれには無関心でここまできた。

上司は一巻の木簡《もっかん》を披《ひら》き、

「これは魯頌《ろしょう》といい、先君をたたえる神聖なことばであり、宮中の祭祀にかかわる者であれば、すべてを暗誦《あんしょう》しておかねばならぬ」

と、いい、それを孔丘の掌に乗せた。ずいぶん重いものが掌の上に乗ったという感じで、孔丘は内心たじろいだ。板敷《いたじき》の上に両膝《ひざ》をついた孔丘は首をあげて、

「あの……、これは、書き写してよいものでしょうか」

と、おずおずと問うた。

「ああ、かまわぬよ。頌だけではなく、雅《が》もおぼえる必要がある。読んだだけでは、おぼえられぬであろう」

詩は、のちのちまでつたわった篇数は三百五である。全体は三部構成になっていて、頌、雅、国風《こくふう》より成る。頌はいわば祝詞《のりと》である。雅は舞楽に添《そ》える詩で、国風は民謡である。そのなかの魯頌は四篇にすぎない。むろん多くない。なお雅は、小雅《しょうが》と大雅《たいが》に分かれている。

上司が去ったあと、独《ひと》り室内に残った孔丘は膝をずらして牖《まど》に近づき、魯頌をおそ

るおそる披読《ひどく》した。それは、

駉駉《けいけい》たる牡馬《ぼば》
坰《けい》の野《や》に在《あ》り

という詩句からはじまっていた。それを読んだだけでも、孔丘の感覚が生彩を帯び、はずみをもった。

駉はみなれぬ文字であるが、おとこ馬を形容するかぎり、たくましさや肥厚《ひこう》さを意味しているであろう。坰は邑《まち》はずれの地で、郊《こう》といいかえてもよい。そこに草のゆたかな野がひろがり、色々な馬がいて、それらの馬を車につければ、勢いよく走るであろうという意味の詩句がつづく。

——馬の種類とは、それほど多いのか。

詩には、驈《きつ》から魚《ぎょ》まで、十六種類の馬がでてくる。魚は、さかな、ではなく、馬に魚つまり［馬＋魚］《ぎょ》と書くべきところを、馬へんをはぶいたのであろう。孔丘の知識としては、驪《り》はまっ黒な馬、騅《すい》はあしげ馬、騏《き》は青黒い馬であることはわかるが、わからない文字のほうが多い。しかし孔丘は楽しくなった。詩がもっている色彩感覚に打たれた。魯頌は、苔《こけ》むしたことばの羅列《られつ》ではない。ことばが生き生きとしている。しかもこれらのことばは、述べられるのではなく、歌われるのである。ちなみに驈は黒毛の馬だが内股《うちまた》に斑白《はんぱく》のあるもの、魚は両目の白い馬をいう。ついでにいえば、ひとつの目が白い馬を、驠《かん》という。

孔丘は夢中で再読するうちに、はっとした。昂奮した感覚が適度な冷静さをもったらしい。ひとつの詩句が比類ない清澄さをもって孔丘の心の深奥《しんおう》まで滲みた。

思い邪《よこしま》無し

なんという美しいことばであろうか。それは邪念なく純粋に生きよ、と教えてくれているではないか。孔丘は、身も心もふるえた。おもわず泣いていた。のちに孔丘は、

「詩は三百あるが、それらをひとまとめにして表せば、思い邪無し、である」

と、いうが、ここでの感動がすべてであったといってよい。

老司書《ししょ》が室内にはいってきて、孔丘に気づいた。涙をぬぐって起《た》った孔丘は、一礼して、

「陬《すう》の孔仲尼《こうちゅうじ》と申します。祭祀官の下で本日より勤務します。魯頌を暗誦するように命じられました」

と、少々かすれた声でいった。孔丘の長身におどろいた老司書だが、涙で腫《は》れた目

をみのがさず、

「そなたはからだが巨《おお》きいくせに、気が弱いとみえる。初日から辛い目に遭《あ》って泣いていては、この先、幾度《いくたび》も泣かなければならぬ。まあ、泣きたかったら、ここにきなさい」

と、憐憫《れんびん》をこめていった。親切な老司書であった。この人がいてくれたおかげで、孔丘は気がねなく書写ができ、多くの書物を読むことができた。

——三百の詩を、すべて書き写し、暗誦してやる。

そんな気概《きがい》をもった孔丘は、学ぶということに、へこたれたことはない。

ただし知ることが増えれば、知らないことはさらに増える。知るためには、知らないことを知らないとはっきりいうところからはじまる。そういう信条をもっている孔丘は、同僚と先輩の官人を質問攻めにするようになった。

「うるさいやつだ」

多くの官人が孔丘の問いの多さに辟易《へきえき》した。孔丘の顔をみただけで、眉《まゆ》をひそめ、目をそらす者さえいた。ただし孔丘はその程度の冷淡さに遭って傷つくような心の脆《もろ》さをもっていなかった。

——儒《じゅ》の集団は世間の冷ややかなまなざしにさらされてきたのだ。

そのなかにあっても、卑屈にならず、畏縮《いしゅく》せずに生きてゆくには、どうしたらよいのか。孔丘が十代のころから考えてきたことである。

一言でいえば、環境に左右されない精神の自立である。それを成《な》すためには、飽《あ》くことなく、礼法でも、故事でも、知ろうとしつづけなければならない。いまや孔丘は詩の世界にどっぷりと浸《つ》かっている。その美しさに魅了されている。

――これは貴族の言語でもある。

新鮮な認識であった。貴族が詩をおぼえるのは、美を観照する力を養うためではなく、詩句を諷意《ふうい》としてつかうためである。あからさまな表現を嫌うところが、いかにも貴族らしい。それを貴族のもったいぶった気取りとみなせば、詩のすべてをおぼえる必要はなくなるが、孔丘はそうはおもわなかった。詩はまぎれもなく美しい世界なのである。そのなかに人の勇気も、悲哀も、こめられている。いわば千変万化の情のありかたがある。それを詩の形で遺《のこ》してくれたのは、先人の智慧《ちえ》である。それを受け継がないのは、人として、いや国の文化として、大損失であろう。

――これは、貴族が独占する世界で終始させたくない。

かりに貴族の世界が消滅すれば、詩の世界も滅んでしまう。そうなってはならない、と孔丘は強い意思をもった。

やがて上司に従って大廟《たいびょう》を見学することがあった。

大廟は見晴らしのよい高台の上に建てられていて、大祖《たいそ》である周公旦《しゅうたん》が祀《まつ》られている。なかに周公旦の絵も掲《かか》げられている。

——この人が、周公旦か。

孔丘はまさしく敬仰《けいぎょう》した。

殷《いん》王朝を倒した周の武《ぶ》王は、幼い太子（のちの成《せい》王）を遺して病歿したため、在位は短い。動揺する王朝をしっかりと支え、周の理念を天下に示して、経営にあたったのが周公旦である。

孔丘の晩年の弟子である曾参《そうしん》（曾子《そうし》）は、

——以《もっ》て六尺《りくせき》の孤《こ》を託《たく》すべく、以て百里の命《めい》を寄《よ》すべし。

と、述べた。六尺の孤とは、幼君を指し、その原型は周の成王であろう。武王から遺児を託されて、百里の命、すなわち国家の運営にあたったのが周公旦である。おそらく曾参は孔丘を通して周公旦の俠気《きょうき》を視たのであろう。その種の情熱を孔丘がもち、また曾参ももっていなければ、憧憬《しょうけい》はつたわらない。

孔丘は大廟を見学しながら、儀礼についてこまかく問うた。

——いいかげんにせよ。

と、小腹を立てた者がいて、

「陬人《すうひと》の子はよく礼を知っている、とたれがいったのか。大廟にはいって、なにも知らず、ことごとに問うているではないか」

と、あからさまに皮肉った。

その声をきいても、孔丘は恥じ入らなかった。

「礼とは、そういうことだ」

と、平然といった。ここには多分に諧謔《かいぎゃく》がふくまれているようであるが、人に反感をおぼえさせる発言であったかもしれない。だが、孔丘の考えには、知っている者は知らない者に教え、知らない者は知っている者に教えを乞うのが礼の基本だと信ずる強さがあったであろう。実際に教師としての孔丘は、

「どれほどつまらない男がわれのもとにきても、まじめな態度で問うなら、納得《なっとく》するまで充分に答えてやる」

という教育の姿勢を晩年までくずさなかった。そういう未来像を秘めている孔丘という卑官《ひかん》は、同僚の目には、

「変人《へんじん》」

と、映《うつ》ったであろう。

この年の六月一日に、日食があった。

日が欠けはじめたのを瞻《み》た祝《しゅく》と史《し》が、卿《けい》のもとへ趨《はし》った。祝は祭祀官のことで、史は記録官である。まずかれらは卿のひとりである叔孫婼《しゅくそんしゃく》（諡号は昭子《しょうし》）に報告した。

礼についてうるさい叔孫婼は、

「日食があれば、天子は食膳の数をへらし、鼓《こ》を社で打ち、諸侯は幣帛《へいはく》（礼物《れいぶつ》のきぬ）を社に供え、鼓を朝廷で打つ。これが礼である」

と、即座にいい、かれらに幣帛を与えようとした。社は土地の神をいうが、この場合、その神を祀るやしろのことである。また鼓を打つことは、衰えてゆくものを励ます行為である。その音は、トウトウときこえるので、唐の文字をあてることがある。

ところが、叔孫婼の言動に、待ったをかけた者がいた。正卿の季孫意如《きそんいじょ》である。

「無用の礼である。正月の一日に日食があれば、そうしてもよいが、ほかの月では、そうせぬ」

と、かれは祝と史のあわただしさをたしなめた。史の長官を大史《たいし》といい、かれは多少憤然《ふんぜん》として正卿の謬見《びゅうけん》を匡《ただ》そうとした。が、季孫意如は耳を貸さず、

「なにもしてはならぬ」

と、強くいい、祝と史に幣帛をさずけなかった。

孔丘はその場を目撃したわけではないが、朝廷の外でもかなりの話題となったので、あとで祝のもとへゆき、

「叔孫氏と季孫氏とでは、どちらが正しいのでしょうか」

と、問うた。大胆な問いである。同僚の意見などは無視して、直接に祝に問うのは不遜《ふそん》のふるまいといってもよい。

だが、祝は表情を変えず、この最下級の祭祀官をしばらくみつめてから、

「どちらも正しい」

と、いった。孔丘は困惑した。上級の祭祀官ともなれば、季孫氏に折衝《せっしょう》する機会がすくなくないので、季孫氏に嫌われたり憎まれたりしないような配慮をおこたらないということがあろう。これもそのひとつであるとすれば、遁辞《とんじ》にすぎないではないか。

そうおもった孔丘は、

「意味がよくわかりませんが……」

と、あえていってみた。

祝は目をそらさず、

「意味は、自分で考えよ」

と、いい、孔丘をしりぞかせた。

――どういうことか。

祝の態度と教諭《きょうゆ》は、孔丘を愚弄《ぐろう》したものではなかった。まっすぐな問いに、まっすぐに答えてくれた、と意《おも》ってよい。むしろ問うた者が、問われたのである。

孔丘は考えつづけた。

やがて礼に対する法というものに想到《そうとう》した。叔孫氏が礼について述べたのに対して季孫氏は法によってそれを否定した。最高権力者の発言は法にかわりうる。それが礼

にそむいても、不正であると指弾《しだん》できない。実際に、日食があっても、朝廷で鼓は打たれず、社に幣帛は供えられなかった。法によってひとつの礼が失われたのである。礼の喪失が続出すると、恣意《しい》的な法の発生を阻止するものがなくなってしまう。そのため、おのずとある秩序が紊《みだ》れて収拾がつかなくなる。そうなると為政者は法を乱発せざるをえない。それなら、最初から礼を守り、従えばよいではないか。

要するに、礼を守ることは、貴族の不当な法から官民を護《まも》ることになる。祝が教えてくれたことは、そういうことではないか。

孔丘が礼の意義を最大限に知ったのは、このときであったといってよい。

秋に、郯《たん》の君主が朝見《ちょうけん》にきた。

孔丘はこの君主にかかわりをもつことになる。

郯《たん》君の来朝

秋になって顔無繇《がんむよう》が新しい木簡《もっかん》をとどけるために官舎にきた。かれと秦商《しんしょう》が、孔丘《こうきゅう》が書写《しょしゃ》と暗記を終えた木簡をうけとり、かわりに新しい木簡を置いてゆく。びっしりと文字が書かれた木簡は綴連《ていれん》されて巻かれている。それらの巻は孔家へはこばれ、蓄積《ちくせき》されつつある。

数巻をうけとって腰をあげた顔無繇は、すこし眉《まゆ》をひそめて、

「閔損《びんそん》が父親にひきとられました」

と、告げた。

「そうか……、あの子は、実家へもどったのか……」

孔丘の胸に涼風《りょうふう》が通った。ともすれば暗くなりがちな孔家を、ひとりで明るくしてくれたのが閔損であった。孔家は灯《ひ》を失ったといってよい。

「閔損の父は優柔不断《ゆうじゅうふだん》の男のようで、継妻《けいさい》のいいなりである、ときこえてきます。実家にもどった閔損をかばう人はおらず、かならず除《の》け者にされます。それがわかって

いながら、孔家では、たれもどうすることもできなかったようです」

と、顔無繇はため息まじりにいった。

孔丘は涙ぐみそうになった。今年、自分の子の鯉《り》は八歳であり、長いあいだ話し相手、遊び相手になってくれた閔損が孔家を去るとき、ひとことでも感謝のことばをかけたであろうか。鯉が気の弱さのために、それができなかったのであれば、妻がかわって声をかけたであろうか。礼を教える家が、相手が童子《どうし》であっても、礼を失ってはならない。

――妻は自分の子に礼を教えるという人ではない。

それが孔丘にとってむしょうにさびしい。

「閔損は十二歳か。成年まで、あと八年……。八年の辛抱《しんぼう》だな。八年経《た》てば、かれはわが家にもどってくるであろう」

孔丘はそう予感した。

「そうなればよい、とわたしもおもいます。ただし、あの子にとって、これからの八年は長いでしょう」

情味のある顔無繇はまたため息をついた。かれが去ったあと、孔丘はおのれの八年後を想《おも》った。このまま下級祭祀《さいし》官でいるのか。いまは独《ひと》りで学びつづけているが、もっと広く深く学ぶにはどうしたらよいのか。孔丘もため息をついた。

この日から数日後に、上司に呼びだされた孔丘は、

「郯君《たんくん》が朝見《ちょうけん》にくる。滞在のための宿舎は外宮《がいきゅう》であるので、なんじは外宮に詰めて、応接と連絡にあたれ」

と、命じられた。外宮は公室にとって来客用の宿舎で、公宮からすこしはなれた位置にある。そこに三人の祭祀官とふたりの記録官が泊まり込んで、魯《ろ》の昭《しょう》公に面謁《めんえつ》にきた郯の君主を介輔《かいほ》するのである。この面謁は、魯の盟下にある国の君主がおこなわねばならぬ礼のひとつであり、それを朝見とよべなくはないが、朝見のもとの意味は臣下が天子に拝謁《はいえつ》することであるから、すこしことばがくずれてきたといわざるをえない。

——郯君といえば……。

孔丘はむくむくと尚古《しょうこ》の感情が湧いてきた。

郯の君主は、少皞金天《しょうこうきんてん》氏の裔孫《えいそん》で、姓は己《き》であるといわれている。諸侯のなかで、その家系の長さは特別であるといってよい。郯の公室には、わくわくするような伝承が保持されているにちがいない。だが、そう想ったところで、下級祭祀官にすぎない孔丘が、他国の君主に質問をぶつけるわけにはいかない。学びたくても学ぶことができない現実が、ここにもある。

郯君が外宮にはいった。

その時点から、孔丘は多忙になった。

ぶなんに朝見を終えて外宮にもどってきた郯君は、宮室にはいるまえに、庭に目をやって、

「あれはなんという名であろうか」

と、こまごまと草木の名を祭祀官たちに問うた。祭祀官たちを困らせてやろうという悪意をもっているとはおもわれない温厚な君主である。郯という国の位置は、曲阜《きよくふ》からみると、東南にあたり、生えている草木が魯のそれらとはちがうのであろう。そのちがいをたしかめたいのは、この君主が学究《がくきゆう》の気風をもっているからにちがいない。

ふたりの祭祀官は口ごもった。が、仰首《ぎようしゆ》した孔丘がすらすらと答えた。

——いやなやつだ。

と、ふたりの祭祀官は顔をしかめた。しかしながら孔丘はその種の反感は意《い》に介《かい》さない。かれの目は郯君しか視《み》ていない。幽《ほの》かではあるが両者になにかが通いあいそうであった。

——詩のありがたさよ。

詩の世界にいるのは動物だけではない。おびただしい植物がある。人とともに生きているそれらの名を知るだけでも、人は豊かさを得ることができる。郯の君主はそういうことを知っている、と孔丘は感じた。

孔丘はきわだつ長身であり、武人にしてもよい体軀《たいく》をもっていながら、郯の主従にこまやかな気づかいをみせた。郯君にはそれがわかっており、いままたその者の知識の豊かさに感心したので、

「そなたの氏名は――」

と、問うた。

「孔丘と申します」

つねには声の大きい孔丘も、このときばかりは声音《せいおん》をおさえた。

「魯に、孔を氏とする者がいるのは、めずらしい。衛《えい》と陳《ちん》に多い氏である。明日、魯君が宴を催してくれる。そなたはわれを宴席まで儐《みちび》け」

「うけたまわりました」

同僚の嫉《そね》みのまなざしを浴びつつ、孔丘は拝手した。

ひとつ気になったことがある。孔という氏について、郯君は衛と陳に多いといったが、宋《そう》という国名を挙《あ》げなかった。孔氏の族はかなり昔に、宋国から払底《ふってい》したらしい。

――衛と陳にいる孔氏は、わが遠祖と、血のつながりがあるのか、ないのか。

孔丘にあらたな関心事がひとつくわわった。

翌日、宴会場となった宮殿まで郯君を先導してきたのが孔丘であると知った上司はおどろき、

「これ、これ、これより先にはいってはならぬ」

と、孔丘を叱呵《しっか》して、しりぞけようとした。するとつねに郯君の左右にいる郯の大臣が、こういう事態が生ずることを予想していたのか、すばやく歩をすすめ、

「祝《しゅく》どの、その者を宴席にくわえたいというのは、わが君のご意向である。おことわりにならぬであろうな」

と、ささやくようにいった。

「えっ、郯君のご意向——」

上司は孔丘を睨《にら》んだ。この者は郯君にぬけめなくとりいったのか、とにがにがしくおもったらしい。ここは両国の君主と重臣がつどう場であり、両国の親睦《しんぼく》に無関係な下級祭祀官の出席がゆるされるはずもない。困惑した上司はあわてて季孫意如のもとへ趨り、郯君の意向をつたえた。かれが君主のもとへ趨《はし》らなかったことだけでも、この会の陰《かげ》の主催者が季孫意如《きそんいじょ》であることがわかる。

「そこもとの属官が郯君に気に入られたのなら、かまわぬ、末席を与えよ」

季孫意如があっさりと許可して、その者の氏名は——、と問わなかったのは、ほかのことに気をとられていたからであろう。ほかのことというのは、君主である昭公がこういう席で礼をはずさないか、気にしていたことである。

とにかくその許可によって孔丘ははじめて君主と重臣の宴会を自分の目でみること

ができた。相手の威《い》に屈せずさからい視ることを忤視《ごし》というが、このときの孔丘の目つきは忤視に比《ちか》い。

——あれが季孫氏か。

そうおもっただけでも、含怒《がんど》の感情がよみがえってくる。むろん季孫氏に侮辱《ぶじょく》されたわけではないが、いきなり人の胸倉《むなぐら》を突くような冷気に満ちたことばを吐く者を家臣としている季孫氏を尊崇《そんすう》する気にはなれない。

ついで孔丘は昭公をみた。

とたんに、昔、秦商がみせたしぐさを憶《おも》いだした。そのとき秦商は、

「わが国の君主は、ここがだいぶ足りぬ」

と、いい、自分の頭を指で軽くついてみせた。おつむが弱いということであろう。なるほど、いまだに昭公をたたえる声をいちどもきいたことがない。それどころか、声をひそめて嗤《わら》う者が多い。

十七年まえのことになるが、昭公は即位のまえからその容態は奇妙であった。魯の先代の君主を襄公《じょう》といい、昭公は襄公の子である。ただし襄公の生前に太子として認定されていたわけではない。それどころか、昭公の腹ちがいの兄である子野《しや》が襄公の嗣子《しし》として、季孫宿《きそんしゅく》（諡号《しごう》は武子《ぶし》といい、季孫意如の祖父）に擁立《ようりつ》されようとしていた。

襄公の死後、殯葬《ひんそう》のあいだ、喪《も》に服すために季孫邸にはいった子野は、父を悼痛《とうつう》するあまり極端な粗食をつづけたため、痩《や》せ衰えて、ついに病歿してしまった。

——しまった。

と、季孫宿は舌打ちをしたであろう。

天子を擁立する功を、定策《ていさく》の功、というが、君主を擁立することは、それに亜《つ》ぐも

のである。当然、その功には多大な権力がともなう。子野の死をみつめて、掌中《しょうちゅう》の珠《たま》

を失ったおもいの季孫宿であったが、

——待てよ、まだ、手はある。

と、おもいなおした。

君主の家の婚儀に際しては、嫁《とつ》ぐ女《むすめ》を送りだす家は、その公室との姻戚《いんせき》関係が切断

されないように、ふたりの女を送り込む場合が多い。姉と妹がふつうの組み合わせで

あるが、妹がいないときには父の兄弟の女、すなわち姪《めい》がえらばれる。その二女は主

従の関係で、主である女は妃《ひ》となり、従である女は妾《しょう》となる。妃が子を産まないと妾

がかわって子を産み、妃がその子を育てるという図式になる。

亡《な》くなった子野の生母を敬帰《けいき》というが、敬帰には斉帰《せいき》という妹がいて、襄公の子を

産んだ。その子は、公子裯《ちゅう》、といい、十九歳になっている。

ちなみに敬帰と斉帰というふたりは、胡《こ》という小国の公女である。胡の位置は魯の

はるか南で、淮水《わいすい》の支流の潁水《えいすい》に臨《のぞ》んでいる。帰という姓はほかにみあたらないので、きわめてめずらしい。

――公子裯を立てればよい。

季孫宿はその決定を諸大夫《たいふ》に知らせた。それをきいて、

「もってのほか」

と、抗言《こうげん》したのは、三桓《かん》のひとりの叔孫豹《しゅくそんひょう》（諡号は穆子《ぼくし》）である。この人は、日食の際に正論を吐いた叔孫婼《しゅくそんしゃく》の父である。叔孫家は理屈をこねる人が多い。

「太子が亡くなったときは、同母の弟を立てるべきであり、それがいないときは、庶《しょ》子《し》のなかの年長者を立てる、というのが昔からのきまりです」

そう切りだした叔孫豹は、この時点で、子野の弟の公子裯に悪印象をもっていた。なぜなら、公子裯は父が亡くなったというのに、すこしも哀しまず、喪中にもかかわらずにこにこ笑っている。喪服に着替えるべきなのにそうしない。

――阿呆《あほう》か、この公子は。

内心、公子裯を睨みつけている叔孫豹は、

「礼に従うことのできない人は、かならず禍《わざわ》いを起こします。それでも、あなたがその公子を立てるというのであれば、あなたの家に禍いがおよぶでしょう」

と、強くいい、その決定を取り消させようとした。

季孫宿に絶大な権力をにぎらせたくないというおもわくもあったであろうが、凡愚《ぼんぐ》な君主はかならず群臣と国民に迷惑をかけるという他国の例もあることから、自国の未来にそういう紊乱《ぶんらん》があってはならないと真剣に考える叔孫豹の配慮がここにはあろう。

が、季孫宿はうなずかなかった。阿呆の君主なら、さらにあつかいやすい、と考えたのであろう。かれがくだした決定は不動のものとなった。

ただし喪中の公子禂のふるまいはひどかった。襄公が埋葬されるまで、かれは遊びまわり、喪服がすりきれて、三度もとりかえた。

――十九歳になっても、童心から脱《ぬ》けられないのか。

さすがに季孫宿もあきれたが、死なないでいてくれたら、それでよい、とその悖戻《はいれい》ぶりに目をつむった。

そういういきさつがあって、公子禂は即位した。それが昭公である。

孔丘が昭公をみるのはこの席が最初ではない。宮中で祭祀があり、そのとき昭公をみた。三十代の昭公はまさに壮年であり、その容姿にだらしなさはなかった。いままた遠目ではあるが、

――あれが凡愚の容貌か。

と、孔丘は首をかしげた。昭公についてたれも賢主《けんしゅ》であるといわないが、孔丘が遠

くから観察したかぎり、昭公のどこが愚浅であるのかわからなかった。ふと孔丘は、

——胡という国は、楚《そ》に近い。

と、想った。楚といえば、過去に荘《そう》王という比類ない英主がでた国である。孔丘は十代のころに鄙《むら》の長老から、

「なんじは、蜚《と》ばず鳴かず、ということばを知っているか」

と、いわれた。知りません、と答えると、長老は楚の荘王の荒湎《こうめん》ぶりについて語ってくれた。荘王は父の穆《ぼく》王の死後、喪中にもかかわらず左右に美女を抱き、飲めや歌えの遊蕩《ゆうとう》をつづけた。諫《いさ》める者は死刑に処すと命じたので、たれも荘王に近づかなかった。これでは国が滅んでしまうと愁えた臣下のなかに、伍挙《ごきょ》という賢臣がいて、あからさまに諫言《かんげん》を呈することはせず、ひとつ謎かけをいたします、といって荘王に近づいた。その謎かけというのが、

「鳥が阜《おか》にいます。その鳥は三年もの間、蜚びませんし、鳴きもしません。いったいこの鳥はなんでしょうか」

というものであった。

——この者はわが深意を察しているのか。

そう感じた荘王は、うなずいて、

「三年蜚ばなくても、蜚べば天に至るであろう。三年鳴かなくても、鳴けば天下の人

を驚かすであろう」

と、いって、伍挙を安心させた。その三年というのは、喪に服している期間を暗示している。すなわち荘王は、国政を専有している王族や大臣の目をあざむくためにあえて悖礼《はいれい》の容態をみせ、かれらを倒すために、信用できる臣下をさぐっていた。

――楚に近い胡の君臣がその話を知らないはずがない。

胡の公女である斉帰は、自分が産んだ男子が、正邪是非《せいじゃぜひ》を識別できる知能をそなえはじめたとみたころ、楚の荘王の智慧《ちえ》のつかいかたを教えたであろう。昭公はおもいがけず自分が魯の君主になるとわかって、母から教えられたことを憶いだしたのであれば、阿呆どころかそうとうに賢いといわねばならない。昭公をそうみれば、いつか昭公が倒さねばならぬ相手とは、自分を擁立してくれた季孫氏ということになる。

――そんなときがくるのだろうか。

国政にまったくかかわりのないところにいる孔丘にとって、国権をめぐる争いは、いわば遠雷《えんらい》にすぎない。とはいえ礼を尊ぶ心情としては、昭公が三桓をおさえて親政をおこなうのがよく、そうなることによって魯は健全な国体にもどる。つまり礼は、正義の道をゆくための道標《どうひょう》になりうる。この認識は孔丘の思想にとって重要であった。なぜなら、ほとんどの国で政治をおこなう威権が君主からはなれ、大臣に掌握《しょうあく》されている。それを正義の遂行《すいこう》の名によって君主にもどすというのは、逆説的な意味で改革である。孔丘が大臣にとって不都合な改革者であるとすれば、その謂である。

「おや……」

孔丘は耳をそばだてた。昭公が郯君になにか問うているらしい。よくきこえないが、話題は郯の官職名に移っているようである。

――ああ、自分もそれを知りたい。

孔丘はもどかしくなり、しきりに膝《ひざ》を動かした。隣席の者は、それをみて、

――行儀の悪い男だ。

と、目で叱《しか》った。

実際、このとき、昭公は郯君にこういう質問をしていた。

「少皞氏が鳥の名を官職につけたのは、なぜでしょうか」

おそらくこの問いは、史《し》か祝が用意したもので、昭公の知力の弱さを危ぶんで、郯君にあなどられないように配慮したにちがいない。

郯君はこの問いを待っていたかのように笑《え》み、

「わたしの祖先のことですから、よく知っていますよ」

と、いい、ゆっくりと説《と》きはじめた。

どうやら郯君は遠祖の少皞氏だけではなく、それより古い黄帝《こうてい》氏、炎帝《えんてい》氏、共工《きようこう》氏、大皞《たいこう》氏のころの官職名についても語りはじめたようであるが、くやしいことに孔丘の

耳にははっきりときこえない。耳を澄ませているのは、昭公と孔丘だけのようで、魯の重臣たちは郯君のほうをみないで談笑している。それをみた孔丘は、

「みな黙って、郯君の説明をきけ」

と、いきりたちたくなった。

宴は終わった。

郯君が乗った馬車を先導するかたちで、外宮まで歩いた孔丘は、どうにもやるせなかった。

馬車をおりた郯君は、宮室にはいるまえに、孔丘を呼び、

「われの長い説述《せつじゅつ》を全身できいていたのは、魯君とそなただけであった。が、末席まで、われの声はとどかなかったであろう。少皞氏が定めた官職名について知りたければ、教えよう。ただし、われは疲れた。この者に問うがよい」

と、いって、随従《ずいじゅう》の史官を名指した。

このあと、外宮の別室にはいった史官と孔丘は、しだいにうちとけて、ながながと対話した。孔丘にとってこれほど貴重な時間はなかった。

太古、もっとも古い帝王は黄帝であるといわれ、その黄帝が天下を総《す》べる際に、瑞《ずい》雲《うん》が出現したことから、百官の官職名を雲の名にした。史官の解説はそこからはじまった。孔丘は一言隻句《いちごんせきく》もききのがさないという気魄《きはく》をみせた。

ついで炎帝は火の名、共工は水の名、大皞は龍の名を用い、少皞が立ったときに、鳳鳥《ほうちょう》が飛んできたので、鳥の名を官職名につかうことにしたという。

「鳥の名には、鳳鳥、玄鳥《げんちょう》、伯趙《はくちょう》、青鳥《せいちょう》、丹鳥《たんちょう》、祝鳩《しゅくきゅう》、鳲鳩《しょきゅう》など、まだまだたくさんあります。たとえば鳳鳥の官の人は、歴正《れきせい》として、暦《こよみ》を正すのです」

「玄鳥は、つばめですね」

と、孔丘はいった。

「そうです。つばめは春にきて秋に去ります。ゆえに玄鳥の官の者は、鳳鳥に属して春分と秋分をつかさどります」

「伯趙とは、なんですか」

「もず、です。もずは夏至《げし》から鳴き冬至《とうじ》に鳴きやむといわれています。ゆえに伯趙の官人は夏至と冬至をつかさどります」

こういう問答が深夜までつづいた。ついに史官は燭台《しょくだい》の膏《あぶら》が罄《つ》きそうであることに気づき、

「昼夜という時間を五つつらねても、語りつくせません。残念ですが、ここまでで――」

と、灯を消して別室をでた。

房中《ぼうちゅう》にはいった孔丘は昂奮して寝つかれなかった。もともと曲阜のあたりに少皞氏

の本拠があったのに、魯の国には少皞氏の伝説はまったくといってよいほどない。周《しゅう》の王朝が成立したころには古代の官制が残っていたであろうに、時代が下《くだ》ると、それらは中央では失われ、地方の小国にかろうじて残存する。たとえば郯が滅亡すれば、それにともなって、貴重な伝承も滅んでしまう。

――それでよいのか。

と、問うまでもない。たれもその重大さに気づかず、文物の遺産が喪失しても痛痒《つうよう》を感じないのであれば、その保存をおこなうのは自分しかいない。そういう使命感を孔丘はおぼえた。

翌朝、寝不足の目をこすりながら、郯君と従者を見送ることになった孔丘に、

「一夜では、不足であったであろう。郯にくれば、いつでも史官に相手をさせよう」

と、郯君がみずから声をかけた。

「あっ、まことに――」

孔丘は喜びでねむ気が飛び去った。が、祭祀官の身で、どうして郯にゆけようか。郯の君臣の影が消えたあと、孔丘は鬱然《うつぜん》と足もとをみつめた。

詩と書

孔丘《こうきゆう》は詩の全篇を書き写すのに一年半を要した。

文書保管室に出入りすることができるといっても、親切な老司書がいなければ、ほかの司書に睨《にら》まれて、その室内は居ごこちの悪い場所になった。詩は三百余篇あるといっても、一篇は長文《ちようぶん》ではないので、書写《しよしや》におびただしい時間がかかるわけではない。それでもその室内にいりびたることはゆるされないので、そういう歳月を要した。

職場も冷え冷えとしていた。

孔丘だけが郯《たん》君から親愛の目をかけられたという事実があってから、同僚の目はさらに冷えた。

なぜ孔丘にだけ郯君は声をかけ、招き寄せたのか。それを深く考えることはせず、ただいまいましいと小腹《こばら》を立てただけの同僚である。

——友とする者は、ひとりもいない。

向上心のかたまりといってよい孔丘にとって、この認識はさびしかった。一国の実力は君主、大臣、上級官吏の見識の高さだけで知られるものではない。むしろ、よく働き、庶民と接する下級官吏の顔が、国の顔とみなされると想《おも》ったほうがよい。そういう角度で魯《ろ》をみれば、

——残念ながら、自慢できる国ではない。

と、孔丘はおもわざるをえない。

昔、魯の君主が荘《そう》公（桓《かん》公の子）のころ、血胤《けついん》の尊卑を問わず、有能な者を擢用《てきよう》するという英気がみなぎっていた。が、それ以後は、門閥《もんばつ》が重視され、政治が硬直《こうちょく》した。周《しゅう》王室の分家として文化程度がもっとも高かったはずの魯は、いまや晋《しん》にならって、侵略主義をとっている。国を富ませる方法を、隣国の斉《せい》のような国制改革によらず、他国を侵害するという力《ちから》わざにたよっている。

——他から奪って、おのれを富ませる。

下劣といえば下劣だが、それが天下の風潮である。大国によって小国が滅ぼされるたびに、文化遺産が消えてゆく。ただし、そういう事態をくやしがる者は、孔丘を措《お》いて、ひとりもいないであろう。

富というのは、遠くにあるというより、ぞんがい足もとにあるものではないか。それに気づいて、国法を改め、商工業を盛んにして国民を裕寛《ゆうかん》のなかにおき、富国強兵をなしとげたのが、斉の管仲《かんちゅう》という不世出《ふせいしゅつ》の大臣である。かれは名宰相《さいしょう》とたたえられ

たが、じつは斉には国氏と高氏という二卿がいて、かれらが宰相というべきで、次席の卿である管仲は、生涯、宰相にはなれなかった。それはさておき、管仲の思想は、

　倉廩実《そうりんみ》つれば礼節を知り、衣食足《た》れば栄辱《えいじょく》を知る。

ということばで端的《たんてき》に表される。倉廩は米ぐらをいうが、この場合、国庫《こっこ》と想ったほうがよい。衣食は官民の暮らしのことで、そこに不足が生じないようにさせて、はじめて人は名誉と恥辱《ちじょく》を知る。物質的豊かさがなければ、人は精神の豊かさを感じない、という思想である。たしかに斉は管仲の政策が実施されたことによって豊かになった。

斉にくらべて魯は貧しい。それはまぎれもない事実である。しかも執政者《しっせい》である三卿は、私腹を肥やして昭《しょう》公をないがしろにしているとあっては、

——魯に第二の管仲は出現しようもない。

と、断定せざるをえない。

だが、魯に富はないのだろうか、と考える孔丘は、上からの改革がむりなら、下をもちあげるしかない、とおもった。富はないことはない。人材である。教育の力によって、人を磨《みが》けば、光を放つようになる。家を継げず、なんの希望ももたないような

若者に礼法を教えたことがある孔丘は、多少の手応えをもっていた。

盛夏のある日、文書保管室へゆくと、ひさしぶりに老司書の顔をみた。ほっとした孔丘の口もとにおのずと笑みが生じた。

「致仕《ちし》なさったのか、とおもっていました」

孔丘がそういうと、老司書は軽く手をふって苦笑した。

「官を去るには、あと三年ある。われもいそがしいのじゃ。それよりも、なんじは詩をおぼえたか」

「すべて、おぼえました」

「ふん、ふん」

と、うれしそうに鼻を鳴らした老司書は、

「昨年、学ぶことについて、大夫《たいふ》の閔子馬《びんしば》がうまいことをいった。知っているか」

と、いった。閔子馬は閔損《びんそん》の父ではない。閔氏一門の族父というべき人が、閔子馬であるとおもえばよい。むろん孔丘は閔という氏をきいて閔損の容姿を脳裡《のうり》に浮かべた。ただし閔子馬についてはまったくといってよいほど知らない。それゆえ、

「存じません」

と、ためらうことなく答えた。話の内容は悪いものではなさそうだ。

「昨年の三月に曹《そう》の君主（平《へい》公）が亡《な》くなり、秋に埋葬がおこなわれた」

「あ、さようでしたか」

他国の公室の冠婚葬祭について語《つ》げてくれる者は孔丘の近くにはいない。

曹の公室の始祖は曹叔振鐸《そうしゅくしんたく》といい、周の武《ぶ》王の弟である。それゆえ曹は、周、魯、衛《えい》などとおなじ姫《き》姓の国で、首都の陶丘《とうきゅう》の位置は、曲阜《きょくふ》からみて西南にあたる。魯にとって、隣国のひとつであるといってよいであろう。また、晩春に薨去《こうきょ》した曹君が秋に葬られるのは、葬礼における通典《つうてん》であり、君主の殯葬《ひんそう》はそれほど長い。

「わが国の大臣も、その会葬に参加した。ところが、そこにいた周の大夫が、学ばなくても、なんら害はない、と語ったので、不快をおぼえた大臣は、帰国してから閔子馬に、これをどうおもうか、と問うた」

「まことですか。周の大夫といえば、周王にお仕えしているのでしょう」

いまや軍事の中心は晋にあるが、文化の中心は、なんといっても周にある。そこの貴族が、学問を軽蔑するところまできたということは、いまという時代のすさみがそうとうにひどいということにほかならない。

「そうよ。あきれたものだな。閔子馬もあきれたらしい。上の者が学ばなければ、下の者が上をしのぐようになる。すると国も家も、乱れることになる。閔子馬はそういい、さらに、学は殖《しょく》であり、草木を植え育てるようなもので、学ばなければ、草木が枯れてゆくように、零落《れいらく》する、といった。どうだ、学は殖なり、とは、うまいことをいったとはおもわぬか」

「はあ……」

孔丘はあいまいな返辞をした。なるほど学は殖なりとはすぐれた表現であるが、気にかかったのはそのことではなく、下の者が上をしのぐと乱になる、という考えかたである。

孔丘は、人も家も国も、底力をそなえたいとおもっている。斉のような生産力、晋のような軍事力を魯に望むことができないとすれば、魯に必要なのは精神力である。その力を倍加《ばいか》するためには、貴族の下にいる者たちが知識をたくわえ、礼法を理解して実行するのがよい。ただしそのことが乱の遠因になりかねないとしたら、どうであろう。孔丘は越権とか僭越《せんえつ》を嫌っていても、その思想を誤解されれば、叛逆者とみなされるかもしれない。

――上も下も学べば、なんら問題はなく、理想的な国家になる。

孔丘はそれを想った。ただし庶民の教育を考えていたのは、中華のなかで、孔丘ただひとりであったろう。

気分が翳《かげ》ってきた孔丘は、暗い想念を払うように、

「あの書物の内容は、どういうものでしょうか」

と、あえて明るい声で問い、棚にならべられた巻のひとつをゆびさした。

巻の上に手を置いた老司書は、またしても小さく鼻を鳴らした。

「これは、書《しょ》、といい、古代の帝王の言行録だ。いや、帝王と賢臣たちの問答集といったほうがよいかもしれぬ。よく読めば、内容はむずかしくはない。が、文体が凝《こ》っており、わざとむずかしく書いて、史官の特権を誇示したのではないか、といわれている」

「すこし読ませてもらってよろしいですか」

以前から孔丘の気になっている書物である。

「おう、よいとも」

老司書は気軽に書物を披《ひら》いた。

孔丘が読みはじめた書は、はるかのちに『尚書《しょうしょ》』とよばれ、さらにのちに『書経《しょきょう》』とよばれることになる。歴史書にはちがいないが、そのなかに政治学、経営学、倫理学、軍学などがふくまれている。一読してそれがわかった孔丘は、この書も学問する者にとって宝の山ではないか、と想い、感動して指をふるわせながら、

「これを書き写してよろしいですか」

と、老司書に問うた。

「いや、それは、ちとまずい」

この書物は公室秘蔵の図書というわけではないが、孔丘が記録官ではなく祭祀官《さいし》であるので、この書写はよけいなことをしているとみなされやすい。それがわかるだけに、老司書は用心して許可をだすのをやめた。

「そうですか……」

孔丘は落胆の色をあらわにした。

だが老司書の目は笑っている。

「がっかりすることはない。書き写した全巻は、われがもっている。いま官舎にはないが、わが家にあるので、もってこさせよう」

ここでも孔丘は老司書の厚意にふれた。学ぼうとする者の熱意がそういう厚意を抽《ひ》きだしたともいえる。のちに孔丘は、

――徳は孤《こ》ならず、必ず鄰《となり》あり。

と、実感をこめていうことになるが、孤立した自己を痛感して苦しんだときがあったからこそ、そういえるのであろう。

数日後、老司書から数巻の書を借りた孔丘は、書写をはじめた。したたり落ちる汗をぬぐうのも忘れて、書写に没頭した。詩にくらべて、文字数はけたちがいに多いが、この私的な作業に苦痛はまったくなかった。手もとに古代の世界があり、書き写せば、より鮮明に古代の人々の言動がよみがえった。

——誨えられることばかりではないか。

詩を知ったときとはちがう喜びに孔丘は盈《み》たされた。読めば読むほど、精神が屹立《きつりつ》してゆく感じになる。

人として立つ、とは、こういうことではないか。書にめぐりあうまで、こういう感じになったことがない。視界が急にひらけた感じなのである。そのことによって、おのれという個の小ささが客観的にわかった。ただしその個は、天地の広さを知った個であり、妄想や幻想をぬけている。

孔丘の集中力は尋常ではない。文を書き写す速さも尋常ではなく、最初に借りた数巻を秋風が吹くころには返しにいった。

「もう書き写したのか」

と、老司書は怪しみつつも、孔丘との問答を楽しんだ。

——問いをきけば、その者の理解の浅深《せんしん》がわかる。

この男は、古代の世界を知ることが、うれしくてたまらないのだ。老司書は孔丘をそう観《み》た。しかしながら、孔丘の欠点もすぐにわかった。現代への関心が稀薄であるということである。

「そなたは他国のことに疎《うと》そうだが、鄭《てい》に子産《しさん》という卿がいる。知っているか」

「存じません」

鄭も姫姓の国で、その国の位置は中華のなかの中心にあり、周にも近いので、周都が洛陽《らくよう》の地に東遷《とうせん》してきたあと、諸国のなかで最初に栄えに栄えた。先進国とは、鄭を指す、といっても過言ではない。

「やはりな……。知らなければ、誨えよう。去年の五月に、鄭に大火災があって、首都が焼け落ちそうになった」

火災を生じさせる風を、融風《ゆうふう》という。夏の神で火をつかさどる神を祝融《しゅくゆう》というので、融風の融はそこからとられたのであろう。この融風が吹き荒れたため、火災が起こったのは鄭だけではなかった。宋《そう》、衛、陳《ちん》などにも火災があった。ということは、猛烈に乾燥した熱風が南から吹いて中原《ちゅうげん》を通り、河水《かすい》近くの平坦地を北上して衛まで達したことになる。

「だが、子産は人と物を的確に移動させ、手際よく消火をおこない、ほとんど死者をださず、七月には都内の焼失した建物を再建してしまった。上と下とを同時におもいやる稀代《きたい》の執政よ。その名くらいは、おぼえておくがよい」

魯におなじような大火災があったら、どうであろうか、とこの老司書は暗に三桓《かん》を批判しているようであり、魯に名宰相がでないことを嘆いているようでもある。

「おぼえました」

書を読んだおかげでようやく政治に関心をもった孔丘が、敬慕することになる卿のひとりが子産である。子産がもっている知識量は、この時代では、最大であり、政治もすじを通しながら臨機応変であった。君主の孫という権門に生まれながら、驕《おご》ることなく、人民をいたわる政治をおこなった点で、子産は歴史的に卓出《たくしゅつ》していた。

秋の終わりに、また数巻を返しにいった孔丘は、ひとつの巻を披いて、語句をゆびさし、

「これは、どういう意味でしょうか」

と、老司書に問うた。その語句とは、

惟《い》斆《こう》学《がく》半《はん》

というものである。これを一瞥《いちべつ》した老司書は、こんなことがわからぬのかという目を孔丘にむけた。

「惟《こ》れ斆《おし》うるは学ぶの半《なか》ば——、つまり、人を教えることは、半分は自分が学ぶことだ、そういっている」

「やはり、そうでしたか」

と、つぶやくようにいった孔丘は、涙をながしはじめた。それをみた老司書は、

——よく泣く男じゃな。

と、眉《まゆ》をひそめた。孔丘は涙をぬぐわず、すこし頭を低くして、老司書に礼容を示した。

「わたしはもっと学びたいのです。そのためにはどうすればよいか、考えつづけてきましたが、この語句に出会って、道が啓《ひら》けました。年内に書の全巻を書き写し、明年、官を罷《や》める所存です」

来年、孔丘は三十歳になる。三十代を、冷えてうす暗い官途にとどめておくことに、人生の意義をみつけにくい、と深刻に考えた孔丘は、人を教えておのれも学ぶという道を択《えら》んだ。

老司書は小さく嘆息《たんそく》した。

「人は学びつづけると、どうなるか、とそなたをみていると問う気にもならぬ。そなたは、学ぶことは生きることであり、生きることは学ぶことであるから、死ぬまで学びつづける稀有《けう》なひとりになろう。しかも、人を教えることを天職であると感得したようじゃな」

「さあ、それは……」

人を教育することが天職であると、孔丘ははっきり自覚したわけではない。

「いや、それは、斃《たお》れて后已《のちや》む道というものだ」

老司書はそう断言した。それには危惧《きぐ》と羨望《せんぼう》がまじっていた。官職を嫌って野《や》に下《くだ》った者たちの大半は、世間とのつきあいをこばんで、隠棲《いんせい》する。だが、この孔丘という男は、逃げも隠れもせず、羈縻《きばく》されない野を学問の場とし、利害関係のない庶人《しょじん》とともに学ぼうとしている。

——そんなことができるのか。

できなければ、斃れて、已む、それだけである。たぶん、多くの人々は孔丘の生きかたを愚行とみて、さげすむであろうが、この老司書には、その壮烈さをほめてやりたい気持ちがある。

「われは、二十年後、三十年後のそなたがどうなっているか、みとどけることはできまいが、多少の助けはできる。書き写した書物はほかにもある。わが家にくれば、惜しみなく貸そう」

と、老司書はその住所をおしえた。

冬のあいだに官舎を訪ねてきた秦商《しんしょう》に、書写を終えた巻を渡した孔丘は、来年の計画をうちあけた。

「あっ、それを知れば、みなが喜びます」

じつのところ、かつて孔丘から葬礼について学んだ者たちは、葬式の際に、ちょっとした助言者あるいは指導者になっている。孔丘に就《つ》いて学ぶことは、寒陋《かんろう》の道をあてもなく歩く者たちにとって、心の憩《いこ》いになるだけではなく、利益につながるのである。孔丘の教育思想における本意はそこにはないが、現実にはそうなのである。

計画をきいた顔無繇《がんむよう》が、晩冬にきて、

「子丕《しひ》（秦商）と話し合ったのですが、広く礼法をお教えになるのでしたら、ご実家の位置では不都合でしょう。人も集まりにくい。教場《きょうじょう》を曲阜内に設けられてはいかがですか」

と、孔丘に打診した。

「都内に空《あ》いている土地などあるまい」

「たしかにそうですが、利用されていない土地をお借りになればよい。都内の西南部には荒蕪《こうぶ》の地があります。土地の所有者を調べて、かけあってみましょうか」

「やってくれ」

孔丘はおのれを励ますつもりで即答した。

高弟である秦商と顔無繇が孔丘の計画の強力な推進者になってくれるのであれば、年末まで動きのとれない孔丘としては、ふたりにまかせるしかない。が、都内に教場を設けるとなれば、風あたりも強くなる。教師として孔丘はあらゆる面をためされるであろう。葬礼だけではなく、貴族が習熟している礼法のすべてを習得するだけではすまず、それ以上の知識を頭とからだでおぼえなければ、世間を納得《なっとく》させる顕道《けんどう》を示すことはできまい。そう想えば、詩と書をのこらず暗誦することなどは、基礎のなかの基礎にすぎない。宮中の祭祀についても、魯の公室が伝承してきたことが、正しいとはかぎらない。伝承途中で省略されたり、枉《ま》げられたりしたかもしれない。なにごとも根源を知らなければ、伝統の正否とその変容の良否を判断できない。そう孔丘は考えた。

「吁々《ああ》——」

と、孔丘は深々と嘆息した。

礼法を学びたいと思い詰めてから、十五年が経《た》とうとしているのに、未知のことが減るどころか、数十倍も増えたというおもいである。より多く知ろう、より深く学ぼうとする者にとって、与えられる歳月のなんと短いことか。寿命が七十年でも八十年でも、まだ足りぬであろう。

年末に上司のもとへいった孔丘は、官から辞去する旨を告げた。

「さようか……」

冷淡な声と冷眼をむけられるとおもっていた孔丘は、上司の表情に微妙な感情があることに気づいた。

「官を罷めて、どうするのか」

「曲阜に教場をひらきます」

孔丘は正直に答えた。

「ふむ、庶人に礼を教えるのか」

「さようです」

孔丘はすこし頭をさげた。おのれの不安をみつめたといえる。

「そうか……。正しい礼は、正しい人をつくる。だが、中華にあっては、正しい礼は中央を去り、上から崩れてゆく。なんじがそれを受け、保存する。正義を冀求《ききゅう》する天下の人々がこぞってなんじに礼を問わねばならぬときがくるかもしれぬ。なんじは、よく勤めた」

職務以外のことに熱中している、と同僚から陰口をたたかれ、いやみをいわれてきた孔丘にとって、意外な褒詞《ほうし》である。

「かたじけないおことばです」

この上司に深密《しんみつ》な観察眼があることを、はじめて知ったおもいの孔丘は、人とは奥深いものだ、とつくづくおもった。

翌日、孔丘は官舎をでた。馬車で迎えにきた秦商は、衣類と書物を車中に運び込んでから、孔丘を乗せた。馬を動かすまえに、

「よく我慢なさいましたね」

と、秦商は師をねぎらうようにいった。秦商がみたかぎり、官吏としての孔丘は、畏縮《いしゅく》し、つらさに耐えていたようである。

孔丘は苦笑した。

「我慢……、そうみえたか。われはここで多くのことを学ばせてもらった。ここには、それなりの道があったということだ。だが、世間を相手にすることは、茨棘《しきょく》の野《や》に立って道を拓《ひら》いてゆくようなものだ」

曇天《どんてん》の晦日《かいじつ》である。

風はなかった。しかし馬車が動きはじめると、風が生じた。馬車の速度が増すと、風あたりが強くなった。

——人もおなじか……。

とくに先駆者にあたる風は強い、と孔丘は想った。

早朝に曲阜をでた馬車は正午まえに孔家に着いた。人がいないのではないかとおもわれるほど、しずまりかえった家である。馬車の音をききつけて、家のなかから飛びでてくるけなげな閔損はすでにいない。

「帰ったぞ」

孔丘はあえて声を張ってみた。反応はない。戸をひらいて一歩足を踏みいれた孔丘の眼前に、無言の妻が立っていた。その目に、感情の色がなかった。その目を視《み》た孔丘は、わが家にとって、ひとつの大事がはじまろうとしているのに、いまひとつの大事が竟《お》わろうとしている、と深刻に予感した。

儒冠と儒服

烈しい痛みをともなう三十歳となった。

曲阜《きよくふ》に住家《じゆうか》と教場《きようじよう》が粗々《あらあら》と建った夏に、孔丘《こうきゆう》の妻は、

「わたしは曲阜には往きません」

と、固い表情でいった。ここ孔《こう》家にも残らないという。それはすなわち、宋《そう》の実家へ帰るということである。孔丘はうろたえなかった。

――ついに、この日がきたのか。

すでに妻をひきとめることばを失っている孔丘は、

「そうか……、帰るか……」

と、つぶやくようにいった。とりあえず離婚を告げに媒人《ばいにん》のもとへ行った。宋まで妻につきそってもらうためである。

媒人は不快をあらわにした。

「あなたは多くの人に礼を教えようとしているようだが、子から母をひきはなすのが

礼なのかね。自分よがりの礼をかかげて、教師面《づら》をしている。あきれた人だ。家庭内を治められなかったあなたに、人を導く資格があるのか」

そう痛烈になじられても、孔丘はひとことも抗弁《こうべん》せず、ひたすらたのみこんだ。夫婦間の機微に理屈をもちこんだところで、他人を納得《なっとく》させる説明ができるはずもない。

妻が発《た》つ日になった。

媒人が手配した馬車があらわれると、十一歳の鯉《り》は泣きじゃくった。この日をかぎりに死ぬまで母に会えない、と鯉にはわかっており、その悲しみを全身で表現するには、地にのたうちまわって泣くしかないであろう。

妻はしゃがんでしばらく鯉の背中をなでていた。それからおもむろに起《た》ち、孔丘に強いまなざしをむけると、

「あなたには、弱い者の悲しみが、わからないのです」

と、するどくいって、馬車に乗った。

——われは弱者ではないのか。

たしかに礼は、もともと強者が定めた秩序である。が、いまや、弱者を護《まも》るものになりつつある。去りゆく妻にそういったところで、せんないことである。気がつくと、鯉の姿が消えていた。鯉は母が乗った馬車を追いかけていったのであろう。遠ざかってゆく馬車にむかって、のどが破れるほど叫んでいるにちがいない。

いまの鯉は、かつての孔丘そのものである。

——われはたれに詫《わ》びればよいのか。

孔丘は天を仰いだ。妻の悲しみも、鯉の悲しみもわからぬはずがない孔丘の悲しみを、たれがわかってくれるのか。

背後に声があった。嫂《あによめ》が立っていた。

「ふたりの子を、あずかりますよ」

「たすかります」

鯉を膝《ひざ》もとに置いて教育したい気持ちは充分にある。だがいまの段階で、鯉を曲阜につれてゆくことは、戦場に幼児の手をひいて踏み込むようなもので、不都合が増大する。また、母を失ったばかりの鯉は妹とはなれることを極端にいやがるであろう。今日、鯉の妹は嫂のもとにいて、母との離別を知らずにいる。十歳に達していない女児を、離愁《りしゆう》のなかに置かないように配慮してくれたのは嫂である。

——この人には、無限のやさしさがある。

孔丘がなにをめざし、なにをやろうとしているか、たぶん嫂にはわかるのであろう。さしでがましい好意を避けるところに、嫂の賢さがある。妻と嫂とでは、本質的に人としてのわきまえと心のぬくもりがちがう。嫂には、学ぶべきところがすくなくない。

夏が終わると同時に、孔丘は曲阜へ移った。

旧《もと》の弟子たちが、民間の工人を集め、かれらといっしょに家と教場を建ててくれたのである。この工事にかかわった者たちとともに孔丘は完成賀《いわ》いをしたが、

「これからが難儀です」

と、秦商《しんしょう》にいわれるまでもなく、家と教場を維持してゆく困難を想《おも》った孔丘は、喜びをひかえた。

数日後、孔丘は官舎に老司書を訪ねて転居を報《しら》せた。

「ほう、ついに教場をひらいたか。入門者はいたか」

老司書は微笑する目を孔丘にむけた。

「旧の弟子のほかに、あらたに入門した者はひとりです」

「はは、ひとりか……、それでやっていけるのか」

「家に付属した耕地も借りましたので、なんとか、食べてゆけるでしょう」

「ふむ……」

しばらく考えていた老司書は、

「庶人に礼を教える者など、前代未聞だ。そなたはいまは無名だが、歴史上最初の教師となり、天下で唯一無二の存在となろう。その特異さを広く知らしめる気概《きがい》を、心だけではなく、形で表す必要がある。よいか、在るとは、おのずと在ることを質《しっ》といい、在ることを他者に知らせることを文《ぶん》という。その両者があって、はじめて在るこ

とになる。そなたが教えようとしている礼も、質から発した文だ。われのいっていることが、わかるか」

と、からだをかたむけていった。

「よく、わかります」

「わかったなら、わかったというところにとどまらず、わかったということを表現してみよ」

「かならず、そうします」

自分より老司書のほうが若々しい発想をもっている、と感じた孔丘は、教場にもどると、数人の高弟を集めた。

「われらがかつてない特別な集団であることを、世間に示す工夫をしなければならない」

孔丘はそう説《と》いた。

多くの人に魅力を感じてもらえれば、おのずと入門者は増える。その魅力とは、視覚や聴覚に訴えるところにあろう。

「教場を壮麗《そうれい》にするのは、むりです」

と、秦商はいった。家が美しければ、人はのぞいてみたくなるものだが、改築するには費用がかかりすぎる。

「いや、教場をどれほど高大にしても、いやみになるだけだ。それよりも――」

と、孔丘は一案をだした。以前から考えてきたことである。それは衣服に関することで、人はきゅうくつな衣服を着ていると、思考が縛られて、柔軟性を失うので、ゆったりとした衣服を作って着用してはどうか、ということであった。

「深衣《しんい》、ということですか」

顔無繇《がんむよう》が眉《まゆ》をひそめつつ問うた。深衣とは、貴族の普《ふ》段着《だんぎ》で、もとは衣と裳《しょう》（もすそ）がわかれているのが正式だが、上と下をつないだのが深衣である。庶人がそのような衣服を着て外出することはない。

目で笑った孔丘は、

「深衣といえば深衣だが、われが考えている衣服は、もうすこし袂《たもと》が大きく、掖《わき》が広いものだ」

と、いい、板の上に簡単な形を画《か》いてみせた。短衣《たんい》に慣《な》れた庶人にとって、着るのが照《て》れ臭《くさ》いような大《おお》振りな衣服である。孔丘の案にすぐに賛同しかねた高弟たちは、とまどい、顔を見合わせた。そういう心情を察した孔丘は、

「これを、すべての門弟におしつけるわけでない。われと、二、三の者が、まず着てみよう」

と、いった。

仕立て直しをくりかえしてできた衣服が、

「逢掖《ほうえき》の衣《い》」

と、よばれるもので、儒服《じゅふく》の原型である。逢掖とは、大きなわき、をいう。これを着てみた孔丘は、

「よい仕立てである」

と、満足して、起居《ききょ》をくりかえしているうちに、冠のさびしさに気づいた。小領主の子として生まれた孔丘は冠をつけるが、庶人は幘《さく》とよばれるずきんをかぶる。それは巾幘《きんさく》とも巾帽《きんぼう》ともよばれる。

「目立つ冠にしたい」

と、いって、高弟たちをおどろかせた孔丘は、みずから工夫して、鳥の羽をつかうことにした。できたのは、はでな装飾の冠である。じつはこれも儒冠《じゅかん》の原型となった。それをかぶり、逢掖の衣を着た孔丘をみた弟子たちは、

「わあ――」

と、歓笑《かんしょう》した。失笑がなかばまじっていたかもしれない。じみな生活に慣れてきた顔無繇は、

――これではかえって世間のあざけりを買うのではないか。

と、心配した。後世、孔丘の批判者となった荘子《そうし》は、その冠のことを、

「枝木《しぼく》の冠」

と、形容して嘲笑《ちょうしょう》した。木の枝のようにごてごてと飾りたてた冠ということである。

弟子たちのとまどいを意《い》に介《かい》さず、

「ちょっとでかけてくる」

と、いった孔丘は、馬車に乗って官舎へ行き、老司書にこの衣冠をみせた。老司書は笑わなかった。ぎょっとしたようであった。かれの目には、この衣冠は異様な宗教団体のさきがけのようにみえた。

「そなたは故事にくわしいので、知っているかもしれぬが、昔、鳥の羽を集めて美しい冠を作ってかぶった者が、災難に襲われて死んだ。美しいということは、同時に、妖《あや》しいことなのだ。それを承知で為《な》したのであろうな」

孔丘は平然と、

「正しく健《すこ》やかな美しさもあることを、多くの人に知ってもらうつもりです」

と、述べた。このいいかたは、老司書の耳にはやや傲慢《ごうまん》にきこえた。

天地の大きさがわからなければ、人の小ささもわからない。人ばかりを視《み》ている者は尊大にならざるをえないが、孔丘の傲慢さは、無知のあつかましさとはちがって、人の数倍も研考《けんこう》する場合に生ずる孤独の匂《にお》いがする。

「ひとつ、そなたに伝えておこう。鄭《てい》の子《し》産《さん》が亡《な》くなった」

「えっ――」

と、小さく叫んだ孔丘は、老司書をみつめたまま、しずかに涙をながした。この時点で、孔丘が心から私淑《ししゅく》していたのは、子産ただひとりであったといってよい。子産という鄭国の正卿《せいけい》は、人として、為政者《いせい》として、理想像に比《ちか》かった。のちに孔丘は子産を追慕《ついぼ》して、

「恵人《けいじん》」

と、よんだ。民をいつくしんだ人、ということである。そういう政治的な面とは別に、子産がもっていた知識量は超軼《ちょういつ》しており、もしもかれが著作物を遺《のこ》していれば、中国の古代史にとって、かけがえのない史料となったであろう。しかしながら、それは子産の死とともに消え去った。

それはさておき、老司書にぶきみさをおぼえさせた孔丘の衣冠は、翌年、都下で評判になった。

「なんぞや、あれは――」

と、ゆびさして嗤《わら》う者が多かったが、孔丘とその弟子を観《み》て、えたいが知れぬと感じ、そこに関心をいだいた者もすくなくなかった。いちおう孔丘の狙いはあたったといえる。よかれあしかれ、孔丘はおのれの存在を世間に知らしめた。

――孔仲尼《こうちゅうじ》とは何者なのか。

関心をいだいた者の多くは、いわゆる不逞の輩であり、かれらは孔丘の教場をうかがい、後日、束脩《そくしゅう》をたずさえて入門した。束脩は、干した肉を束《たば》ねたものをいい、入門料といいかえることができる。孔丘はひとめみて粗暴《そぼう》な感じの者でも、入門をことわらず、

——束脩を納めたかぎり、われはいかなる者でも教える。

という態度を変えなかった。そういう教師としてのありかたは、生涯、一貫した。

かれらは世に冷遇されて自暴自棄《じぼうじき》になりかけていたが、

——ここで飯《めし》の種が拾える。

と、ふんだ。そういう不純な欲望をもつ者でも孔丘はうけいれて真摯《しんし》に教えた。

詩と書が教科書である。

詩はもともと歌うものであるから、孔丘はそれを弟子に暗記させると同時に合唱させた。この時代の打楽器には、鼓《こ》、磬《けい》、鐘《しょう》などがあり、そのなかの磬はつるした石を打って鳴らすものである。ぞんがいいい音がする。弦楽器には、小型で七弦の琴《きん》と大型で十五弦以上の瑟《しつ》がある。おもに孔丘は磬と琴を用いた。その奏法は祭祀《さいし》官であるときに身につけたが、さらに独習した。

詩を歌わされると知った弟子のなかには、

「阿呆《あほ》らしい。やっていられるか」

と、つばを吐くようにいい、荒々しく教場から去った者もいたが、入門者の大半は、この貴族的なふんいきをめずらしがった。貴族の世界を一生のぞくことはないとおもっていた者たちばかりである。詩が貴族にとって婉曲《えんきょく》な公用語になっていると知って、おどろき、外国語を学ぶような興味のもちかたをする者もいた。

書はたいそうむずかしいので、孔丘は弟子とともに解読する姿勢を保った。書にあるのは、貴族より上の帝王の世界である。それを徐々に解明してゆく喜びを師と共有する弟子たちの心情は熱気を帯びた。学ぶ者は、学ばない者を越えてゆく。弟子たちは半年間も孔丘の下にいれば、そういう優越感をおぼえざるをえない。

ときどきこの教場から合唱の声が溢《あふ》れた。近くを通る者は、その声をきいて足をとめ、首をかしげた。葬儀にかかわる賤《いや》しい儒者が集《つど》っているときいたが、なぜかれらがあのような優雅な詩を歌っているのか。

――いったい、あの孔仲尼という先生は、なにを教えているのか。

庶民にとって孔門は謎の集団におもわれた。教場に出入りする者たちは、おおむね柄《がら》がよくない。この悪い印象と、きこえてくる歌声がいかにもそぐわない。

「あそこには、近寄ってはなりません」

と、子どもにいいきかせる親もいた。教場を建て、弟子をもった孔丘の存在は、当分の間、うすきみ悪いものであった。

その教場を睨むように眺めていたのは陽虎である。かれは遠い歌声を耳にすると、顔をしかめ、遠ざかった。それから馬車に乗って東へむかい、小路にはいった。豪農の家のまえに馬車を停《と》めた。

「丙《へい》さんは、いるか」

この陽虎の声に、汗まみれになって門内の雑草を艾《か》っていた童僕《どうぼく》が首をあげ、門外の馬車の蓋《かさ》に気づくと、あわてて趨《はし》った。ほどなく家のなかからでてきたのは小太りの男で、年齢は四十代にみえる。丙という名が生まれ年をあらわしているのであれば、この者の年齢は推断できる。今年を十干《かん》十二支《し》でいえば庚辰《こうしん》であり、四十数年まえに丙がつく年は丙申《へいしん》しかない。その年は魯《ろ》の先代君主の襄《じょう》公八年にあたり、その年を一歳とすれば今年は四十五歳である。

丙は陽虎の顔をみると、どうぞ奥へ、と目でいざない、

「今年の残暑はこたえます」

と、いい、ひたいの汗をふいた。

——七月朔《さく》（一日）に日食があったが……。

陽虎はふと憶《おも》いだした。その日食と残暑は関係があるのか。陽虎は知識欲の旺盛な男であるが、天文《てんもん》に精通しているわけではない。かれは季孫意如《きそんいじょ》の家臣団のなかで頭《とう》角《かく》をあらわしはじめた。

丙は陽虎を介して季孫氏につながっている。当然、丙は権門からこぼれ落ちてくる利をうけとめている。その返礼として、季孫意如が兵をだす際に、輜重《しちょう》の一部をうけもつ。また敷地内の離れに渡世人や無頼《ぶらい》の徒を泊めて、他国と自国の情報を蒐《あつ》め、陽虎に伝えている。

風通しのよい一室をえらんで陽虎と対座した丙は、

「宋で内紛がありましたが、それはご存じでしょう。ほかにお報せすることはありません」

と、いった。

「いや、今日は、ひとつ、たのみがあって、きた」

陽虎はすこし膝をすすめた。

「これは、また、どのような――」

難題をもちこまれそうなけはいを察して、丙は目をそらした。

「孔仲尼という男を知っているか」

「ああ、去年、礼法を教授するための教場をひらいた男ですな」

情報通の丙が風変わりな孔丘を知らぬはずがない。

「礼を知らなければ人として立てぬ、と豪語しているようで……」

「ほう、よく知っているではないか」

陽虎はうなずいてみせた。孔丘を知っているのなら、話ははやい、という顔である。

「いちど入門したものの嫌気《いやけ》がさして、やめた男からきいたのですよ」

「あの男は、季孫氏にとってかならず害になる」

「おや、そうですか」

丙は陽虎をみつめなおした。

「門弟が増えれば、それだけで集団の力を発揮するようになり、その力を利用しようとする大夫《たいふ》があらわれかねない」

「それなら、季孫さまが、さきに、その力を利用なされればよい」

道理であった。陽虎は苦笑した。

「仲尼は独善の男だ。おのれの礼を至上とし、わが主《しゅ》のご政道を批判し、けっしてわが主には属《つ》かぬ。いや、その批判は魯の制度にもおよび、それを否定して、独自の制度の国家を夢想しているかもしれぬ。魯全体にとって、もっとも危険な男になりうる」

陽虎は孔丘の未来像を恐れるようにいったが、なかば本心であったかもしれない。もしも孔丘が民衆を心酔させる教祖的な存在になれば、その集団は新興宗教化し、治法の外で威力を増し、政府が手を焼くようになる。

「ははあ、そうなるまえに、なんとかしろ、とおっしゃる」

丙は笑いを哺《ふく》んでいった。

「まあ、そういうことだ。二度と起き上がれぬほど仲尼をたたきのめしてもらえばよい。ここの離れには、血の気が多く、うでっぷしの勁《つよ》い男がごろごろしているだろう」

「そうですなあ」

と、一考した丙は、

「これは、あなたさまが想っておられるほど、たやすいことではありません。おわかりでしょうな」

と、語気を強めていった。陽虎の頼みは、季孫氏の内命を承《う》けてのものではなく、陽虎個人の発想による。そうなると、孔丘を打擲《ちょうちゃく》することは私闘とみなされ、実行者は罪に問われかねない。たとえ事が終わっても、師を斃《たお》された門弟の復讎《ふくしゅう》も予想しなければならない。孔丘の門弟には気の荒い者が多数いるときく。

「わかっている。うまく事を為した者を、われはかならず庇《かば》い、機をみて主に推挙しよう」

「そこまでおっしゃるなら、いちおう、おひきうけします」

丙は気乗りがしないふうによそおいながら、じつは心中で人選を終えていた。陽虎がかえったあと、離れにいる少壮《しょうそう》の男を呼んだ。

丙のまえで両膝をそろえた男は、成人になったばかりで、

「漆雕啓《しっちょうけい》」

と、いう。あざなは子開《しかい》である。かれが属している漆雕氏は臧孫《ぞうそん》氏三代に仕えた族である。臧孫氏の棟梁《とうりょう》というべき臧孫紇《ぞうそんこつ》が、政争に敗れて斉《せい》へ亡命したことは、すでに述べた。ただしそのことによって臧孫氏が魯で廃絶《はいぜつ》したわけではなく、かれの兄の臧孫為《ぞうそんい》は弟と行動をともにしなかったため家督を継いだ。とはいえ、その家は往年の威勢はなく、漆雕氏は臧孫為には仕えなかった。とにかく、ここにも臧孫氏にかかわりをもった家と族があったということである。

漆雕啓は正義感が人一倍強く、気が短いという性癖をもつがゆえに、十代のなかばをすぎたころから、家のなかでも、族のなかでも、悶着《もんちゃく》を起こし、よく家を飛びだしては、丙の家に出入りしていた。二十歳になるまえに、友人をだました男に傷害を加えたため、ゆくえをくらました。が、その詐欺《さぎ》の男のもろもろの悪事が露顕して処罰されるにおよんで、漆雕啓は曲阜に帰ってきた。しかしながら実家にもどることをためらい、丙の家にとどまっていた。漆雕啓にとっては、一年間ほどの暗い旅だが、その旅がかれを成長させた、と丙はみた。眼前にかしこまった漆雕啓に、

「ひとりの男の本性を観てきてくれまいか」

と、丙はいった。

「観る……、たれをですか」

「おまえさんは曲阜に帰ってきたばかりなので、知るまいが、礼を教えると高言して教場をひらいた孔仲尼という男がいる。その男が若者をたぶらかして邪教をふきこんでいる、と危惧《きぐ》している人がいる。ほんとうにそうであれば、仲尼をたたきのめすどころか、斬ってもかまわない。その際、おまえさんひとりでは手に余るとなれば、わたしの家人もだそう。ひそかに仲尼を始末したあと、おまえさんはしっかりと庇護《ひご》される。逃げ隠れをしなくてもよいということだ」

「へえ……」

漆雕啓は丙の本意をさぐるような目つきをした。

水と舟

丙《へい》という富人《ふじん》は、魯《ろ》の最高権力者である季孫《きそん》氏とむすびついたことで、豪農に成り上がった。

たしかにかれは、機をみるに敏《びん》で、利にも聡《さと》いが、奸悪《かんあく》というわけではない。まして孔丘《こうきゅう》という新興の教師とその門下生になんの怨《うら》みもない。それどころか、

――孔仲尼《こうちゅうじ》の遠祖は、殷《いん》民族であろう。

と、おもい、淡い親近感さえもっていた。

丙の遠祖も殷民族である。

古昔《こせき》、天下王朝を樹《た》てた周《しゅう》におとなしく帰順した殷の族もあり、魯の建国のために東征した周公旦《たん》の子の伯禽《はくきん》は、そういう殷の六族《りくぞく》をも従者に加えた。そのため、魯の国が建立《けんりつ》されたあと、殷の族人も曲阜《きょくふ》に定着した。ただしかれらは周民族とは信仰の対象がちがう。周の人々は、

「稷《しょく》」

という穀物神を崇《あが》めている。かれらは聖地として稷社（周社ともいう）をもってい
る。それにたいして殷の遺民は、隷属民族と蔑視《べっし》されつづけてきたがゆえに、まとま
りをくずさず、
「亳《はく》」
を追慕して、亳社をもった。亳は、殷王朝を創立した湯王《とう》が、最初に首都を置いた
地の名である。殷の遺民にとって、その名に、湯王への敬慕と誇りがこめられている。
さて、丙の家をでた漆雕啓《しっちょうけい》は、孔丘の教場《きょうじょう》をさがしあてると、そこに出入りする者
をひそかに観察した。小耳にはさんだところでは、孔丘の弟子にはまともな者が寡《すく》な
いらしい。
——おや。
知った顔をみつけた。丙家の離れにいた若者である。漆雕啓がかつてみたその若者
は、暗い性質で、荒《すさ》んでいた。が、いまみたその若者は別人のように明るい。
——あいつ、笑いながら、なかにはいっていった。
ほかの門弟と連れ立って門内に消えた若者の笑顔が、濃厚に漆雕啓の胸中に残った。あいつにきけば、孔仲尼のことが早くわかる、とおもったが、近づくのをやめた。後《こう》
難《なん》を想《おも》って用心したのである。それに、他人にきくよりも、自分の目で孔仲尼という
男をみきわめたい。

やがて外出する孔丘をみた。

――あれが仲尼か。

だぶだぶの服を着て、はでな冠をつけた、いやみな男だ、という悪印象をもった。しかも仲尼は予想以上に大きかった。その男が馬車に乗ってしまったので、漆雕啓はあとを蹤《つ》けられなかった。

――ぬかったな。

歩いて丙の家にもどると、翌日から馬車を借りることにした。

それから数日がすぎて、孔丘の弟子のひとりが、漆雕啓の不審な動静に気づいた。それをまず高弟の秦商《しんしょう》に告げた。それをうけて教場の外にでて、さりげなく漆雕啓のありようを観《み》てから、秦商は、

「ひそかにここを監視している者がいます。質《たち》のよくない者です。おひとりでは外出なさらぬように」

と、孔丘にいった。

「その者はひとりか。それともほかの者と交替しているのか」

「ひとりのようです」

孔丘は目で笑った。

「毎日、早朝から夕方までそこにいるとなれば、余人にはまねのできぬ鍛練であると

いえる。われが外出するのを辛抱《しんぼう》づよく待っているのであれば、その願望をかなえてやろうか」

「えっ、まさか――」

「なんじに御《ぎょ》をしてもらう。それなら、よかろう」

孔丘は馬車の用意をいいつけ、秦商に手綱《たづな》を執《と》らせた。教場をでた馬車は北へむかい、それから左折して西門をでた。曲阜の城門は東、西、北にそれぞれ三門あり、南には二門しかない。孔丘が乗った馬車は西壁の最北にある門をでた。いちどだけふりかえった秦商は、

「やはり、つけてきました」

と、いった。

「あいかわらず、ひとりか」

「そうです」

「では、どこでもよいから、川の近くで停めてくれ」

曲阜は水にかこまれた城であるが、北と西には洙水《しゅすい》という川がながれ、南と東にあるのは人工的な濠《ほり》である。停止した馬車をおりた孔丘は、川のほとりに腰をおろして、半時《はんとき》ほどながれをながめていた。

水の好きな男である。のちに孔丘は、知者《ちしゃ》は水を楽しむ、といったが、そういう定

義とは別に、水のながれをみていると心が落ち着く。感情がしずまるがゆえに知能が活発になるといえなくはないが、なにも考えないという脳裡《のうり》の状態になるときもある。無心になれる、といいかえてもよい。実際、このときも、えたいの知れない男につけられていることを、しばらく忘れた。

馬車にもどった孔丘は、目くばりをつづけていた秦商に、

「どうだ」

と、問うた。秦商はまなざしをすこし揚《あ》げて、

「いますよ、あそこに」

と、あごもすこしあげた。遠くないところに馬車の影がある。つけてきた男は、川のほとりの孔丘を瞰《み》てから、馬車にもどったものの、引き返さず、自身は道傍《どうぼう》に坐って、両足をなげだし、背を車輪にあずけている。

「ふてぶてしい男です。先生に危害を加えるために、待ち構えているのではありますまいか」

秦商は前方を睨《にら》むような目つきをして馬車に上がった。

「そうかな。われを襲うのなら、われが独《ひと》りのときに水辺に駆けおりてきたはずだ。こうしてふたりになるのを待つはずがない」

そういいながら孔丘は馬車に乗った。

「たしかに、そうですが……」

用心のためか、からだ全体にりきみをみせている秦商の心の高ぶりを鎮《しず》めるつもりもあって、孔丘は、

「ゆっくり、やってくれ」

と、いった。馬車はゆるゆるとすすんで、追跡者のまえで駐《と》まった。車中の孔丘は、眼下の若い男に、

「道は、臥《ね》るところではない。そのかっこうでは、車輪に轢《ひ》かれて、両足を失うぞ」

と、声をかけた。

——こやつが、孔仲尼か。

漆雕啓は上目《うわめ》づかいに孔丘を視《み》た。はじめて孔丘の声をきき、面貌《めんぼう》をたしかめた。声は想っていたより高い。面貌は昔の武人のようである。この男が、典雅な礼を教え、情をたたえた詩を歌うのか。

「ふん」

あえて鼻哂《びしん》した漆雕啓は、横をむいた。それをみた孔丘は、

「やってくれ」

と、いい、秦商の肩を軽くたたいた。馬車の速度が上がったところで、

「われは、あの者を、きちんと起坐《きざ》させたくなったよ」

と、孔丘ははっきりといった。本心であろう。有為の若者が活躍するすべをみつけられないでいる、その象徴的な光景をまのあたりにしたおもいであった。教場で学んだ者が、礼と詩の知識をたくわえて職に就《つ》く、つまり教場が就職活動の予備的な場になってもかまわない、と孔丘はおもっている。孔丘は目的主義を好んではいないが、目的というものが人を活《い》かす糧《かて》になるのであれば、そういう短絡《たんらく》的な志向を否定するつもりはない。要するに、放っておけば朽ちてゆきそうな若者を、起《た》たせ、道を示し、歩かせたいのである。

翌日、孔丘は午前の講義を終えたあと、秦商に、

「あの者は、まだ、いるか」

と、問うた。

「いますよ。しつこい男です。官憲の手先とはおもわれませんが、なにを知りたがっているのか」

「たぶん、あの者は、知りたいことがわからなくなったのだ。それで、悶《もだ》えているのかもしれぬ。あの者の良さは、おのれの耳目《じもく》しか信じないことだ」

「それを頑冥《がんめい》というのではありませんか」

秦商は皮肉をこめていった。

「いや、小利口になりたくない、とみた。おのれが信ずるものしか、信じない。ちか

ごろめずらしい男ではあるまいか」

「高慢な独善家でしょう」

秦商がそういうと、孔丘は笑った。

「われも世間ではそう謗《そし》られている。あの者とふたりだけで話してみるか……。おそらく、招いても、けっして教場にははいってこないだろう。よし、馬車を用意してくれ、独りで外出する」

「わかりました」

秦商はあえて諫止《かんし》しなかった。昨日、道傍でみた男に危険な妖気《ようき》はなかった。が、なにかに苛立《いらだ》っているような鋭気があったことはたしかで、その暗い鋭気は、おそらく孔丘にぶつかってみて消えるというものではないか。そう秦商なりに予感した。門人のなかに、毎日こちらをうかがっている者は漆雕氏の子開《しかい》ではありますまいか、という者がいた。秦商は漆雕氏についてはくわしくない。臧孫《ぞうそん》氏の家臣であった、ということしか知らない。ただし、臧孫氏に仕えていた者たちの家は、大半が衰運にみまわれたであろう、という想像はつく。あの少壮の者の苛立ちには、さまざまな理由があるにせよ、家運のかたむきが濃い影を落としているにちがいない。

秦商によってひきだされた馬車に乗った孔丘は、みずから手綱を執り、

「川をみてくるよ」

と、告げて、かろやかに馬車を発進させた。じつは孔丘は馬を御することが巧《うま》い。家畜への接しかた、飼育のしかたを徹底的に学んだことを誇らない。それが、人格の奥ゆきにちょっとした神秘を生じさせる。

教場からでた馬車に孔丘ひとりしか乗っていないことに、漆雕啓は怪しんだものの、後続の馬車がないことを確認して、孔丘の馬車を追った。

——また、あの川か……。

孔丘は川のほとりに坐っていた。道傍の低木に馬をつないだ漆雕啓は、草を踏みつけ、わざと足音をたてて、孔丘に近づいた。が、孔丘はふりむかない。

——巨《おお》きな背中だな。

その背中に威圧されそうになった漆雕啓は、もちまえの負けん気を奮《ふる》い起こして、孔丘のまうしろまできて腰をおろした。

「不用心な人だ。いま斬ろうとすれば、斬れる」

漆雕啓はそういってみた。孔丘は微笑したらしい。すこし冠が揺れた。

「われを殺しにきた者が、大きな足音をたてるであろうか。剣把《けんぱ》から手をはなして、川をみよ。ながれる水は、さまざまなことを教えてくれる」

「ふん、川がなにを教えてくれるというのか」

「時のながれをみさせてくれる。時は、目にみえぬものだが、川をみていると、それがみえる」

「人生のはかなさをみるのなら、わざわざ川をみなくても、朝露《ちょうろ》をみればよい」

人生のはかなさは朝露のごとし、とは、すでに亡《な》い父のくちぐせであった。

「ほう……」

孔丘は膝《ひざ》をまわして漆雕啓をみた。人生のはかなさ、ということばは、この粗暴《そぼう》さを秘めた若い男の意態《いたい》にはまったくそぐわない。しかしみかけとはちがい、じつは繊細な感覚をもっているのかもしれない。

「葉の上の朝露は、たしかに朝日が昇れば消える。だがそれをはかないとみるのは、常識の目だ。翌日も、その翌日も、朝露はあらわれ、消える。そこには、くりかえしがある。くりかえすことに、潜在の力があるとはおもわぬか」

孔丘は学問においても予習よりも復習を重視している。当然、自然界のくりかえしに整然たる運動を感じざるをえない。それに則《のり》の正しさをみる、といってもよい。

漆雕啓は口をつぐんだ。

――うまいことをいいやがる。

だが、たやすく納得《なっとく》してたまるか、と反発するように、気を張って、孔丘を視た。孔丘も黙ってしまった。が、まなざしはおだやかである。眼前の男の心中の動揺がおさまるのを待っているようである。

この沈黙の長さにいたたまれなくなった漆雕啓は、

「では、川のながれはなにを教えてくれるのか。それが時のながれであるとすれば、それをみることに、どのような意義があるのか」

と、つっかかるように問うた。

すると孔丘は小さく手招きをした。われに近づいて、川をみよ、ということらしい。漆雕啓は荒々しく膝をすすめて、孔丘にならんだ。

「水がながれている。みえるか」

「むろん――」

からかわれているような気分になった漆雕啓は、唇をとがらせた。

「それは、そなたが圻《きし》にとどまっているからだ」

それがどうした、と漆雕啓は心中で孔丘のことばにさからいつづけている。心の深いところまで孔丘の教喩《きょうゆ》をいれてしまうと、この勝負は自分の負けになる。

「もしも、そなたが舟に乗れば、下流にむかってゆくそなたは、ながれとおなじ速度となり、ながれはみえにくくなる。そうではないか」

そんなことはない、といいかえしたいところだが、そうはいえない自分がくやしい。

漆雕啓の口はひらかない。

「この世のほとんどの人は舟に乗ってしまう。が、舟に乗り遅れることを恐れずに、圩にとどまって、川をみつめ、川の源流に想いを馳《は》せ、そこから日々新しい水が湧きでて川をつくることを想う者がいてもよいではないか」

この儒者は、むずかしいことをいう。漆雕啓は頭をかかえたくなった。のちのちまで漆雕啓はこのときの孔丘のことばを忘れず、考えつづけた。やがて想到《そうとう》したことは、伝統、ということであった。時流《じりゅう》に乗った人には、伝統の真義がわからない。伝統にはかならず源《みなもと》があるが、その源から、腐臭《ふしゅう》にみちた古い水がながれでているわけではない。湧水《ゆうすい》はくりかえされているものの、水は新しいのである。ただしこれは歳月を経てからの思考のめぐらしかたであって、若い頭脳の漆雕啓は独自の理解力とことばをもっておらず、困惑しただけであった。

それを察したのか、孔丘は話題をすこしずらした。

「水と舟について考えてみよう」

漆雕啓は耳をふさぎたくなった。困惑したままでは、あらたな話題についてゆきたくない。

が、孔丘はもはや漆雕啓の表情をみずに、

「舟は水がなければ浮かばない。舟にとってそれほど水は大切である。しかし舟が、外にある水を内にいれたら、どうであろう。沈んでしまう。わかりきったことのなかにも、じつは、わかっていないことがある。学ぶとは、そういうことだ」

と、いった。それから、川はいろいろ教えてくれるではないか、とつぶやくように
いって、腰をあげた。
漆雕啓は立ち去った孔丘を追わなかった。追わなければならないという気力が生じ
なかった。しばらく、ぼんやりと川をながめていた。半時後に、川面《かわも》から光が消える
と、われにかえったように漆雕啓は起ち、馬車にもどった。
——おや……。
馬車のむきがかわっていた。
丙家に帰った漆雕啓はずいぶん不機嫌な顔つきをしていた。それに気づいた丙は、
「いやな目に遭《あ》ったのなら、かくさず、われにいえ」
と、声をかけたが、漆雕啓は応《こた》えなかった。翌日から三日間、漆雕啓は外出しなか
った。
「馬車はもう要《い》らぬ」
丙にそういった漆雕啓は、人と接することを嫌うようで、広い庭園を歩きまわるこ
ともあれば、樹下に坐って考え込むこともあった。やがて、意を決したように表情を
あらため、丙のまえに端坐《たんざ》して、
「干し肉をもらいたい」
と、いい、頭をさげた。

この男がこれほど厳慤《げんかく》な容態をみせたことはないので、よほどのことがあったにちがいない、と丙は推量した。

「入門のための束脩《そくしゅう》か」

「そうです」

「仲尼についての報告が、まだだな」

「余人はいざ知らず、わたしの目には、仲尼は邪教を振り散らして人を惑わす者ではない、とみえました。魯にとって、益さえあれ、害にはならない人物です」

「そうか……、なんじがそういうのなら、われは信ずるよ。ところで、なんじは仲尼のどこに感心して、入門するのか」

「人を差別しないところ、異常なほどの熱意をもって人を教えるところ、それによって人に喜びを与えるところ、おのれの厚意を誇らないところ、いや……、本当のことをいえば、わたしは仲尼の背中が好きになったのです」

漆雕啓は含羞《がんしゅう》をちらつかせた。

「はは、それはよい。みこんだ通り、なんじには洞察力がある。人はおのれのまえをつくろっても、うしろはつくろえない。なんじの話をきいて、われも仲尼という男がわかったような気がする」

丙は会ったこともない孔丘に好意をもち、こころよく漆雕啓に干し肉を与えた。

この日のうちに、漆雕啓は教場へゆき、孔丘の門弟となった。おどろくべきことに、このの ち、漆雕啓は孔丘を心から崇信《すうしん》し、生涯の弟子となる。

ところで、漆雕啓が実家に帰っていない事情をきいた孔丘は、すぐさま漆雕氏の族父を訪ねて、漆雕啓の行為について誤解があればそれを匡《ただ》し、漆雕啓の兄を呼んでもらい、弟が無断で家を飛びだしたわけを知ってもらった。この兄弟は折り合いが悪いわけではない。兄は弟の素行の悪さを気にし、族父をはばかっていたにすぎない。だが、漆雕啓は素行が悪かったのではなく、不正を憎む心が強く、それがしばしば小さな争いを生じさせ、狡猾《こうかつ》な男に詐取《さしゅ》されそうになった友人を少々手荒くかばったあとで出奔《しゅっぽん》した。そういう実情をはじめて知らされた兄は、ほっとしたようであった。要するに、漆雕啓は族と兄に迷惑をかけたくないがゆえに、姿をくらましていたのである。

漆雕氏の族父は、孔丘の父のことをよく知っており、最初から孔丘に悪感情をもっておらず、すぐにうちとけて語りあい、孔丘がかえってから、

「仲尼は、文をもって武をしのぐ、師表となるであろう」

と、感嘆をかくさずにいった。孔丘のことばから非凡な信念と良質な知識を感じたからであろう。

晩秋の風が吹くころに、丙の家にせわしくやってきた陽虎《ようこ》は、

「孔仲尼はぴんぴんしているではないか。あれはどういうことか」

と、いきなりなじった。が、丙は平身するそぶりをみせなかった。

「仲尼が邪悪な教祖であるか、どうか、信用できる者にさぐらせましたが、その者は孔門にはいってしまいました。どういうことか、おわかりでしょう」

「なんだと——」

陽虎は慍然《うんぜん》とした。

さらに丙は平然と説《と》いた。

「仲尼はご政道を批判しておりませんよ。公室にとっても、季孫《きそん》氏にとっても、なんら害のない存在です。むしろ、あなたさまが仲尼を季孫氏に推挙なされるがよい」

「われを愚弄《ぐろう》するか」

陽虎の強いまなざしにわずかながら妖気が生じた。

「われは仲尼をたたきのめせと頼んだはずだ。ほかの者をつかえ」

「おことわりします。それほど仲尼をいためつけたいのなら、あなたさまのご配下をおつかいください。ただし仲尼を護《まも》る者のなかには、剣技に長じた者が数人おります。それをお忘れなく」

「なんぞや、その不遜《ふそん》さは。上に告げるぞ」

「どうぞ、ご随意に。季孫氏のまえにでて、あなたさまのご依頼が、季孫氏のご意向にそっていたのか、おたずねいたします」

丙はひらきなおった。かれは曲阜のなかに住む殷人《いんひと》の頭《かしら》というわけではないが、その富力《ふりょく》をもって、隠然たる宰領《さいりょう》のひとりになっている。季孫氏はその自治力を暗に認め、また利用している。この関係をこじれさせるような愚《ぐ》を季孫氏がおかすはずがない。

しばらく丙をみすえていた陽虎は、ふと、表情をゆるめ、

「仲尼がそれほどの男なら、いつか、わが家臣にしてやろうか」

と、冗談ともつかぬ口調でいった。

上卿《じょうけい》の憂愁

春風にかすかに揺れる花木《かぼく》の蕾《つぼみ》がふくらみはじめた。

地に映《うつ》る花木の影が淡いのは、春の浅さをあらわしている。

孔丘《こうきゅう》の教場《きょうじょう》から遠くない道をすすむ馬車があった。あきらかに貴人の馬車である。貴人の馬車が、華軒《かけん》、とよばれるように、この馬車も、毛並《けな》みのよい龍馬《りょうば》をそろえ、車体はうるし塗りで陽光に耀《かがや》き、車中に樹《た》てた蓋《かさ》もはなやかである。

この貴人は、

「仲孫獲《ちゅうそんかく》（諡号《しごう》は僖子《きし》）」

と、いい、魯《ろ》の政柄《せいへい》をにぎっている三桓《かん》のひとりである。

まえに述べたように、仲孫氏の始祖は魯の桓公の次男であったので、仲とよばれたが、三桓が連携して威勢を築くと、三桓のなかでこの家が長男格となった。それゆえ、孟《もう》ともよばれるようになった。くどいようだが、嫡流の長兄が伯《はく》とよばれるのにたいして、庶流の長兄は孟という。魯において、孟氏（孟子）あるいは孟孫《もうそん》氏という呼称は、仲孫氏を指している。

三桓のなかの叔孫氏《しゆくそん》は理非《りひ》にこだわるうるさ型であり、最大勢力の季孫氏《きそん》は野心家である。二氏にたいして仲孫氏はきまじめな家風を襲《つ》いでいる。

仲孫貜の曾祖父にあたる仲孫蔑《ちゆうそんべつ》（諡号は献子《けんし》）が、禫祭《たん》といって喪明《もあ》けの祭りをおこなった際、あいかわらず鐘鼓《しようこ》を鳴らさず、婦人にも近づかなかった。喪中の礼について敏感になっている孔丘の門弟が、仲孫蔑の喪明けのありかたに疑問をもち、

「あのような礼は、過度というべきではありませんか」

と、孔丘の意見を求めた。

孔丘はつねに、

過《す》ぎたるは猶及《なおおよ》ばざるがごとし。

と、いっている。過度であることは不足であることとおなじで、どちらも正しくない。礼も過不足がない容《かたち》でなければ、正しい礼といえない。そう孔丘から教えられている門弟は、暗に仲孫蔑の礼容のゆがみを批判したのである。

だが、孔丘はうなずかず、

「たとえてみれば、一等か」

と、いった。等は、ひとしい、と訓むより、くらべる、と訓むほうが、原義に近いといえる。とはいえこの一等の解釈はむずかしく、おそらく、他人にくらべてまじめすぎることは悪いことではない、といったのであろう。たしかに礼は形式を重んずるが、それが形骸《けいがい》化することを孔丘は嫌った。まごころをもってそれをおこなえば、多少形式からはみだしてもよしとする、というのが孔丘の考えかたである。

とにかく仲孫貜はそういう家風をうけついでいる。

「はて……、歌がきこえる」

仲孫貜は馬車を駐《と》めさせた。目を細めたかれは孔丘の教場をゆびさし、

「あのなかで詩が歌われているようだが、あそこは、なんであるのか」

と、御者《ぎょしゃ》に問うた。御者はいうまでもなく馬を御《ぎょ》する者にはちがいないが、貴門においては、馬術の専門家というよりも、諸事に精通して主人に近侍する者である。それゆえ御者の地位から高位に昇ってゆく者はすくなくない。この仲孫家の御者も、孔丘についてはうわさ以上のことを知っていた。

「もとは卑《ひ》官《かん》であった孔仲尼《こうちゅうじ》という教師が、若者に礼法を教えているのです」

仲孫貜は眉《まゆ》をひそめた。

「礼法……、あれは、詩である」

「詩を歌うのは、余技でしょう」

御者は冷笑した。

「そうかな……」

しばらく斉々《せいせい》たる歌をきいていた仲孫貜は、やがて、

「孔仲尼に会ってみたいものだ」

と、いった。とたんに顔をしかめた御者は、

「仲尼は儒者《じゆしや》です。あなたさまがお会いになってよい者ではありません」

と、あわてて主人の興味を冷《さ》まさせようとした。この儒者ということばには侮蔑《ぶべつ》のにがみがこめられている。一介の葬儀屋に宮中をふくめた貴族社会の礼がわかろうか、とでも、いいたかったにちがいない。

「そうか……、儒者か……」

と、つぶやいた仲孫貜は、おもむろに馬車を動かすように命じ、ゆるゆると帰宅した。それから独《ひと》りで黙考していたが、目をあげると、側近のひとりである亢竽《こうう》を呼んだ。亢竽は側近のなかではもっとも若い。眉宇《びう》にすずやかさをもった亢竽を近くに坐らせた仲孫貜は、いきなり、

「孔仲尼という名を、きいたことがあるか」

と、問うた。

「名だけは知っています。評判のよくない人です」

「評判が悪い……。どのように悪い」

「実現しそうもない幻想を門弟に吹き込み、貴族のまねごとをさせ、実業をないがしろにしている、とききました。門弟の多くは諸家の三男や四男で、父兄を助けるべきであるのに、孔仲尼の教場に連日たむろして、実家をかえりみないようです」

怠惰《たいだ》な者たちがあのような清澄な歌声を発するはずがない、とおもった仲孫貜は、つい口もとをゆるめた。

「名だけを知っていると申したのに、多くを知っているではないか」

「すべて、うわさです」

亢竿は正直に答えた。この若い側近がもっている美質は単純なものではないが、性質のなかにある澄みを仲孫貜は愛している。

「うわさも積み重なれば、真実を圧《お》し潰《つぶ》す。なんじはこれから孔仲尼の実像をしらべよ。うわさにまどわされず、好悪の感情を捨て、自分の目と耳と足で、孔仲尼を正視するのだ。知ったことは、どんなこまかなことも、自分の判断で放擲《ほうてき》せず、われに報《しら》せよ。まわりからながめていてはわからないとおもえば、入門してもよい。報告は、いそぐ必要はない。明年になっても、かまわぬ。この任務については、他言無用である。よいか、しかといいつけたぞ」

そう儼乎《げんこ》と命じられた亢竿は、

――これがそれほど重要な任務なのか。

と、わずかに疑ったものの、その疑念をいささかも面にださず、

「うけたまわりました」

と、粛然《しゆくぜん》といい、一礼して、退室した。

しずまりかえった室《へや》のなかで独り坐りつづけている仲孫貜は、強まった春風の音をきいた。

――あのときも、春風が吹いていたな……。

十五年まえの春は、にがい記憶である。

君主の昭《しよう》公が二十六歳になったその年、仲孫貜は昭公を輔佐《ほさ》して楚《そ》へ往《ゆ》くことになった。じつのところ、

――往きたくない。

と、おもったが、そうはいかない事情が二、三あった。

まず、楚王がもつ威圧的な空気に触れたくなかったが、のがれるすべがなかった。

当時の楚王は、霊《れい》王（名は囲《い》）である。まれにみる暴君である。

楚の共《きよう》王（名は審《しん》）の次子《じし》として生まれた霊王は、欲望の大きな人で、兄の康《こう》王（名は昭《しよう》）が崩じたあと、首相というべき令尹《れいいん》の位に昇っても満足しなかった。康王の子が王位に即《つ》いたことが最大の不満で、自身が王位に即く機会をうかがっていた。

血胤《けついん》のありかたに着目し、嫡庶《てきしょ》を峻別《しゅんべつ》するという思想を、王朝の独自性のひとつとして表現したのは周《しゅう》であり、周王朝の威光がとどかない南方諸国では、兄弟相続もおこなわれた。霊王も、

――周に倣《なら》う必要はない。

と、おもっていたひとりであろう。ここに有能な弟がいたのに、なにゆえ無能な子に王位をつがせたのか。こういう鬱憤《うっぷん》を晴らす機会が、ほどなくやってきた。かれが鄭《てい》の国へ使節としておもむく際、まだ北の国境をでないうちに、王が罹病《りびょう》したことを知るや、これぞ好機とひきかえした。見舞いと称して王宮にのぼり、病室にはいると、ためらいもなく冠の紐《ひも》で王を絞殺《こうさつ》した。王位に即いたあとも、かれの欲望はとどまるところを知らず、天下の盟主になることを夢想した。実際に、中原《ちゅうげん》諸国の君主に、

「朝見《ちょうけん》にこい」

と、恫喝《どうかつ》めいた使いを送った。そういう威脅《いきょう》外交によって諸侯会同を主催するまでになった。天下が霊王を恐れたことはたしかである。

霊王は王位に即くとすぐに章華宮《しょうかきゅう》という離宮を造ったが、そのなかに壮麗な章華台という楼台《ろうだい》を建てることにした。それが完成すると、

「諸侯とともに落成を賀《いわ》いたい」

と、いいはじめた。この放言を実現すべく、楚の使者が魯にきて、昭公を招待した。昭公をはじめ群臣まで顔をしかめたくなるほど、大迷惑の招待である。当然、群臣のあいだで、

「往くにはおよびません」

という声が揚《あ》がった。が、霊王の招待をことわった場合、後難が怖《こわ》いので、けっきょくその招待をうけて昭公は楚へ往くことにした。

君主の外遊には、大臣の介添《かいぞ》えが要《い》る。三桓のたれかが付いてゆかねばならない。

――まずいことになった。

昭公が楚へ往くと決まった時点で、仲孫貜はひそかに嘆息した。大老というべき季孫宿《そんしゅく》は体調がすぐれず、家督《かとく》を継いだ叔孫婼《しゅくそんしゃく》は喪が明けてさほど経《た》っていない。そういう事情があったため、往きたくないと心のなかでつぶやきつづけている仲孫貜が、昭公に伴随《ばんずい》するしかなかった。

仲孫貜がもっとも恐れたのは、なにをいいだすかわからぬ楚王に、会うことではない。

――われは礼の知識が浅い。

そういう自信のなさを大いに恐れた。

軍事にかかわりなく君主が他国へ往く場合は、かならず外交のふくみをもち、そこ

に駆け引きが生ずると、たいそうわずらわしい。さらに、訪問国の君主との会見の場は、礼儀作法の応酬となる。相手に悪意があれば、こちらの教養の程度をためすためのしかけをほどこすであろう。たとえ悪意がなくても、相手に的確な礼容を示しつづけるのは、気骨が折れる。

そういう難儀を予想して、憂鬱な気分になったまま、仲孫貜は出発した。まっすぐに楚にむかわず、西行して、鄭を経由して南下するという道順をえらんだ。そのほうが整備された道をすすんでゆけるという安心感がある。ほかにも理由がある。

中原の諸国の大半は、北の晋《しん》を盟主の国として仰いでいる。晋に対抗意識のある南の楚が主催する会同には参加しない。それにもかかわらず、先年に楚がおこなった諸侯会同に、中原からは鄭だけが参加した。鄭は晋ばかりではなく楚にも仕えるという両面外交を忌憚《きたん》なく敢行《かんこう》したのである。今年、楚王の招待をうけた魯の昭公も、それに比《ちか》いことをおこなおうとしているわけなので、予備知識を得るために鄭君に会っておく必要があると判断したのである。

鄭の首都である新鄭《しんてい》に到着した昭公は、なんと、師《し》之梁《しりよう》門のほとりまででてきた鄭の簡《かん》公(名は嘉《か》)のねぎらいをうけた。君主がみずから城門にでて、他国の君主に賓《ひん》礼《れい》を示した場合、どのように答礼すべきか。昭公の礼をたすけなければならない仲孫貜は、まごつき、冷や汗をかいた。

——これでよかったのか。

仲孫貜は不安のかたまりとなった。ほどなく、その不安はさらに大きくなった。簡公は楚に往かない、とわかったからである。霊王の招待をうけなかったのか、それとも、うけたもののことわったのか。おそらく後者であろう。それゆえ簡公は、独りで楚へ往く昭公をことさらねんごろにねぎらったのである。

鄭をあとにして南下したこの集団は、強い南風にさからいながらすすんだ。

——いやな風だ。

仲孫貜だけがそう感じたのかもしれない。

国境では、霊王の使者が待っていた。この手厚い出迎えも意外で、またしても仲孫貜は昭公の礼をうまく助けることができなかった。

その後、むずかしそうな霊王との会見をぶじに終え、台の落成を祝賀し、饗応《きようおう》にあずかった。終始、霊王が上機嫌であったことが、仲孫貜にとって救いとなった。

しかし帰国の途につくと、仲孫貜の胸は暗くなった。

鄭と楚では、昭公の礼容があからさまに嗤笑《ししよう》されることはなかったものの、じつは礼に精通している者が、あとで、

——魯の卿《けい》は、あれでも君主の礼を助けた気でいるのか。

と、軽蔑の言を吐いているのではないか。そう想《おも》うと、仲孫貜はつくづく自分がな

さけなかった。どれほど自分を責めたところで、礼に関する知識不足が改善されるわけではない。そこで、帰国するとすぐに、

「礼にくわしい者を捜すように」

と、近臣にいい、やがてかれらの推薦を容《い》れて、その者に師事した。一国の上卿《じょうけい》が体面にこだわることなくおこなった勇気のある就学《しゅうがく》というべきであろう。だが、礼の根元と枝葉《しよう》にわけいってゆくと、その者の教えはあいまいになった。それゆえ、師をかえた。が、似たようなものであった。真にわかったという到達点にとどかないまま、この年になったのである。

——礼はどのように起こり、どのような変容をとげたのか。

礼にかぎらず、ものごとを知るとは、その起源と変化を知ることであろう。そういう研精《けんせい》をおこなっている者は、わが国にいないのか。仲孫貜はそう左右にこぼした。それをきいた側近のひとりが、

「主《しゅ》がお求めになっている人は、万能の人物で、聖人というべき者です。この世に、いるとはおもわれません」

と、いった。

——そうであろうか。

この側近は、本気になってそういう人物を求めたことはなく、国内をくまなく捜し

たこともあるまい。かねがね目をかけている側近の意見が、このように常識的であることに、仲孫玃はひそかに落胆した。草莽《そうもう》から首をもたげたような孔仲尼という教師についてしらべつづけている亢竿の報告が、精密さを欠き、平凡であれば、これからのわが家は暗くなるいっぽうだ、とおもわざるをえない。

仲夏になって、ようやく亢竿が報告にきた。白面《はくめん》というほどではないが面貌が若さに満ちていたのに、すっかり日焼けをして、すこし精悍《せいかん》さがくわわったようである。

「孔仲尼は陬《すう》の生まれで、名を丘といいます」

と、説《と》きはじめた亢竿は、孔丘の先祖、父母、兄、妻子、友人と古参の弟子について、くわしく述べた。おどろいたことに、

「宋《そう》へ往き、孔氏の遠祖について、しらべてまいりました」

と、亢竿はいった。

魯における孔丘の先祖が、宋からの亡命貴族であることはまちがいないが、宋における遠祖は、弗父何《ふつほか》といい、宋の君主となるべき人であったのに、弟の厲《れい》公に位を譲ったという。

「あくまで、これは伝説です」

「いや、伝説でもかまわぬ。そうか、孔仲尼の遠祖は宋の君主になってもよかった人

か……。しかし、宋の厲公とはいつごろの人か、わかるか」

「史官に問うてまいりました」

亢竿の答えをきいて、仲孫貜はうれしげに膝《ひざ》をうち、うなずいた。

「おう。それで――」

「周の平王《へい》が都を東遷《とうせん》するより、はるかまえ、とのことです」

いいかえれば、西周時代の君主ということである。

「それは古い」

ちょっとしたおどろきをこめた声を放った仲孫貜は、これで孔丘の血胤が卑しくないと知って、なぜかほっとした。

亢竿はすこしまなざしをさげた。

「よけいなことかもしれませんが、都内の豪農のひとりである丙《へい》という者が、孔仲尼を陰助《いんじょ》しているふしがあります。丙には、季孫氏の息がかかっているかもしれません。また、丙の先祖は殷人《いんひと》です」

「なんじが見聞したことに、よけいなことなどあろうか。なるほどな。宋の国の前身は殷だ。孔仲尼と丙がつながっても、ふしぎではない」

たとえ孔丘が丙を介して季孫氏に繫属《けいぞく》していても、仲孫貜は孔丘への関心を冷却《れいきゃく》するつもりはない。

亢竿はさらにまなざしをさげた。

「以上、知りえたことを、すべて申し上げました。が、孔仲尼その人については、わかったわけではありませんので、今月、入門します。よろしいでしょうか」

「よいとも」

「あなたさまの臣下であることを、孔仲尼に告げますが、かまいませぬか」

「かまわぬ」

それによって悪評が立てば、仲孫貜は亢竿をかばうつもりでいるし、その悪評が自家におよんでも、いささかも痛痒《つうよう》をおぼえないであろう。そういう気構えの仲孫貜である。

「では――」

主の許可を得た亢竿は、数日後、束脩《そくしゅう》をもって孔丘の教場へ行った。ちなみに、この年に孔丘は三十二歳である。はじめて孔丘をまぢかに視《み》た亢竿は、

――うわさ通り、異相《いそう》の教師だ。

と、おもったので、孔丘の外貌《がいぼう》についてはおどろかなかった。が、その居ずまいにふしぎな優美さがあることにおどろいた。人格の高さが薫《かお》ってきたといってよい。

亢竿は内弟子になったわけではないので、ひと月に十日ほど教場に通うことにした。

そのように秋と冬をすごした亢竿は、けっきょく年末までなんら報告をしなかった。

仲孫玃も、

「なにか、わかったか」

などとは、いちども問わなかった。

年があらたまったあと、亢竽は仲孫玃の閑日《かんじつ》をみはからって、

「もうしばらく、お待ちください」

とのみいい、孔丘に関する感想や評言を避けた。人を知ろうとするとき、初対面で得た直感はほとんどはずれないといわれる。が、その直感をことばに換《か》えただけでは、主を説得できないと意《おも》った亢竽は、孔丘への関心が尋常ではない主の胸裡《きょうり》に達することばを、時間をかけて捜しつづけたといえる。そのせいであろう、もうしばらく、といったものの、春どころか夏もすぎた。

その間、仲孫玃は亢竽に生じた変化をみつけた。一言でいえば、亢竽に人としての輪郭が生じた。言辞《げんじ》にあいまいさが消え、挙止《きょし》に適度な重みがでた、といいかえてもよい。

晩秋になって、ようやく亢竽は仲孫玃にむかって端座《たんざ》し、

「孔仲尼について申し上げます」

と、いった。が、仲孫玃は長い説述《せつじゅつ》を嫌うように、

「こまかなことは、あとで聴こう。なんじの報告が延びたのは、孔仲尼がむずかしい

人物であるというのではなく、かれの思想と人格にはかりがたい邃淵があるせいであろう。そこで、まず、問う。孔仲尼は、われが師事してよい人物か」

と、この側近の存念を質《ただ》した。この問いにたいする答えを、亢竽はすでに用意している。

「孔仲尼は、未完の巨人と申すべきで、礼にかぎらず、未知のことが多すぎて、日々、精一《せいいつ》に学びつづけています。ただし、未完成であることを恥じず、むしろそれを研考の糧《かて》としています。わたしも知らぬということを恐れなくなりました。孔仲尼の思想と人格が完成の域に近づくのは、十年後でしょう。主は礼儀における十全をお求めになっている。であれば、主が孔仲尼に師事してよいのは、十年後となります」

しばらく亢竽をみつめていた仲孫貜は、やがて小さく笑った。

「十年も待てようか。だが、十年待て、というなんじのことばも尊重したい。なんじが考えぬいた末にここにいることもわかる。十年も待てぬというわれの意いと、十年待てというなんじの意いを同時に叶《かな》える方法がある。孔仲尼をわが家に招き、われにではなく、家臣に教諭《きょうゆ》してもらう。どうだ、妙案であろう」

たしかに妙案だ、と亢竽はおもったが、仲孫貜の決意は実行されなかった。家宰《かさい》をはじめ多くの重臣に猛反対されたからである。

「儒者をお招きになれば、家名が汚《けが》れます。儒者は葬礼にくわしいだけで、典礼《てんれい》のなにを知っているというのですか」

この声を、仲孫貜は押し切れなかった。

——さて、どうしたものか。

と、考えあぐねた仲孫貜は、冬に体調をくずし、翌年の二月に、危篤《きとく》におちいった。かれの孔丘への関心は死のまぎわまでうすれず、遺言となって濃厚にあらわれた。めずらしい遺言といってよい。

卞《べん》の剣士

仲孫貜《ちゅうそんかく》は老齢というわけではない。

なんの病かわからぬまま病牀《びょうしょう》に臥《ふ》した。

やがてかれは死期をさとると、家宰《かさい》だけではなく親しい大夫《たいふ》を招いて、こう語った。

「人を樹木にたとえてみれば、礼は幹《みき》である。幹がなければ、樹木が立たぬように、礼がなければ、人は立てぬ。わが国に礼の達者があらわれようとしている、ときいた。その者は、孔丘《こうきゅう》という。古昔《こせき》、宋《そう》にいた聖人の後裔《こうえい》である。かつて斉《せい》へ亡命した臧孫紇《ぞうそんこつ》は、聖人でありながら君主の席に即《つ》かなければ、その子孫にかならず達人がでる、といった。孔丘がそれにあてはまるのではあるまいか。われにはふたりの子がいるが、かれらを孔丘に託して、師事させ、礼を学ばせて、その地位をゆらがぬものにしてもらいたい」

これが仲孫貜の遺言となった。

死ぬまで礼の重要さを考えていたあかしがこれである。また孔丘の卓絶《たくぜつ》さを最初に予見したのが仲孫貜であるといってよい。

人の生涯の発言のなかで、遺言がもっとも重いといえるであろう。この遺言が仲孫家にとってきわめて不都合なものになる危険があれば、無視されることも考えられるが、そうはならないと判断されれば、遺言をきいた者は逝《ゆ》く人の遺志を誠実にはたさなければならない。

家宰と大夫は退室したあと、深く嘆息し、目を合わせて、しばらく目で語りあった。それから家宰は大夫にむかって、

「主《しゅ》のおことばを、おふたりにはわたしが語《つ》げます。また、わが家にはすでに孔丘の門弟になっている者がいますので、その者を用いて、おふたりの就学をとりはからいます」

と、いった。

ここで、おふたりといったのは、仲孫貜のふたりの子を指している。ひとりは、

「何忌《かき》」

と、いい、かれが家督継承者である。

いまひとりは、何忌の弟で、名を、

「説《えっ》(閲《えっ》)」

と、いう。ところがこの弟に関しては、ふしぎなことに、适《かつ》、括《かつ》、縚《とう》などという名

もあり、とてもひとりの名とはおもわれない。それなら、仲孫玃に三人あるいは四人の子がいたのではないか、と考えたくなる。ところが、それを証拠だてるほうがかえってむずかしい。

推定であるが、兄の何忌はこのとき十三歳である。弟の説は、双子《ふたご》でないかぎり、十一歳であろう。十代のうちにすぐれた教師に就《つ》いてしっかり礼を学んでおけば、自分のように苦しまずにすむ、という親心が、仲孫貜のことばにふくまれていた。

家宰とはちがう立場にいる大夫は、
「孔丘は、まことに礼の達者であろうか。たしかにほめる者はいるが、けなす者もすくなくない」

と、疑念を口にした。

孔丘とまったくかかわりをもたない魯《ろ》の大夫は、なべてそういうみかたをしていたにちがいない。ただしこの大夫が孔丘の名を知っていただけでも、孔丘の存在価値があがりつつある証左であろう。

家宰と大夫が遺言をきいた数日後に、仲孫貜は逝去《せいきょ》した。ふたりの遺子《いし》の就学は、三年の服忌《ふくき》を終えてからということになる。

仲孫家で殯葬《ひんそう》がおこなわれているころ、豪農の丙《へい》の家を訪ねた剣士がいる。かれは丙と対面すると、いきなり漆雕啓《しっちょうけい》の名をだした。

「子開《しかい》からここをきいた。しばらく宿泊させてもらえようか」

丙は眼前の男の貌《かお》をみるよりも冠をみた。冠が異様であった。雄鶏《ゆうけい》の冠である。おすのにわとりの羽根で作った冠は、たしかに目立つが、どこかこっけい味《み》がある。笑いを嚙み殺した丙は、

「どちらさまですか」

と、問うた。男の年齢は二十五、六歳であろう。陰気さのない素朴を感じさせる人物で、どこからどうみても、善人である。

「下《べん》からきた、仲季路《ちゅうきろ》という」

仲は次男のあざなとして用いられることが圧倒的に多い。が、かれの場合、仲は氏である。なお、このころすでに姓と氏とは混同され、正確につかいわけをする必要がないほどになった。たとえば、孔丘の氏姓について正確にいえば、かれの遠祖が宋の公室のひとりであるなら、姓は子《し》（殷《いん》王とその子孫の姓）であり、氏が孔ということになる。仲季路は、子路《しろ》、というあざなをもち、名は、

「由《ゆう》」

である。

「ははあ……」

丙は記憶をさぐった。以前、漆雕啓が曲阜《きょくふ》にまいもどってきたとき、仲季路につい

て、わずかに語ったことがある。ちなみに卞は曲阜の東にあって、その邑の西に洙水がながれている。洙水が曲阜と卞とをつないでいるともいえる。

——卞で、子開をかくまったのは、この人か。

そういう目で仲季路を見直せば、なるほど男らしい俠気《きょうき》を秘めているようにもみえる。

「客室は空《あ》いていますので、お泊めすることは厭《いと》いませんが、どのようなご用件で、曲阜に上っていらっしゃったのですか」

丙のこの口調にはすでに好意がふくまれている。

「季孫《きそん》氏が剣士を集めている」

仲季路すなわち仲由は胸をそらした。

「さようでしたか。採用されるとよろしゅうございます」

「ふむ、まあ、われの剣術の腕なら、採《と》られぬということはない。それに邑宰《ゆうさい》の推薦状もある」

季孫氏に仕えることは決まったも同然だという仲由の顔つきである。

——たいそうな自信家だ。

丙は内心笑ったが、仲由の性質に陰湿《いんしつ》さがないせいか、その自信からいやみを感じない。

「ところで子開はどうしている。実家にいるのなら、いまから会いにゆく」

「季孫家へゆかれるのが、先では――」

「季孫家の家宰に会うのは、明後日だ。今日は空いている」

「子開さんは、実家にはいないでしょう。いるとしたら、孔先生の教場《きょうじょう》です」

「孔先生……、剣術の師か」

漆雕啓は剣術を独習し、かなりの使い手であることを仲由は知っている。武を好む漆雕啓が師事するとしたら、剣術の達人しかない。

微笑した丙は、

「いえ、孔先生は、礼を教える人です。子開さんは孔先生を敬仰《けいぎょう》して、礼を習っているのです」

と、いい、仲由の反応を観察した。民間にあって礼を教えるための家屋を設けた人は、他国にはおらず、また、過去にもいない。その教場は、中華で最初に設立された私塾といってよい。そう知らされた者がどのような反応をするか、それを観《み》るのが丙のちょっとした楽しみであった。

はたして仲由はすこしおどろき、すぐにむずかしい顔をした。

「子開が礼を習っている……、ありえぬ。利《き》かぬ気の男が、礼儀作法をおとなしく学ぶはずがない」

仲由の表情に翳りが生じた。不可解さに衝撃をうけた翳りである。

「嘘だとお思いでしたら、教場へゆかれたらどうですか。馬車をお貸ししますよ」

そう丙にいわれた仲由は一考し、

「よし、子開に会ってみる。ついでに、孔という教師の面もみてきてやる」

と、高らかにいい、いちど客室にはいって旅装を解《と》くと、馬車を借りてでかけた。

丙におしえられた通りの路をすすむうちに、人家がすくなくなり、やがて教場らしい建物をみつけた。

――あれだな。

建物を囲む生《い》け籬《がき》の緑が若々しい。その生け籬に馬をつないだ仲由は、いささかも気おくれをみせず、開け放たれた門を通り、入り口に立った。

仲由が声を発するまえに、門弟があらわれた。が、この門弟は成人ではない。冠も幘《さく》もつけていない。

――なんだ、孺子《じゅし》か。

仲由に傲然《ごうぜん》とみくだされたこの青年こそ、ふたたび孔丘に仕えることになった十九歳の閔損《びんそん》である。なお閔損は成人になると、

「子騫《しけん》」

というあざなをもつ。かれは仲由の驕《おご》った目つきに気づいても、表情を変えず、澄

んだ声で、

「どちらさまですか」

と、問うた。

「われは下の仲季路という。子開の親友だ。子開に会いにきた。とりついでもらおう」

「たしかに子開どのは教場にいますが、いま受講中です。先生の講義はまもなく終わりますので、しばらくこちらでお待ちください」

閔損は手際よく仲由を入り口脇の小さな房室へみちびいた。そのきびきびした挙措《きよそ》をみた仲由は、ひそかに感心した。

牖《まど》から薫風《くんぷう》がはいってきた。その風のここちよさに瞼《まぶた》を閉じた仲由だが、耳は閉じていない。教場の声をききとろうとした。ほどなくその声が急に大きくなった。門弟が受講を終えたのであろう。直後に、漆雕啓がおどろきの声を放ちつつ房室にはいってきた。

「どうしたのですか」

仲由がここにいることが信じられないという漆雕啓の目つきである。

仲由はわずかに膝《ひざ》を動かした。漆雕啓のはつらつさに気圧されたためであるが、その顔つきをみるまでもなく、

——こやつ、変わったな。

と、痛感した。かつての漆雕啓は暗さがまとわりついた棘《とげ》のようなものをちらつかせていたが、いまのこのやわらかさのある明るさはどうであろう。

仲由はわざと不機嫌に、

「どうした、とは、こちらがききたい。なんじは貴族でもないのに、礼を習って、なんになるつもりか。剣をはなすな。剣術をもって大夫に仕えよ。われは季孫氏に仕える、これでな——」

と、膝もとの剣を軽くたたいた。すでに仲由は下においては名を知られた剣士である。

「ああ、そういうことですか」

漆雕啓は屈託《くったく》のない笑貌《しょうぼう》をみせた。あいかわらずかれは仲由に敬意を払っているつもりであるが、剣術への関心はほとんどなくなった。そういう意欲と関心の推移が、かれの笑貌を冷えたものにみせたかもしれない。慍《むっ》とした仲由は、

「剣を忘れさせるほど、礼はおもしろいか」

と、なじるようにいった。漆雕啓は表情をあらためた。

「礼は、おもしろい、おもしろくない、というものではありません」

「では、問う、礼とはなんであるか、端的にいってみよ」

「礼は……」

いちどまなざしをさげて、わずかに考えた漆雕啓は、目をあげて仲由をおだやかに視《み》た。

「礼は、おもいやりの形だと思います。多くの人々がそれぞれの考えのもとで、自分かってに行動すれば、摩擦や衝突が多発します。たがいにおもいやるさまざまな形を集約して、よりよい形に定めたものが礼でしょう」

「ふん」

あえて鼻哂《びしん》した仲由は、内心、たじろいだ。

ここにいる子開は、自分が知っている子開ではない、とおもわれるほど上等に変わった。みじかい歳月で、そこまで子開を変えた孔という教師には、奇異《きい》というべき力がそなわっているにちがいないが、それがなんであるのか、この目と耳でたしかめたい。そこで仲由は、

「なんじに会うためだけであれば、ここまでくる必要はない。礼がおもいやりの形であるとすれば、われがここにいることが、すでに礼ではないか」

と、いい、眼光を強めた。

「えっ――」

漆雕啓は表情に困惑の色をだした。

「孔先生に会わせよ。今日、会えぬというのであれば、明日、またくる」

仲由はあごをしゃくってみせた。早くとりつげ、と無言でうながした。

「わかりました」

関心事があれば、それに意識を集中させて、けっしてあきらめない仲由の気骨を知っている漆雕啓は、いちど首をふってから、起《た》ち、房室の外にでた。それから兄弟子の秦商《しんしょう》のもとへゆき、事情を説《と》いた。

「ははあ、なんじにとって恩義のある男か。わかった。先生に話してみる」

秦商は漆雕啓をともなって奥にはいった。

琴の弦の調律をおこなっていた孔丘は、手をやすめて話をきき、うなずいた。会ってもよい、ということである。

房室にもどった漆雕啓は、どうぞ、と仲由に声をかけて、いざなうような手つきをした。仲由が剣をつかんだので、

「剣をおあずかりします」

と、漆雕啓がいうと、ひと睨《にら》みした仲由は、

「われの剣にさわるな」

と、一喝《いっかつ》した。冠と同様にその剣も人目を惹《ひ》く。剣の飾りが、

「豭豚《かとん》」

ということで、おす豚の皮がはりつけられていた。ただし、その豚は家畜の豚ではなく、野生の猪《いのしし》であろう、と想像したくなる。また、皮といっても皮膚ではなく、毛皮ではあるまいか。さらに仲由は、

「教場のなかを通りたい」

と、いった。教場には、まだ帰らない門弟がたむろして話しあっていたが、突然あらわれた珍客に唖然《あぜん》とした。仲由はいかにも風変わりであった。珍獣を見守るような門弟のまなざしにさらされつつ、仲由は悠然と歩いた。仲由はおのれをみせびらかすために教場を歩いたわけではない。ここの空気を知りたかった。

――生気がある。

いや、その余韻がある、といったほうが正確であろう。

ところで、貴族の屋敷には、高床《たかゆか》の表座敷というべき堂があり、その両脇に、廂《しょう》とよばれる小部屋がある。孔丘の家にもそれに似た一室があり、仲由はそこに案内された。

どこにいても仲由はものおじしない男ではあるが、あらわれた孔丘が予想以上に大きな体軀《たいく》をもち、しかも異相であったので、

――礼を教える者が、これか。

と、心のなかで身構えた。だが、孔丘の坐りかたはやわらかく、しかもまなざしは

やさしかった。とはいえ、孔丘の冠もはなやかで異様であり、ふたりの対面の光景も、やはり異様というべきであろう。

いきなり孔丘は、

「下は、もとは公領であったが、季孫氏が横領《おうりょう》した。ご存じか」

と、いった。その声は、すこし高かった。

「知っている。それをもって、あなたは季孫氏を非難するのか」

公領が私領にかわったことで、むしろ仲由の家は日当たりがよくなったといえる。

「いや、非難はしていない。そこもとの認識の程度を知ろうとしている」

「ほう、奇妙な問いかたよ。そのことにかぎらず、われが知っていることを、あえて知らぬと答えれば、なにがちがう」

「大いにちがう。天と壌《じょう》(地)ほどちがう」

「それは戯言《ぎげん》か」

「わたしは戯言を弄《ろう》したことはない。また、知っていることを、知らない、と人にいったことはいちどもない。ただし、知っていることが深度と明度をもたない場合、知っていることにならないゆえ、知らない、という」

孔丘の口調にはりきみがない。

「あなたは、そういうことも、門弟に教えるのか」

「そうです」

この孔という教師は、奇人といってよい、と仲由は感じた。礼は、貴族社会のむなしい形式にすぎない。が、剣術はちがう。基本の形はあるが、その形にとらわれ、その形を超《こ》えたところに達しないと、いのちを隕《お》としてしまう。そういう奥義《おうぎ》と体魄《たいはく》で表現しようとしてきた仲由は、孔丘の尋常ではない人格にふれたおもいがして、礼の概念をすこし変えた。

孔丘は仲由の剣をさりげなく視て、

「そこもとが好むことは、なにか」

と、問うた。わずかに表情をゆるめた仲由は、

「長剣を好む」

と、みじかく答えた。剣術の奥深さについて語ったところで、この礼の教師にはわかってもらえそうにない。

「わたしはそういうことを問うたのではない。そこもとのすぐれたところに、学問を添えれば、たれもそこもとに及《およ》ばなくなる。それがわかるだけに、そう問うたのだ」

「学問か……」

仲由はすこし目をそらした。この教師は、礼とはいわなかった。そのことを考えつつ、

「学べば、どのような益《えき》があるのか」

　と、問うた。

「学ぶことは、教えられることであり、知らぬことを、知ることになる。君主は諫《いさ》める臣下がいなければ、正しさをつらぬいてゆけない。そこもとのような士は教えてくれる友がいなければ、かたくなになってゆくばかりだ。暴れ馬を御《ぎょ》するには策《むち》が必要であろうし、弓をつかおうとするのなら、弓のくるいを檠《ゆだめ》で直してからだ。教えをうけて問う、それをくりかえしてゆけば、道理に従ってさからわなくなる。すぐれた人格は、学問によってできあがるということです」

　人はまっすぐであることが至上である、とこの教師はいっているのか。そう解した仲由は、

「南《なん》山とよばれている山に竹が生えている。その竹は矯《た》めるまでもなくまっすぐなので、それを切って矢とすれば、犀《さい》の革《かわ》をもつらぬく。それだけでもわかるように、どうして学ぶ必要があろうか」

　と、遠慮なくいった。すかさず孔丘は、

「矢《や》筈《はず》と羽《はね》をつけ、鏃《やじり》もつけてそれを礪《みが》けば、その矢はさらなる深みに達する」

　と、いった。鈍感ではない仲由は、この孔丘の比《ひ》喩《ゆ》に、あざやかな衝撃をうけた。

　孔丘との対話を終えた仲由は、教場に残って秦商と喋《しゃべ》っていた漆雕啓に、

「馬車できている。家まで送ろう」

と、いい、外にでて、馬車を動かしてからは、寡黙《かもく》になった。漆雕啓はよけいな問いを発しなかった。なんとなく仲由の心事がわかった。孔丘と最初にことばを交わしたあとの、かつての自分がそうであったからである。

里門のまえで漆雕啓をおろして、丙に馬車を返すまで、仲由の目にはなにも映《うつ》らなかったといってよい。思考しつづけるとそうなる。そういう仲由を観察した丙は、

――まるで暗い湖をただよっている小舟のようだ。

と、想《おも》い、以前の子開と似ている、と感じた。つまり、

――この人は、早晩、孔先生の門人となる。

と、このとき予断した。

二日後に、季孫家の家宰に面会した仲由は、卞の邑宰からもたされた推薦状をさしだした。それを一読した家宰は、

「剣士を採用する可否《かひ》は、われに一任されている。季孫家が有する食邑《しょくゆう》を治めている者にそれぞれ優秀な剣士をひとり推挙するように通達した。なんじがその優秀な剣士であることは、われがためすまでもない、とみた。明日から、季孫氏に仕えよ。主にはなんじのことを報告しておく」

と、登用《とうよう》を即決した。拝礼した仲由は、

「ひとつ、おたずねしておきます。わたしは巷間《こうかん》で礼を教えている孔仲尼《こうちゅうじ》の門下生になるつもりですが、それについて、ご異存はありませんか」

と、訊《き》いた。家宰は幽《ほの》かに嗤《わら》った。

「異存はない。ただし、あそこは葬儀にかかわる儒者《じゅしゃ》どもの集まりで、なんじのような士はほとんどいない、ときいた。葬礼にくわしくなったところで、なんの役にも立たぬであろう」

「ははあ……」

この人には、孔仲尼のすごみはわかるまい。自分は孔仲尼に会っておいてよかった、と仲由は実感した。ただし眼前にいる家宰を軽蔑したわけではない。仲由の採用を即断した見識はなみなみならぬものであり、さすがに、魯で突出している大家《たいか》を切り盛りしている器才をそなえているといえる。

「礼といえば、わが家中に、上等な礼に精通している陽虎《ようこ》という者がいる。その者に就いて学んだらどうか」

と、家宰はいった。

「いえ、けっこうです。民情を知っておくのも、主のためになるでしょう」

この選択も、仲由にとっては運命の岐路であったかもしれない。

季孫氏の家臣のために建てられた長屋の一室に落ち着いた仲由は、さっそく束脩《そくしゅう》をたずさえて孔丘の教場へむかった。

門前に立った仲由の手に束脩があることに気づいた漆雕啓は、喜笑《きしょう》し、教場から躍《おど》りでた。

王子朝《ちょう》の乱

矢は邪気を祓《はら》う。

矢を放つことによって、その地を清める。

ゆえに主要な儀礼《ぎれい》にさきだって、射儀《しゃぎ》がおこなわれる。

また、大夫《たいふ》とよばれる貴族が兵車に乗って戦場におもむいた際、かれがおもにつかう武器は、弓矢であって、剣や矛《ほこ》などではない。武器にも尊卑《そんぴ》があるといってよい。

さらに、戦闘がたけなわになると、大夫は車中で立つ位置をかえ、みずから手綱《たづな》を執《と》る。

それらのことを想《おも》えば、射と御《ぎょ》、は礼に準ずるもので、孔丘《こうきゅう》が自身で模範を示して門弟を指導しなければならない実技科目であった。門弟がそのつど感心するのは、孔丘は射と御がきわめて巧《うま》いということである。

武技を好む仲由《ちゅうゆう》が、孔丘からはじめて射術の指導をうけたとき、孔丘の弓から放たれた矢の揺れのすくなさに驚嘆した。孔丘は体格が強靭《きょうじん》なだけに、勁弓《けいきゅう》を引くことができる。また馬を御することに関しては、孔丘は名人といってよかった。

それらを実見して舌を巻いた仲由は、

「先生はどこで射と御を習得なさったのか」

と、漆雕啓《しっちょうけい》に訊《き》いた。

「先生は、かつて、司職《ししょく》の吏《り》であったときききました」

高弟の秦商《しんしょう》からおしえられたことである。

「司職……、なんだ、それは」

司という文字をふくむ官名は、司徒《しと》、司馬《しば》、司寇《しこう》、司空《しくう》などがあるが、司職という官吏名はきいたことがない。

「職は、牛をつなぐくいである樴《しょく》のことらしいのです。要するに、六畜《りっきゅう》の飼育係りです」

「六畜のなかに、馬がいたかな」

仲由は首をかしげた。

「いますよ。牛、馬、羊、鶏、犬、豕《ぶた》が六畜です。それらは、六牲《りくせい》ともよばれています」

ついでながら、六と陸《りく》とはおなじ音で、陸のなかに六という文字がふくまれている。文字の発生源がおなじであるということである。

「なんじは賢くなったな。だが、先生の弓術は司職としての勤めの内容にはなかったはずだ」

たれが考えても、そうである。

「宮廷の祭祀官《さいし》であったころに、習得なさったのでしょう」

「宮中儀式のひとつに、射礼があるということか」

仲由はなかば納得《なっとく》したが、形だけがととのっていればよい儀式で矢を飛ばすのに、人が感心するほど射術を上達させる必要はあるまいと考えれば、孔丘という人格にひそむあくなき向上心におどろかざるをえない。あるいは、父からうけついだ武人の血がそうさせるのか。仲由はおのれが剣を持ち、孔丘が弓矢を持つという闘いの場を想像してみると、その想像のなかでは、おのれは孔丘が放つ一矢で殪《たお》されてしまう。孔丘の矢はそれほどすごみがある。

「あれほどの射と御の腕があれば、明日にでも、三桓《かん》のどなたかに召しかかえられよう。官途に就《つ》いても、学問を忘れず、若い家臣を教導しつづければ、いずれ大家を経営する家宰《かさい》となって、主君を輔成《ほせい》し、魯《ろ》に善政を施為《しい》できよう。先生はそういう道を好まれないのか」

孔丘が魯の大臣に自分を売り込みにゆきたくない気性をもっていることはわかるが、孔丘の異才をたしかめようともしない大夫たちの魯鈍《ろどん》さにもあきれる。もっとも季孫《きそん》

氏の家宰が、孔丘とその門下生を、侮蔑ぎみに、

「儒者《じゅしゃ》」

という一言でかたづけてしまう現状があるのだから、他家の無関心さは推《お》して知るべしである。ただしこの時点で仲由にかぎらず孔丘の門弟のすべてが、春に亡《な》くなった仲孫貜《ちゅうそんかく》の遺言の内容を知らない。仲孫貜の側近のひとりで、孔丘の弟子となった亢《こう》竽《う》でさえ、家宰からなにも伝えられていない。それはさておき、仲由は自問自答したような気分になり、苦《にが》く笑った。

が、漆雕啓は仲由の問いを真摯《しんし》にうけとめた。

「先生は、庶人《しょじん》のための教師になろうが、君主のための教師になろうが、否《いな》とは、おっしゃらない人です。庶民が礼を知り、君主が学問をすれば、国力が上がる、とお考えになっていることはたしかです」

漆雕啓の孔丘への心酔《しんすい》ぶりは尋常ではない。暗い青春の時を経てきた漆雕啓にとって、孔丘は炫々《げんげん》たる太陽であるかもしれない。

「それは、魯のためか……。だが、先生の名が他国に知られ、他国からの学生が入門するようになったら、先生の教えは、他国のためにもなる。他国の力が上がれば、魯のためにはならない。そうではないか」

仲由は漆雕啓をゆするように、ちょっと理屈をこねた。

「それは……」

いちどくちごもった漆雕啓は、脳裡《のうり》で考えを組み立てなおした。往時、寡黙《かもく》で、地を睨《にら》みつけて生きていた漆雕啓が、いまや首を揚《あ》げ、弁《べん》も立つようになった。

「礼がそもそも相手へのおもいやりであるとすれば、他国の庶民が礼を知ると、魯へおもいやりを示してくれる。すると、魯はその国と争わなくなる。諸国の民間に礼が育てば、全土に平和という花が咲くのです。また、学問とは、平等であり、知ることをさまたげてはならないものです。すなわち、先生は、魯という一国のために教えているわけではなく、中華全体の文化の向上のために教えている。これでは、答えになりませんか」

「ははあ、なんじは本気になって学んだな。頭がさがるよ」

仲由は漆雕啓をほめた。仲由に敬意をもっている漆雕啓はうれしそうな顔をした。

「なあ、子開《しかい》よ、孔先生はなんじに悦《よろこ》びを与え、人を変えるほどふしぎな力をもっている。それは認める。われは入門してからまだ半年しか経《た》っていないので、先生の全容を知っているとはいえないが、ひとつ奇妙におもわれるのは、先生には苦悩がないのではないか、ということだ」

「えっ、苦悩がない……」

漆雕啓は軽くおどろき、あきれたように仲由を視《み》た。

「あなたは、先生の生《お》い立《た》ちを、知らないのですか」

孔丘の過去は苦悩のかたまりであった、と漆雕啓は理解している。

「いや、だいたいは子丕《しひ》（秦商）どのから聞いた。離婚のことも知っている。幼いころに父を喪《うしな》い、母と離れて暮らしたことが、先生をいまだに苦悩させているとおもうか。先生は、葬儀を手伝うしか能がない儒者の指導者であるとみなされても、平然としている。すなわち先生は、いかなる境遇にあっても、悦んで生きようとし、それを門弟だけではなく世間にもみせ、人もそのように生きてもらいたいと意《おも》って教えている。それこそ非凡だ、といいたいところだが、われはそうはおもわない」

仲由がそういうと、漆雕啓は慍《むっ》とした。

「あなたは苦悩する者が非凡だといいたいのですか。苦しみ悩むことは、おのれを傷つけ、他人をも傷つけるのです。失礼ながら、あなたにはそれがわかっていない」

この声には怒りがこめられている。仲由は素足で荊棘《いばら》の道を歩いたことがないから、そういう高踏《こうとう》的な批評をおこなえるのだ、と漆雕啓は反発した。

「いや、われは、先生をけなしたわけではない」

技芸の真髄《しんずい》に達すれば、からりと晴れた天空を仰ぎみるような心境を得られるような気もしないではないが、そのまえに底なしといってよい深い苦悩があるものではないか。剣術とは、つねに心身を生死の境に置かなければ上達しないものだ、と自覚してきた仲由にとって、孔丘という教師はほがらかすぎる、と感じた。このほがらかすぎるところに、思想家としての未完あるいは不足があるのではないか、と仲由はおもっただけで、それ以上邃密《すいみつ》な表現を駆使《くし》できないので、この微妙な感覚をうまく漆雕啓につたえることができない。

ふたりのあいだに気まずさが生じたので、仲由はそれを払うように、

「明後日は、先生に付いて、狩猟《しゆりよう》にゆくそうだな。われは勤めがあってゆけぬ。帰ったら、話をきかせてくれ」

と、あえて明るくいい、腰をあげた。

狩猟は、貴族にとって娯楽をかねた軍事訓練である。その規模には大小があり、大規模なものになると、諸侯会同のついでにおこなわれ、盟主のために、盟下にいる君主とその家臣が禽獣《きんじゆう》を追いたてるという任務をはたすことになる。孔丘は貴族ではなく、兵術を嫌っているので、狩猟の地を戦場にみたてず、御と射の講習会の地とした。

門弟とともに曲阜《きよくふ》をでた孔丘は、一夜露宿《ろしゆく》しなければならないほど遠くの林野まで行った。山沢《さんたく》を管理する吏人《りじん》にみとがめられないようにするためである。ちなみに孔丘は釣りも好きだが、延縄《はえなわ》のようにいちどに多くの魚を釣る漁具《ぎよぐ》はつかわず、素朴な釣りかたを愛した。狩猟の腕もたしかで、弋《よく》といって、矢に糸をつけて射《い》るやりかたで、鳥を落とした。それを見た門弟は驚嘆した。

門弟のなかには、かつて俠気《きょうき》をむきだしにして巷間《こうかん》をさまよっていた者もすくなくないので、林野を駆けめぐる狩猟は、かれらに快感を与え、開放感にひたらせた。

孔丘がねぐらにいる鳥をけっして狙わないので、

「狩りにも礼がある」

と、門弟は感心した。

孔丘が狩猟の会を催したのには、わけがあり、

「明年、周都《しゅう》へゆき、留学したい」

と、おもいはじめたためである。曲阜で教鞭《きょうべん》を執ることをしばらく休む。それを暗に予告するための会であった。

門弟とともに楽しく狩猟を終えた孔丘は、曲阜にもどるとすぐに、引退した老司書の家へ往った。

孔丘の顔をみたこの老人は、

「今日は、書物を借りにきたわけではなさそうだ」

と、いきなり推断した。老人のまえで膝《ひざ》をそろえた孔丘は、

「ご推察の通りです。周の文化をもっと知りたくなったので、周都へゆくつもりです。ご存じの教師があれば、教えていただきたい」

と、いい、頭をさげた。

老人はあごひげをひと撫《な》でした。

「老子《ろうし》とよばれている人がいる。周都の老子といえば、その人しかいない。ただし、その人は、そなたのように、むやみに弟子をとらない。いきなり入門を乞《こ》うても、門前払いをくわされるであろうよ」

老子とは、老先生といいかえてよく、老は姓でも氏でもない。またこの人は、のちに出現する『老子』の著者ではない。その書物の著者は、李耳《りじ》（老耼《ろうたん》）であるかもしれないといわれている。おそらく李耳は戦国時代（東周《とうしゅう》後期）の人で、孔丘とは時代がちがいすぎる。

「豊かな知識をもつ者が、貧しい知識しかもたない者に、その知識をさずけないのは、吝嗇《りんしょく》で、しかも傲慢ではありませんか」

孔丘がそういうと、老人は、おい、おい、といいながら嗤《わら》った。

「ものわかりの悪い童子《どうし》のようなことを、いうな」

「そうですか……」

孔丘は老人の口の悪さには慣《な》れている。

「あきれたな。富む者が、貧しい者に財を乞われても、やすやすと与えるはずがないではないか」

「それとこれとはちがいます」

「知識も財産のひとつだとおもっている者もいるということよ。ただし、老子は評判の悪い人ではない。なんらかの理由があって、多くの門人をとらないのだろう」

「その理由とは――」

「はっきりとは知らぬ」

そうつっぱねたあと、孔丘の表情をみつめなおした老人は、

「周都へゆくと決めたかぎり、どんなことがあってもゆく、と顔に書いてある。はは、あいかわらず、そなたは国外の事情にうとい。いま周都へゆくのは、よほどの阿呆《あほう》だ」

と、強くいった。

「どういうことですか」

ほんとうに孔丘は周都の擾乱《じょうらん》については知らなかった。

「知っていることを、だし吝《お》しみすると、そなたに、吝嗇、傲慢とののしられるから、教えてやろう。いま周王室に内訌《ないこう》があり、その戦火が周都を焼きつくすほど烈しく大きくなっている」

周王室の後継争いが、大臣や重臣だけでなく、王室直属であった官人、工匠《こうしょう》などをまきこんで拡大しつづけ、ついに大乱となった。それを、

「王子朝《ちょう》の乱」

という。これは周王室を自壊させるほど熾烈な争いであり、災難を避けるために芸術家や文化人が地方へ避難するほどであったと想えばよい。

乱の遠因は、周の景王《けい》が、正統な嗣子《しし》である太子寿《じゅ》を喪ったことにある。しかもその二か月後に、后《きさき》である穆后《ぼくこう》も亡くなったことで、景王にとって自身の理性と感情を支えていた柱を失った。この不安定さにつけこんだ者がいる。景王の庶長子《しょちょうし》の王子朝を傅佐《ふさ》していた賓起《ひんき》である。

「王のご長子は、王子朝なのですから、王子朝を太子にお立てになるのが、当然ではありませんか」

そのように景王を説《と》いた賓起は、まんまと内諾《ないだく》を得た。

しかしながら、景王はすぐに立太子を宣明《せんめい》することができなかった。まず、喪《も》に服さなければならない。その間は、大臣の合議によって王朝は運営され、景王は沈黙しつづけなければならない。ほかに障害があった。大臣の単旗《ぜんき》（穆《ぼく》公）とかれに仕える劉摯《りゅうし》（献《けん》公）は、賓起に反目《はんもく》しており、景王が王子朝を太子に立てたいともらそうものなら、

「王には多くの御子がおられるのに、なにゆえ、よりによって庶子をお立てになるのですか」

と、猛反対するにきまっていた。

それゆえ景王は服忌《ふくき》を終えて聴政《ちょうせい》の席にもどっても、立太子について自分の意望を宣《の》べず、

——どうしたものか。

と、悩んでいた。

その悩みを解消すべく、賓起がひそかに謀計を献じた。

「北山《ほく》（洛北の邙山《ぼう》）で、公卿《こうけい》をお集めになって、狩りをなさいませ。そのさなかに、単子と劉子を誅殺《ちゅうさつ》なされぱよろしい」

暗殺計画である。

「よかろう」

景王がうなずいた直後に、その陰険な計画は起動した。

初夏にその狩りは催された。罠《わな》がしかけられているとは知らぬ単旗と劉摯もその会に参加した。山中に伏せている兵にふたりは射殺されるはずであった。

が、運命とは皮肉なものである。

狩りの主催者である景王が、心臓の発作で斃《たお》れ、山からおろされて、大夫の栄錡《えいき》の邸宅で崩御《ほうぎょ》した。どういうわけか、それから三日後に、劉摯も亡《も》くなった。

劉家のあとを継いだ劉蚠《りゅうふん》（伯蚠《はくふん》）は、賓起が立てた陰謀を漏れ聞いて、激怒し、賓起家に兵をむけ、かれを攻めて殺した。その事実を知った王子朝は、赫怒《かくど》し、

「わが傅佐をよくも殺してくれたな。先王のご内意は、われにむけられていたのを知らぬのか。われこそ先王のご遺志を継ぐ者である」

と、高らかに宣べて、単旗と劉蚠が擁立した王を認めず、蹶然《けつぜん》と挙兵した。

これが大乱のはじまりであった。

「それが二年まえだ。乱はまだつづいているよ。いま周の王城には王子朝がいる」

と、老人はいった。

「すると、いまの周王は王子朝ですか」

「そうではあるが、まだ決着したわけではない。晋《しん》のでかたしだいで形勢が決まる」

中華諸国が盟主と仰いでいる国は、周ではなく、晋である。中華で最大の軍事力を保有している晋が、王室の内紛に武力で介入するようになれば、乱は鎮静するであろう。が、いまのところ、晋はそういう動きをみせていない。

「晋しだいですか……」

武力は伝統と文化を破壊するとおもっている孔丘は、晋という国を好んでいない。

「周都が兵戈《へいか》によって荒れに荒れたため、そこから逃げだす者があとをたたない。老子がまだ周都にとどまっているか、たしかめようもない。われが知っていることは、以上だ」

「よくわかりました」

孔丘は落胆の色をかくさなかった。

じつは、老人にはうちあけなかったが、孔丘は夢をみた。夢のなかにあらわれた貴人に、

「成周《せいしゅう》にきなさい」

と、いわれた。その貴人が、周公旦《たん》であると気づいて驚愕したとたんに、夢からころがりでるように目が寤《さ》めた。

——われは周公に招かれたのだ。

はね起きた孔丘は感動そのものになってしばらく呆然《ぼうぜん》とした。だが、周都にすぐにゆけない現実をどう解したらよいのか。もっとも夢のなかの周公旦は、

「すぐにきなさい」

とは、いわなかった。また、周都で学びなさい、ともいわなかった。が、せっかく上京するのであれば、周文化を熟知している人物に就いて学びたい、と孔丘は希求《ききゅう》した。

——世は、自分に都合よく動いているわけではない。

そうおもいしらされた孔丘は帰宅すると、閔損《びんそん》に、

「諸国の情勢にくわしい者を知らないか」

と、問うた。目をあげた閔損は、

「丙さんがくわしいらしいです」

と、速答した。

豪農の丙は、いちどだけ孔丘に会いにきた。殷人《いんひと》を先祖にもつ者はたがいに助けあわなければなりません、とかれはいい、孔家に食料の不足が生ずれば、いつでも禾穀《かこく》をお饋《おく》りします、といって帰った。その後、実際に禾穀が送られてきた。孔丘はそれを極貧《ごくひん》にある門弟にくばった。

周都での留学が決定すれば、

――丙さんに、食料をたのまねばならない。

と、孔丘はおもっている。食料持参で留学するものであり、食料が尽きた時点で留学は終わる。数人の門弟を伴《ともな》うつもりなので、かなりの食料が要《い》る。それについては、丙の厚意に凭《もた》れるしかない、というのが孔家の実情である。

丙が富人《ふじん》であることくらい孔丘は知っているが、商人ではないという認識なので、諸国の動静について精通しているとはおもわなかった。

「丙さんは、農人だろう」

と、孔丘は念を押すようにいった。

「ただの農人ではない、と子開さんがいっていました」

面会にきた丙につきそってきたのは、子開すなわち漆雕啓である。

「そうか……」

孔丘は首をかしげた。丙がただの農人ではない、ということは、農業以外のことにかかわっているということになろう。ただしその陰《かげ》の活動には奸悪《かんあく》さはないであろう。精神に潔癖《けっぺき》さをもっている漆雕啓は人の悪をみぬく目をそなえているし、丙と対談した孔丘も、丙から詐佯《さよう》のなまぐささを感じなかった。別の角度から丙をみれば、孔丘をひそかに支援していることも、陰の活動ということになり、そこにやましさはあるまい。

周都の大乱が終熄《しゅうそく》したときには、そのことを丙に告げてもらおう、と決めた孔丘は、急におもいついたように、

「郯《たん》へゆく」

と、いって、閔損をおどろかせた。かつて魯に来朝した郯君は、学びたければ郯にくるがよい、史官に相手をさせよう、といってくれた。それを憶《おも》いだした孔丘は、五日後に出発した。郯は魯の東南に位置して、両国の距離はおよそ四百里であるから、一日に四十里すすむとすれば、往路に十日かかる。

郯で史官と再会した孔丘は、古制《こせい》について学び、十日ほど滞在してから帰途についた。そこで得た最良のものは、

「夏暦《かれき》」

である。すなわち夏王朝の暦を知ったことである。歳首を春に置くその暦は農事に適しており、人も季節に順応《じゅんのう》しやすい。暦は、殷暦《いんれき》、周暦《しゅうれき》もあるが、夏暦がもっともすぐれているとおもった孔丘は、

「暦は、夏の時を用いるのがよい」

と、のちのちまで語ることになる。

——周都の乱はいつ熄《や》むのか。

待つしかない孔丘は、周公旦のことばを念《おも》い、かなりのつらさをおぼえた。ところが大乱は、周だけではなく、自国の魯にも勃《お》こったのである。

季孫《きそん》氏の驕《おご》り

春になっても、周《しゅう》都に静謐《せいひつ》がもどらなかった。

——なにはともあれ、周都だけは観《み》ておきたい。

そう意《おも》っている孔丘《こうきゅう》は、王子朝《ちょう》の乱の情況を知るために、昨年の冬から、ひと月に一回、弟子の漆雕啓《しっちょうけい》を情報通の丙《へい》のもとへ遣《や》った。

二月になって、丙家からもどってきた漆雕啓は、ゆるやかに首をふり、

「晋《しん》は、王子朝の政権を認めていないようですが、なんら鎮定のために手を打っていません。猛火のなかに手を入れれば、やけどをするので、火勢《かせい》が衰えるのを待っているのでしょうか」

と、いった。

「なるほど、そういうみかたもできる。周にかわって中華諸国を総攬《そうらん》している晋が、鎮討《ちんとう》のための師旅《しりょ》を催すときには、かならずどこかで諸侯会同をおこなう。そのときまで待つしかあるまい」

たしかに晋は盟主の国ではあるが、諸国が王子朝を正統な周王として認めてもよいという意向を示せば、王子朝に兵をむけるわけにいかなくなる。王室の内紛をながながと傍観している理由にはかならず政治的色合いがあろう。

「乱が熄《や》めば、先生は周都へ往かれて、留学なさるのですか」

と、漆雕啓は不安げに問うた。

周都での留学については、孔丘は三、四人の弟子にしかほのめかしていない。

「かならず、そうする。その際は、食料のことを丙さんに頼むしかない。なんじも周都へ往ってくれるか」

「喜んで――」

にわかに漆雕啓の表情が明るくなった。おそらく孔丘に随従《ずいじゅう》して周都へ往く弟子は十人未満であろう。そのなかに自分がはいっていることを確認した漆雕啓は素直に喜《き》悦《えつ》した。

「ところで、周都のことではありませんが、丙さんは、こんなことをおしえてくれました」

「それは……」

「叔孫氏《しゅくそんし》が、宋《そう》の公女を迎えに行った、ということです」

「はて……」

孔丘は眉《まゆ》をひそめた。

叔孫氏とは、いうまでもなく三桓《かん》のひとり、叔孫婼《しゅくそんしゃく》のことで、礼に関してうるさい人であることは、孔丘も知っている。かれはいま、正卿《せいけい》である季孫意如《きそんいじょ》に次《つ》ぐ席にいる。残る三桓のひとりである仲孫何忌《ちゅうそんかき》は喪《も》に服していて、朝廷にはでていないので、魯《ろ》の政治は季孫意如と叔孫婼のふたりでおこなっていると想《おも》ってよい。

その次卿が宋の国へ行って、君主の女《むすめ》を迎候《げいこう》するということは、

「娶嫁《しゅか》」

をおこなうことにほかならない。

——だが、宋の公女は、たれに嫁《とつ》ぐのか。

孔丘は多少の困惑をおぼえた。漆雕啓は孔丘の意見を求めるような目つきと口ぶりで、

「君が新婦をお迎えになるのでしょうか」

と、すこし声を低くしていった。

「いや……」

魯の君主である昭《しょう》公は、今年、四十四歳である。婚姻の礼法と禁忌《きんき》に関していえば、

「同姓の婚姻を禁ずる」

というものがある。それに遵《じゅん》ずると、姫《き》姓の国である魯は、おなじ姫姓の国である

周、晋、衛、曹、鄭、蔡、呉などとは姻戚になってはならない。それらの国々を避けて、君主の夫人を求めるとなれば、斉《せい》（姜姓《きょう》）、秦《しん》（嬴姓《えい》）、楚《そ》（羋姓《び》）、宋（子姓《し》）などが相手国となる。魯はとなりの国の斉と善隣《ぜんりん》外交をつづけてきたわけではなく、むしろ仇敵視《きゅうてき》して戦ってきたという歴史のほうが印象的である。それでも婚姻となると、斉の公女を迎えることが多かった。とはいえ、なにぶん昭公の娶嫁については不透明であるが、かれにはすでに、公衍《こうえん》、公為《こうい》、公果《こうか》、公賁《こうほん》という四人の男子がいて、その四人を産んだ母がおなじというわけではないので、複数の夫人がいることはあきらかである。その上昭公は宋の公女を娶《めと》ろうとしているのか。

――いや、そうではあるまい。

と、おもった孔丘は、念のために、

「丙さんは、それについて、ほかになにかいっていたか」

と訊《き》いた。

「ほかに、ですか。それだけで孔先生はおわかりになろう、と丙さんは笑っていましたが……」

孔丘はうなずいた。

「そういうことであれば、わかった。叔孫氏は季孫氏のために宋へ行ったのだ。宋の公女を娶るのは、君ではない、季孫氏だ」

「えっ」

漆雕啓はわずかに不快の色を表にだした。むろん季孫家の当主である意如は独身ではない。正室がいるが、宋の公女が季孫家にはいれば、新婦が正室となり、その人は側室へ遷《うつ》される。

——季孫氏は、君主きどりではないか。

師である孔丘は弟子たちに、僭越《せんえつ》、をいましめている。が、国民の範となるべき季孫意如が、平然と僭越をおこなっていては、この国に正しい礼がなくなってしまう。漆雕啓は心中がむかむかしてきた。

「一国の君主が他国の公女を娶る場合、使いをするのは正卿である。まして宋は公爵《こうしやく》国で、魯はひとつ下の侯爵《こうしやく》国だ。君主のために次卿が公女を迎えに行ったら無礼になることくらい知らぬ叔孫氏ではない。となれば、考えられることは、ひとつだ」

孔丘はじつは激情家であるが、門弟のまえでは、感情の起伏をみせないようにしている。また、あからさまに季孫氏を批判したこともない。たしかに季孫氏は驕《おご》ってはいるが、それにたいする嫌悪感が、そのままかれの執政《しっせい》ぶりの批判になってはならない、と孔丘はおのれをいましめている。冷静に観れば、季孫氏の政治に重大な過誤《かご》があったわけではない。その驕りをたしなめるべく季孫氏を批判するのであれば、政道にかかわる地位に昇ってからでなければ、意義が生じない。陰口《かげぐち》のたぐいは論外である。孔丘の考えかたは、その点において、一貫している。

ついでながら、孔丘は周王朝が定めた爵位についていった。爵号は五つあり、上から、公、侯、伯《はく》、子《し》、男《だん》、となっている。最高位の公爵をさずけられた君主の国は、往時《おうじ》には、四つほどあったが、衰亡したため、いまや宋のみである。周王が旧主であった殷《いん》王とその子孫をかたちとして尊んだということであろう。

夏になった。

漆雕啓がいそぎ足で孔丘に報告にきた。

「黄父《こうほ》で会同がおこなわれます。ただしその主催者は晋君ではなく、卿の趙《ちょう》氏で、集まるのは、諸国の大夫《たいふ》ばかりです」

黄父は晋の旧都である絳《こう》の東に位置する邑《まち》である。諸国の大夫はその地に呼びつけられたというかっこうである。会同を主催する趙氏とは、趙鞅《ちょうおう》のことで、参政の末席にすわったばかりではあるが、晋の卿のなかでも台頭《たいとう》がめざましい。ちなみにかれのあざなは、孟《もう》、であり、諡号《しごう》は簡子《かんし》となるので、史書には趙簡子と書かれることが多い。

「わかった。晋が、王子朝を駆逐《くちく》するために出師《すいし》をおこなうのは、明年だ。明年で、乱は熄む」

孔丘の眉宇《びう》が明るくなった。

晋君の代理として兵を動かす趙鞅は、自身の実力がためされることになるので、けっして失敗しない軍事をこころがけるであろう。

「先生が周都へ往かれるのは、再来年ですね」

「そうなろう」

老子《ろうし》のことはさておき、孔丘はどうしても周都を観ておきたい。

「ところで、長府《ちょうふ》の増改築がはじまりました。大がかりなものです」

これは、丙におしえられたことではなく、漆雕啓が自分の目でみてきたことである。

長府は、公室の倉庫である。農閑期にさしかかったので、昭公は人民に夫役《ぶやく》を命じたことになる。

大がかり、という漆雕啓の表現が気になった孔丘は、閔損《びんそん》を従えて観に行った。閔損は成人となったので、子騫《しけん》というあざなをもった。ただし師である孔丘はすべての弟子をあざなでは呼ばず、本名で呼ぶ。

はたして長府では大規模な工事がおこなわれていた。すぐに閔損が、

「旧《もと》のままでは、いけないのでしょうか。どうしていま、改築をするのでしょうか」

と、いった。ひごろ口数の多くない閔損であるが、ものをいえば、的確なことをいう、とあとで孔丘はほめた。

閔損はその工事に奇怪さをおぼえ、疑惑をいだいたということである。公室の収入

について いえば、減ることはあっても増えることはない、というのが現状である。となれば、倉庫を巨大化する理由がみあたらない。孔丘も不審《ふしん》をおぼえたので、

——わからないことは、あの老人にきくしかない。

と、おもい、旧の司書を訪ねた。

門前に馬車が停《と》まっていた。

手綱《たづな》を執《と》っていた閔損は、すこしはなれた位置に馬車を駐《と》めると、すばやく門内にはいり、すぐにでてきた。

「来客中なので、のちほど、ということでした」

のちほど、というのは、他日でなおせ、ということではなさそうなので、

「よし、待とう」

と、孔丘は車中で客が帰るのを待った。

半時後、その客が簡牘《かんとく》を手にしてせかせかと門外にでてきた。簡牘は竹や木の札をいい、ここでは覚《おぼ》え書きを想えばよい。

——宮中でみかけた顔だ。

孔丘の記憶では、かれは祭祀《さいし》官ではなく記録官のひとりである。いそいでいるらしいかれは、馬車に乗ると、孔丘の馬車を一瞥《いちべつ》もせずに去った。私事ではなく公務でこの家にきたという感じである。

家のなかで孔丘を迎えた老人は、待たせたな、ともいわず、みじかく綴連《ていれん》された木《もっ》簡《かん》をいきなり孔丘の膝《ひざ》もとへすすめて、

「こんなものでも、役に立つことがある」

と、ぶっきらぼうにいった。読んでみよ、ということであろう。孔丘はその木簡を膝の上に置いた。

謡歌《ようか》の詞《ことば》のまえに、

「文成《ぶんせい》の世の童謡」

と、ある。文成というのは、魯の君主であった文公と成公を指す。文公は百年ほどまえの君主で、文公のつぎが成公ではなく、宣《せん》公をはさんで成公となる。つまり文成の世というのは、文公から成公までのあいだ、と解するのがよい。そのころに子どものあいだではやった歌があった。

——童謡は、ときとして、予言となる。

孔丘はそのことを知っている。古昔《こせき》、もっとも有名で不吉な童謡は、周の首都が西方にあった宣《せん》王のころの、

「檿弧《えんこ》箕《き》服《ふく》で周が滅びる」

というものである。檿弧は、山桑で作った弓。箕服は、箕という竹で作った箙《えびら》である。この童謡を憎悪した宣王が、檿弧箕服を売る者を殺そうとしたことが起因《きいん》となっ

て、西周王朝は滅亡した。

童謡のもつ恐ろしさが如実《にょじつ》に表れた故事を孔丘が知らぬはずはないとみた老人は、埃《ほこり》をかぶっていたような童謡の詞を読ませたのである。

これも内容は不吉であった。

鸜鵒《くよく》がくると　公は出《い》でて辱《はずか》しめられる
鸜鵒が翔《と》ぶと　公は外野《がいや》に在《あ》って　馬を饋《おく》られる
鸜鵒が跳《は》ねると　公は乾侯《かんこう》に在って　褰《けん》と襦《じゅ》を徼《もと》める
鸜鵒が巣を作ると　公はかなたをさまよう
裯父《ちゅうほ》が死ぬと　宋父《そうほ》が驕《おご》る
鸜鵒よ鸜鵒　公が往くときは歌うが帰るときは哭《な》く

孔丘は一読して、瞠目《どうもく》した。まさか、このように具体的な地名と人名をふくんだ童謡が遠い文成の世に歌われていたとは、とおどろくしかない。なにしろ、内容がなまなましい。

禽獣《きんじゅう》について精通している孔丘は、

「鸜鵒」

という鳥が、人のことばをまねる特殊な鳥、すなわち九官鳥《きゅうかんちょう》であることを知っている。

その鳥が飛来すると、魯の君主が出国して、恥辱《ちじょく》をこうむる、とは、どういうことか。よけいな解釈をつけくわえず、まっすぐに予想すれば、魯君が追放される、ということである。国外にでた魯君は、どうやら乾侯にとどまるらしい。乾侯とは、人名ではなく、地名である。しかもその地は、魯からは遠い晋国にある。乾侯にとどまる魯君は、衣類が不足するのか、褰すなわち袴《はかま》と、襦すなわち下着を求めることになる。その後、魯君は流寓《りゅうぐう》したすえに客死《かくし》する。その魯君とは、裯父であると明言されているではないか。いうまでもなく昭公の名が裯である。また、昭公が亡《な》くなって驕ることになる宋父とは、宋という名をもつ昭公の弟であろう。国をでた昭公が帰国するのは、死者となってからである。

これは悲歌《ひか》といってよい。

おもむろに目をあげた孔丘は、老人を瞪《みつ》めて、

「鸜鵒が飛来したのですか」

と、問うた。老人はうなずいた。

「公宮の庭にきたその鳥は、飛び去らない。それでちょっとした噪《さわ》ぎになった。小さな喧騒《けんそう》を知った楽師の己《き》というものが、憶《おぼ》えている謡《うた》を歌って、史《し》に警告した。内容

が内容だけにおどろいた史は、公文書を捜して、その真偽《しんぎ》をたしかめようとしたが、みあたらず、属吏《ぞくり》をわれのもとによこしたというわけだ。童謡は、公文書にはないさ。われは仕官したばかりのころに、老楽師に教えてもらった歌を、書きとめておいた」

「はあ……」

孔丘は嘆息した。

——いまの魯君は、かつての衛の献《けん》公のようになるのか。

追放された君主として孔丘が知っているのは、衛の献公（衎《かん》）である。孔丘が生まれたころには、まだ生きていた君主である。献公は、大夫のなかでも実力のある孫文《そんぶん》子《し》（林父《りんほ》）と激しく反目《はんもく》し、ついにかれを撃殺しようとしたが、戦いに敗《やぶ》れて追放された。ただし献公は十余年間、国外に在ったものの、生きて帰国し、復位することができた。だが、魯の昭公は、童謡の通りであれば、生還できないことになる。

「童謡をあなどるわけにはいかぬが、すべての童謡が予知力をもっているわけではない」

と、老人は深刻さをきらうようにいい、ひきとった木簡をわきに置いた。だが、孔丘は濛漠《もうばく》たる未来をみたおもいで、

——まもなく魯に乱が生ずるのだ。

と、心を暗くした。

「ところで、今日の用件はなんだ」

老人の声に、応《こた》える気力がとぼしくなった。

「用件はありません。長府が改築されるわけを、ご存じであれば、教えていただきたい。そのためにお訪ねしました」

「知らぬ」

老人の返辞はそっけなかった。一考もせずに老人がそういったのは、いつもの老人らしくなく、おそらくその乾いた口調の裏に、

「なんじはそんなことに関心をもつな」

という警告が秘められている、と孔丘は感じた。この老人はもともと不親切な性質ではない。

「さようですか。では、帰ります」

孔丘は颯《さつ》とひきさがった。

「ふむ、童謡のことは、他言無用、楽師と史もそれについては秘匿《ひとく》するだろう」

「承知しました。門人には話しません」

孔丘はくるりと膝をまわして起《た》った。その背に老人は、

「だいぶまえに季孫氏と郈孫《こうそん》氏が闘鶏《とうけい》をして、季孫氏が負けた。腹の虫がおさまらない季孫氏は、郈孫氏にいやがらせをした。知っているか」

と、いった。孔丘はふりむかず、

「存じません」

と、答えた。季孫氏が季氏と呼ばれるように、郈孫氏も郈氏と呼ばれる。魯の大夫で、諡号は昭伯《しょうはく》となるので、のちに郈昭伯として知られる。ちなみに季孫氏と郈孫氏は邸宅が隣接している。

「あいかわらず、そなたは世事《せじ》にうとい」

孔丘は笑声を浴びせられて、老人宅をでた。さっそく閔損が、

「長府の改造について、おわかりになりましたか」

と、問うた。

「いや、わからぬ。しかしあの増改築が、擾乱《じょうらん》を招くかもしれない。乱れた国では学問はできぬ。早く周都へ往きたいものだ」

これが孔丘の本心であった。のちに孔丘は、

——乱邦《らんぽう》には居《お》らず。

と、いうが、公族と貴族の抗争は、庶民に迷惑をかけるだけであり、まして、ひたすら学問の道をすすもうとしている孔丘にとって障害になるだけであった。それでも帰宅した孔丘は、漆雕啓を呼び、

「季孫氏と郈孫氏のあいだに、いさかいがあったらしい。それがどのようなものか、

丙さんなら知っていよう。訊いてきてもらいたい」

と、いった。すこしは世事に関心をもて、と老人にいわれたような気がしている孔丘は、季孫氏に仕えている仲由《ちゅうゆう》がしばらく教場《きょうじょう》にこないので、漆雕啓をつかって調べさせた。

この調べは簡単ではなかったらしく、漆雕啓が孔丘のもとに報告にきたのは、五日後である。

報告をきいた孔丘はあきれぎみに眉をひそめた。

ことは、たわいもない闘鶏から発していた。

鶏を闘わせるという遊戯は、貴族の専有ではなく、庶民もおこなう。季孫氏は執拗《しつよう》な質《たち》であるらしく、勝負にこだわるあまり、鶏に革《かわ》の甲《よろい》をかぶせた。こうなると、もはや遊戯から逸脱《いつだつ》している。それを知った郈孫氏は、

——うすぎたないまねをするものだ。

と、慍然《うんぜん》とし、それならこちらも、と自分の鶏に金属の距《けづめ》をつけて、闘わせた。

「どうやら、勝ちは、郈孫氏ということらしいです」

と、漆雕啓はいった。

負けた季孫氏は腹立ちがおさまらず、隣家の敷地を侵すような建て増しをおこなった。そのため増築部分に、すでに建っている隣家の屋根がかかり、それさえも、

「隣家が自家を侵している」

と、いいがかりをつけた。

「ひどい話です。ひどい話は、それだけではないのです」

話している漆雕啓もあきれ顔である。

臧孫《ぞうそん》氏に小さな内訌《ないこう》があり、それにも季孫氏がかかわったという。

臧孫氏の当主は、為《い》の子の賜《し》である。この人の諡号も昭伯なので、少々まぎらわしい。臧孫賜の従弟《じゅうてい》に臧孫会《ぞうそんかい》という者がいて、かれに叛逆のけはいがあったので、臧孫賜はかれを殺そうとした。逃げた臧孫会は、季孫氏邸に飛び込んだ。いきおい、臧孫賜の家臣も門内へ突入し、ついに臧孫会を捕らえた。が、これが季孫氏を怒らせた。

「なにゆえ武器をもった者がわが家の門内にはいったのか」

すかさず季孫氏は家臣をつかって、追捕《ついほ》を指麾《しき》していた臧孫氏の家老を捕らえ、拘《こう》留《りゅう》した。あとで、臧孫会と家老の交換がおこなわれたことは、想像がつく。季孫氏が臧孫会をかばった事由がなんであったのか、疑問は残る。

話は、これで終わりではない。

昭公が先君である襄《じょう》公の廟《びょう》で禘《てい》祭を挙行しようとしたところ、三十六人いなければならない舞人《ぶじん》がふたりしかいなかった。なんと大多数は、季孫氏の廟でおこなわれる舞に参加していた。

「君が禘祭を挙行なさった……」

孔丘の表情が曇った。禘祭は四時の祭りのひとつであるとされているが、もともと上帝を祀《まつ》るものである。昭公は先君の廟において、天に禱《いの》った、とも想われ、やや不自然である。

「啓よ、奇怪なことが多すぎる。秋には、その奇怪さが象《かたち》となってあらわれよう」

世事にかかわるとわずらわしいことが増えるばかりで、孔丘にとってなんの益《えき》にもならない。とにかく、公族と貴族の権力争いや政争にはかかわりたくない。

やがて、孔丘が不吉な季節になると予言した秋になった。

さきに季孫氏の娶嫁のために骨を折った叔孫婼が、こんどは君主の使者となって闞《かん》へおもむいた。闞という地は曲阜《きょくふ》の西にあり、魯の累代《るいだい》の君主の葬地である。叔孫婼が曲阜からはなれたことを確認するや、昭公は居《きょ》を長府へ移した。

琴の音

「先生――」

この叫びとともに、教場《きょうじょう》に飛び込んできたのは、漆雕啓《しっちょうけい》だけではない。直後に、息を荒らげて、秦商《しんしょう》も趨《はし》り込んできた。ほぼ同時に、九月の風が教場に吹き込んだ。

「君が、誅戮《ちゅうりく》の兵をお挙《あ》げになりました」

季孫《きそん》邸で、戦闘がはじまったという。

長府《ちょうふ》を攻防のための本拠とした昭《しょう》公は、季孫意如《きそんいじょ》に怨《うら》みをいだき、憎悪をむける大夫《たいふ》を集め、その私兵を官兵にかえて、季孫邸を急襲した。

すかさず閔損《びんそん》が、

「長府の増改築は、この日のためだったのですね」

と、いった。小さくうなずいてみせた孔丘《こうきゅう》は、脳裡《のうり》に浮かんできた童謡を、あえて打ち消した。昭公は春のうちに季孫氏を討つ計画を立て、夏になると、武器と兵糧《ひょうろう》を大量に蓄積《ちくせき》しておくために長府を大改造した。さらに、秋の収穫をみとどけると、季孫氏に与《くみ》するかもしれない叔孫婼《しゅくそんしゃく》を都外にだしておいて、吉日をえらんで襲撃を決行した。準備は万端《ばんたん》であった。そう想《おも》ってよいであろう。

ほどなく緊張感をもった門弟が続々と教場にきた。戦場は都内であるとはいえ、教場からかけはなれている。それでも、いつ戦火がここまで飛んでくるかもしれない。それゆえ、門弟は師と教場を守るためのそなえをした。

漆雕啓は剣を膝《ひざ》もとに置いて静黙している。

それをみた孔丘は、

「由《ゆう》のことだ。いまごろ主君のために奮闘しているだろう」

と、愁いをふくんで秦商にいった。季孫氏の家臣である仲由《ちゅうゆう》は、おのれの剣術を誇るあまり、あえて苛烈《かれつ》な戦渦《せんか》にはいることが考えられる。

「仲孫《ちゅうそん》氏が参戦すれば、亢竿《こうう》も剣を執《と》らざるをえません」

と、秦商がいった。士の身分としては、最初に孔丘の弟子となった亢竿は、主君である仲孫何忌《ちゅうそんかき》が喪《も》に服すと同時に、受講を休み、それ以来、いちども教場に顔をみせたことはない。

この戦いは、仲孫氏だけではなく、主君が外出している叔孫氏の帰趨《きすう》によって、勝敗が決まるかもしれない。ただし、いまの戦況はわからない。が、不意を衝《つ》かれた季孫氏の側が不利であることは、容易に想像される。

――これで、君の兵が負けるということがあるのだろうか。

孔丘は心の騒擾《そうじょう》をしずめるために、琴をひき寄せて、弾《ひ》きはじめた。

じつは、この時点で、季孫邸の門を衛《まも》っていた意如の弟の公之《こうし》が戦死した。季孫氏の一門のなかでも表にでない争いがあり、その事後に消えないでいる遺恨《いこん》を、意如と公之はまともにぶつけられた。

昭公の兵は邸内に進入し、意如を追い詰めようとしていた。

「呆《ほう》けの君」

と、ひそかに嘲笑《ちようしよう》されてきた昭公の正体が、これであった。

しかしながら、昭公の父の襄《じよう》公が薨《こう》じたあと、ほかの大夫の反対を押し切って公子裯《ちゆう》すなわち昭公を擁立《ようりつ》したのは、季孫武子《きそんぶし》（意如の祖父）であり、その際、

「不孝」

について説《と》く大夫がいた。

「この公子は、父が亡《な》くなったのに、哀しむ色がない。これは不孝といってよく、不孝である者に、禍《わざわ》いをひきおこさぬ者は少ない。不孝の公子をお立てになると、あとでかならず季孫氏の憂《うれ》いとなりましょう」

季孫武子は擁立をいそぐあまり、この忠告をききながした。

不孝とは、親の恩を知らぬ、ということであり、なるほど、父の死さえ哀しまなかった昭公は、自分を君主に立ててくれた季孫氏にたいして、恩を仇《あだ》でかえしたことになる。倫理《りんり》として、それは正しいのであろうか。君主が、臣下に握《にぎ》られた政柄《せいへい》を奪いかえす運動をおこした場合、そこに政治的匡矯《きょうきょう》を認めてもよいが、昭公と季孫氏の関係は、善悪、正邪《せいじゃ》の問題としてかたづけられない複雑さをふくんでいる。

孔丘の感想としては、

——徳において勝たねば、ほんとうに勝ったとはいえない。

というものがあり、この年まで、昭公が徳を積まず、ただ季孫氏をあざむいてきただけであれば、昭公が標榜《ひょうぼう》する正義はいかにも脆《もろ》い。

ついでながら、孔丘のいう徳は、この時代の通念から離脱した独自性をもつものであろう。徳をほどこす、というように、徳は恩恵と同義語としてつかわれる場合があるが、孔丘においてはそうではなく、徳を利害からはなして、個人の倫理的あるいは人格的成熟として示した。つねづね孔丘は、

「民を導くには徳を以《もっ》てし、民を斉《せい》するには礼を以てするのがよい」

と、門人に指導者の心得《こころえ》を説いた。斉する、というのは、総《す》べてととのえる、ということである。孔丘の考えかたは、他人に左右されない個の自立をめざすと同時に、他人との調和をはかる、という矛盾したものであり、その矛盾こそが思想であり理念と

いってよい。それほど孔丘は徳と礼を重視したが、門人のなかには、

——徳とはなんであるか。

と、思い悩む者が多かったのであろう、そのため、孔丘の死後に、

「孝は徳の基《もとい》である」

という単純な考えかたが奨揚《しょうよう》された。親に孝を尽くせ、それが積徳《せきとく》の手はじめである。はるかに時代が下って、後漢《ごかん》王朝はその考えを昇華《しょうか》させて、国家理念とした。

さて、

——奇襲にしては、時がかかりすぎる。

と、孔丘がいぶかったほど、昭公と季孫意如の攻防はながびいた。

後退しつづけて邸内の高楼に追い詰められた意如は、とても撃退はできない、とあきらめ、条件つきの降伏を申しでた。最初は、

——君は奸臣《かんしん》にそそのかされたのではないか。

と、疑い、昭公の軽率《けいそつ》をたしなめるべく、

「わたしにどのような罪があるのか、どうかお調べください。それまで、沂水《ぎすい》のほとりでお待ちします」

と、いって、この窮地から脱しようとした。ちなみに沂水という川は曲阜《きょくふ》の南をながれ、泗水《しすい》と名をかえて南流するが、まぎらわしいことに、曲阜よりはるか東にも同

名の川がある。

要するに意如は都外にでて、昭公が冷静になるのを待ちたい、といった。が、これが拒否されると、

「それでは、わたしの食邑《しょくゆう》である費《ひ》に閉《と》じ籠《こ》もらせてもらえませんか」

と、つぎの条件をだした。執政の席をおりて、政治にくちだしをせず、謹慎する、と告げたにひとしい。

これも拒絶されると、

「五乗の馬車で魯《ろ》を去りましょう」

と、逃亡をみのがしてもらいたい、と訴えた。他国へ亡命するというのである。

昭公を佐《たす》けている賢大夫の子家羈《しかき》（諡号《しごう》は懿伯《いはく》）は、それをきくと、

「君よ、もうご許可をお与えになるのがよろしい。わが国の政治は、ながいあいだ季孫氏がおこなってきたのです。生活に苦しむ民の多くは、季孫氏から食べ物をめぐまれ、季孫氏の徒《と》となっている者がすくなくありません。日が沈んだあとに、どんな悪人が出現するかわかりません。とにかく、このあたりで季孫氏をお許しにならないと、かならず後悔なさいますよ」

と、諫《いさ》めをふくんで進言した。ちなみに子家羈の家は、東門《とうもん》氏の岐《わか》れで、東門氏はおよそ百五十年ほどまえに魯の荘《そう》公の子が建てた家である。

それはそれとして、攻め手の矢がどうしても意如にとどかないことに苛立っている昭公は、子家羈の冷静な言を容《い》れる心のゆとりをもっておらず、また、闘鶏以来、意如を憎みきっている郈孫昭伯《こうそんしょうはく》が昭公の近くにいて、

「かならずかれを殺せ」

と、いきまいていた。あとすこしで、おのれの戈矛《かぼう》の刃が意如の首をつらぬくところまできているのである。ここで意如をゆるせるはずがない。

昭公の兵が、いささかも許容をみせず、邸内の主従を殄滅《てんめつ》しないかぎり引き揚《あ》げないとみた季孫氏配下の兵は、肚《はら》をすえなおして、頑強《がんきょう》に抵抗した。昭公の兵が厳重に包囲したことで、かえって季孫氏の兵を勁《つよ》くしたといえなくない。

昭公は攻め疲れた自陣の兵をみて、新手《あらて》が要《い》る、と判断し、

「仲孫を迎えにゆけ」

と、郈孫昭伯に命じた。三桓《かん》のなかで、仲孫氏と季孫氏の関係はさほど親密ではない。

喪に服している仲孫何忌に、いますぐ武器を執り、族人を率いて、われのもとに参ぜよ、と昭公が強要したことになるが、喪中には兵事にかかわらないというのが礼の常識であり、それを知らないはずがないのに、そういう命令をだした。昭公の人格的欠点がこういうところにもあらわれている。

おなじころ、主君不在の叔孫邸がさわがしくなった。

この家の軍事をあずかっている司馬《しば》の醱戻《そうれい》は、今朝の騒乱を知って、それなりの準備はしてきた。なにしろ挙兵したのがこの国の君主である。その兵馬をむけられたのが、正卿《せいけい》の季孫氏とあっては、うかつにその戦いに介入することはできない。兵勢の優劣をみきわめてから自家の兵を動かす。そのつもりでいたが、午後になって戦況が膠着《こうちゃく》してしまった。すると家人たちがいらいらしはじめ、ついに噪《さわ》ぎはじめた。

「季孫家が潰滅《かいめつ》すると、君の兵は、ここを攻めにくる」

そうわめく者もいた。

邸内にただよっている不安が濃厚になったと感じた醱戻は、

――もはや居竦《いすく》まっていることはできぬ。

と、おもい、兵を集合させた。かれらの顔を無言でながめていた醱戻は、やがて、

「みなに問う。われらはどうすべきか」

と、いった。答える者は、ひとりもいない。兵はしずまりかえった。昭公に助力するという手がないことはない。しかしながら、叔孫氏は季孫氏とひとかたならぬ友誼《ゆうぎ》がある。もしも叔孫氏がその友誼をなげうって昭公の兵に加担《かたん》し、季孫氏を潰《つぶ》せば、叔孫氏が卿として最上位となるであろうが、それは、唇が亡《ほろ》べば歯が寒くなる、と昔からいわれているように、叔孫氏に風あたりが強くなるばかりであろう。それに、昭

公にとってめざわりとなる卿は、かならず貶斥あるいは誅殺される。昭公が憎んでいるのは、季孫氏だけではなく、三桓のすべてであることは、容易に推察される。

では、季孫氏に助力するというのは、どうだろうか。

これは友誼を楯《たて》に、君主に叛逆するということで、勝っても負けても名誉なことではない。とくに負けた場合はみじめで、自身は没落し、叛逆者の家に生まれた子孫は永久に繁栄しない場合が多い。

叔孫氏という家だけでなく、家臣と兵のすべてがむずかしい立場にすえられたといってよい。

鬷戻はすこし目をあげた。主君の判断を仰げない緊急時である。かれの決断が叔孫氏の命運を左右する。

「われは叔孫氏の家臣であり、君主の臣下ではない。われらにとって、季孫氏があるほうがよいか、ないほうがよいか、どちらだ」

「季孫氏がなければ、叔孫氏もありません」

兵は口をそろえて答えた。

「それなら、季孫氏を救おうではないか」

言下に、兵が動いた。

季孫邸は重厚な包囲のなかにあった。

――さて、どこからはいるか。

偵候《ていこう》をつかって敵陣を観察した鬷戻は、西北の隅の陣が薄い、とみて、そこに兵を集中させて急撃《きゅうげき》を敢行した。猛獣が牙《きば》でえぐるように敵陣を突破して邸内にはいった叔孫氏の兵は、意外な光景をみた。邸内にいた昭公の兵は、休憩のさなかで、甲《よろい》をぬぎ、矢筒《やづつ》の蓋《ふた》を杯がわりにして酒を飲みながら、のんびりとしゃがんでいたのである。

「失《う》せよ――」

叔孫氏の兵は、怒号とともに、かれらを熾烈《しれつ》に追い払った。庭内の落葉を掃《は》くようなものであった。官兵を蹴散らした鬷戻は、猛然と高楼に駆けあがり、意如の姿をみつけると、

「叔孫氏は、あなたさまに与力《よりき》しますぞ」

と、大声を放って意如を安心させた。さらに鬷戻は高楼に叔孫氏の旗を掲《かか》げさせた。叔孫氏は季孫氏と連合したというあかしを、昭公だけではなく都民にもみせつけた。

この時点よりかなりまえに、昭公の使者である郈孫昭伯は仲孫邸にはいっていた。

「君命である。貴殿は早々に武装し、家人を率いて、君のもとに駆けつけるべし」

強い口調でそういわれた何忌は、うろたえながら、

「喪中です」

と、いいのがれをした。何忌はまだ十五歳になっていない。

「国家の大事である。私事を放擲なされよ」

そう恫《おど》された何忌は、一瞬、慍《むっ》としたが、あえておびえをかくさず、

「では、いまから、兵を集めます。お待ちください」

と、いい、別室に移って家宰《かさい》を招き、

「どうしたものか」

と、諮《はか》った。じつは家宰は、万一にそなえて、ひそかに兵を召集していた。

沈毅《ちんき》なかれは、何忌をこうさとした。

「この戦いは、国の大事であると同時に、仲孫家の大事でもあるのです。軽忽《けいこつ》はなりませんぞ。季孫氏はいまの君を擁立し、輔弼《ほひつ》してきました。はっきり申せば、無能な君をかばい、他国から嗤笑《ししよう》されないように尽力してきたのです。そういう季孫氏を、私事において怨んだのは、郈孫氏であり、かれが思慮の浅い君をそそのかしたのです。もしも君の兵が季孫氏を討滅《とうめつ》すれば、あの威張った郈孫氏に政権が移り、最悪の事態になります。とにかく、仲孫氏としては季孫氏の敗北を望んでいませんが、敗者に加担する愚《ぐ》を避け、慎重に形勢をみきわめねばなりません」

「わかった」

大きくうなずいた何忌は、郈孫昭伯への応接を家宰にまかせ、臣下の亢竽を高楼にのぼらせて、季孫邸を望観させた。この高楼から季孫邸の高楼がみえる。

やがて夕陽に染まりはじめた季孫邸の高楼に、叔孫氏の旗が樹《た》った。

「あれは――」

明るく叫んだ亢竿はすべるように楼下におりると、何忌に報告した。すでに家臣を集合させていた何忌は、小さくうなずき、表情をひきしめてから家宰を呼び、みじかく密語してから、弟の説《えつ》（閲《えつ》）を近づけた。

「われは季孫氏を助けにゆく。なんじがわが家を留守《りゅうしゅ》せよ」

そう命じたあと、家臣にむかって、

「君を誤《あやま》らせた奸臣が、わが家にきている。捕らえて、戮《ころ》せ」

と、みちがえるように毅然《きぜん》といい、郈孫昭伯を捕斬《ほざん》させた。

もっとも遅く起《た》った仲孫氏の兵が、依然として季孫邸を包囲していた昭公の兵を、外側から切り崩した。それに呼応するように、季孫氏を庇護《ひご》するかたちで邸内にいた叔孫氏の兵が出撃した。

疲れはてて戦闘力を失いつつあった昭公の兵は、挟撃《きょうげき》されると、大崩れに崩れた。

まもなく日没である。

退却する昭公に追いついた子家羈は、昭公の今後を案じて、

「われらが、君を脅《おど》して、この挙にでたことにし、出国します。君はおとどまりください。意如の君への仕えかたは、以前よりましになるでしょう」

と、逃亡をおもいとどまらせようとした。君主がいったん国をでてしまうと、帰国は至難のことになる。

が、意如への積忿《せきふん》がとけるはずのない昭公は、

「われにはそのようなことはできぬ」

と、その忠厚の言を烈しくしりぞけ、ふりかえることなく暗い城外へでた。その後、追撃を恐れるように西北へ奔《はし》り、斉《せい》国にはいって、陽州《ようしゅう》という邑《まち》にとどまった。この亡命に随従《ずいじゅう》した大夫、士と官吏のなかに臧孫賜《そうそんし》もいたが、従弟の臧孫会《そうそんかい》は季孫氏側にいたので、名門の臧孫家は会が嗣《つ》ぐことになった。

なにはともあれ、乱があった翌日から、魯には君主が不在となった。それにともない行政機関の機能もしばらく停止することになった。

用心のために孔丘の教場に泊まりこんだ門弟は、朝を迎えて、乱の結末を知った。昭公の兵が敗れただけではなく、昭公が多数を随《したが》えて曲阜から遠ざかったらしいと知り、ざわついた。しかしながら、

――これで公室と季孫家の争いが終わった。

とは、たれも考えてはいない。かならず昭公の反撃があるにちがいないし、他国の君主が昭公の復位を応援するであろう。諸外国から非難されつづける季孫意如の立場は悪くなるばかりであることは、火をみるよりもあきらかである。そういう苦境を、

季孫意如がどのように切り抜けるのか、たれも予断することはできない。わかることは、これから数年間は、魯の国情が不安定なままである、ということである。

いちど教場からでて情報を蒐《あつ》めた秦商は、もどってくると、剣を抱いて一夜をすごした漆雕啓のわきに坐って、

「季孫家では、かなりの数の死傷者がでたらしい。季路《きろ》の安否をたしかめてくれないか」

と、ささやいた。剣術に自信のある季路すなわち仲由が激闘の場を避けるはずがないと想っていたのは、漆雕啓もおなじであるので、

「承知――」

と、応《こた》えて、すぐに起った。教場をでると、まっすぐ丙《へい》の家へ往った。が、丙は不在で、家中はなんとなくあわただしい。丙が季孫氏のために働いているせいであろう。季孫家がいまだに殺気立っていては、とても近づけないとみた漆雕啓は、やむなく実家にもどった。

翌日、なんとか丙に面会できた漆雕啓は、仲由が西門の守りに就《つ》いているらしいことをおしえられたので、そのことを秦商に告げてから、西門へ行った。三桓の兵が東西南北の門を守衛していて、季孫氏は西門のすべてと北門の一部をうけもっていた。

漆雕啓が門に近づくと、陰影のなかにいた仲由が動いて、うなじを掻《か》きながら、

「やあ」

と、笑い、陽射しのなかにでてきた。甲はつけていない。季孫邸における仲由の働きはすさまじかったようだが、それを誇るような笑いではなかった。それを感じた漆雕啓は、

――この人の心思《しんし》はだいぶ成長したな。

と、おもった。じつはそう推知《すいち》したことが、漆雕啓の成長でもあった。

季孫氏はまえぶれもなく襲撃されたことで自己防衛したにすぎないとはいえ、結果として、おのれの主人を国外に追放したことになり、それが僭越《せんえつ》の極《きわ》みでなくてなんであろうか。仲由は季孫氏の家臣であるから、主君のために戦いぬいたものの、終わってみれば、正義の実感を得られないところに立っていた。

「あなたの安否を、この目で、たしかめにきました」

漆雕啓がそういうと、さらに歩をすすめた仲由は、

「先生は、なにかおっしゃったか」

と、低い声で問うた。

「いえ、なにも……。乱のさなかに、琴を弾いておられただけです」

「琴を、か……」

仲由は目で笑ったが、そこに含愁《がんしゅう》があった。琴の音には、平和を願う心があらわさ

れていたであろう。国民をそっちのけで君主と正卿が抗争する愚かさを、孔丘は嗤《わら》ったというより、哀しんだのであろう。仲由にはそれがわかった。

漆雕啓は仲由の冴《さ》えない表情をみて、

「先生は、王子朝《ちょう》の乱が熄《や》めば、周《しゅう》都へゆかれる。わたしも随行するつもりですが……」

と、いってみた。この話は仲由にとって初耳であったので、

「えっ」

と、軽くおどろいたが、すぐに首を横にふって、

「われは、とてもゆけぬ」

と、くやしげにいった。が、心が揺れた。このさき主君の季孫意如は多難であり、最悪の場合、昭公が帰国して意如が出国するという情況も予想される。そうなれば、仲由は意如に仕えるのをやめて孔丘に仕え、学問の道に心身を置きたい。とはいえ、家臣の身としてそうなることを望んでよいのか、よくないのか、仲由の心状には明確な志趣《ししゅ》がなかった。

とにかく今日の仲由にとって、剣にはいやな重さがあった。

魯国の苦難

孔丘《こうきゆう》は世の騒擾《そうじよう》にかかわらないという態度で、門弟への講習を再開し、自身の研学《けんがく》をつづけた。

ただしその教場《きようじよう》は、門弟のとりとめのない談讌《だんえん》の場になりやすかった。

だが、昭公《しようこう》が出国してからは、門弟は摭《ひろ》ってきた伝聞《でんぶん》をだしあって、魯《ろ》の国の向後《こうご》について語りあった。

「君を追いだした季孫《きそん》氏には、打つ手がない。しかも盟友の叔孫《しゆくそん》氏を喪《うしな》ってしまった。それだけに、なおさら苦しかろうよ」

と、いったのは高弟の秦商《しんしよう》である。

さきに闞《かん》へ往っていた叔孫婼《しゆくそんしやく》は、都内の異変を知って、急遽《きゆうきよ》、曲阜《きよくふ》にもどってきたが、昭公が斉《せい》へ亡命したあとであった。自家の兵が季孫氏に戮力《りくりよく》して昭公を逐《お》ったとなれば、当主として婼も悪評にさらされることをまぬかれない。

——先祖に顔向けできない事態になった。

どうにもやるせない婼のまえに坐った季孫意如《きそんいじょ》は、地にひたいをすりつけて、

「わたしはどうしたらよいか、教えていただきたい」

と、嗄《か》れた声でいった。そこに後悔と謝罪の色をみた婼は、まだ手遅れではない、とおのれをはげまし、すぐさま曲阜を発《た》って昭公のあとを追った。いちど陽州《ようしゅう》に落ち着いた昭公は、斉の景《けい》公に面会すべく急使を先駆《せんく》させた。それから、斉の首都である臨淄《りんし》をめざして済水《せいすい》ぞいの道を北上した。そういう昭公にようやく追いついた婼は、意如の慙愧《ざんき》に満ちた心情をつたえ、帰国をうながした。この説得はなかば成功したといってよい。昭公は、

——魯に帰ってもよい。

という意向をほのめかした。喜んだ婼は、

「それではあなたさまをお迎えする準備にはいります」

と、述べて、帰途についた。

だが、昭公と意如の和《わ》睦《ぼく》を望まない従者は、帰途に待ち伏せて、婼を殺そうとした。そういうたくらみがあることを知った昭公は、急使を馳《は》らせて、道をかえて帰るように婼におしえた。

ぶじに帰国した婼は、険悪な両者のあいだに和解の橋を架《か》けたことになる。

が、不幸なことに、かれの努力はついえた。

帰国を厭わないという昭公の意向を知った意如は、かえって表情を暗くし、婼をねぎらうことなく、城門を閉じさせたままで出迎えの支度《したく》もしなかった。

――君が帰国すれば、われは誅殺《ちゅうさつ》されるであろう。

意如の胸をそういう恐怖がよぎったからである。他国の例をしらべるまでもない。また婼は、帰国後の昭公が意如の罪を問わないという確約を得てきたわけではない。それゆえ意如は、婼が昭公と通じあうことを恐れて、朝廷から黜斥《ちゅっせき》した。

「なんぞや」

意如にあざむかれたおもいの婼は、髪を逆立てるほど忿怒《ふんど》した。が、失望も大きかった。

――あんな男のために奔走《ほんそう》したわれが、愚かであった。

と、さいごは自嘲《じちょう》した。今後、意如に助力する気のなくなった婼は、つくづく嫌気《いやけ》がさし、意如が君主の席をおかすような国体の将来に絶望した。そこで、祈禱《きとう》をおこなう祝宗《しゅくそう》を呼び、

「われの死を禱《いの》れ」

と、命じ、七日後に死亡した。自殺である。

この死は、佷愎《こんふく》そのものといってよい意如へのあてつけであると同時に、自家が君主を逐うことに加担したという汚名《おめい》からまぬかれる工夫であったにちがいない。魯国

の歴史のなかで最も姦邪《かんじゃ》といわれかねない意如の悪名につらならないよう、と子孫をおもってのことであろう。

婼の死によって、叔孫家も喪中《もちゅう》となった。

他国では君主を追いだした卿《けい》がおのれを正当化するために、かならずといってよいほどつかう手段は、国内に残った公子を君主に立てるというものである。が、意如にとって都合の悪いことに、昭公の弟と子がすべて国外にでてしまい、ひとりも残らなかった。季孫氏には打つ手がない、と秦商がいったのは、そのことである。自身を正当化できない意如が、斉の景公《しっちょうけい》の軍事的援《たす》けを得て軍旅とともに帰ってくる昭公を撃退するのは、至難であろう。漆雕啓もそう考え、

——丙《へい》さんは、いそがしかろう。

と、想《おも》い、十二月の上旬に、家のなかをのぞきにいった。

丙は季孫氏を支え、恩恵もうけているひとりであり、季孫氏の没落はかれの家産をかげらせる。そうならないために、いろいろな手をつかって昭公の動静をさぐり、内密に季孫家に告げている。それについては、丙の食客《しょっかく》になったことがある漆雕啓は察しているが、両家のあいだを往復して情報を伝達している者が季孫氏の家臣の陽虎《ようこ》であることまでは知らない。

無言で家のなかにはいった漆雕啓を一瞥《いちべつ》した丙は、せわしさをかくさず、

「悠長《ゆうちょう》な面《つら》をみせるな。さっさと帰れ」

と、睨《にら》みながら手をふった。

「今日は、孔先生のお使いです。成周《せいしゅう》の現状について、飛言《ひげん》でもありませんか」

「成周のことなど知るか」

丙は一喝《いっかつ》した。

「ははあ、もっぱら、関心はあちらの動向ですか」

「決まっているではないか」

と、怒気を放った丙は、もともと漆雕啓が嫌いではないので、親切心をほのめかすように、急に小声で、

「王子朝《ちょう》の乱はまだつづいている。晋《しん》が本腰をいれて鎮定に乗りだすのは、明年だな。それより、重大なことは、いま斉軍が南下しているということだ」

と、おしえた。

「まことに――」

瞠目《どうもく》した漆雕啓はいそいで帰り、秦商に報《しら》せた。秦商は凶《わる》い事態を予想して顔をゆがめた。

「曲阜が斉軍に包囲されて、籠城《ろうじょう》戦となれば、われも、そなたも、兵となって斉軍と戦うことになる」

「いやですよ、季孫氏のために戦うのは」

実家の家運が傾いたのは、季孫氏のせいだ、というおもいが漆雕啓にはある。

「われも、気がすすまぬ」

そういった秦商は、気を重くして、孔丘に報告した。

しばらく考えていた孔丘は、

「君は恃《たの》む先をおまちがえになった。いま諸国がかかえる難題を、ほんとうに解決する力をもっているのは、斉ではなく、晋だ。出国後、まっすぐ晋へゆかれるべきであった。斉に頼ったのは、時の浪費となろう。それに気づかれて、晋へゆかれても、おそらく手遅れとなる」

と、説《と》いた。孔丘の脳裡《のうり》には、童謡にあった晋の乾侯《かんこう》という地名がある。昭公がそこへ行ったところで、事態は好転せず、帰国できないままさまよいつづけて客死する、と童謡は予言していた。どうやら、その予言が的中しそうだ、と感じればなおさら、童謡の内容を門弟に語るわけにはいかない。昭公がやがて晋へゆく、といっただけでも、秦商をおどろかせたようだ。

「曲阜が斉軍に攻められることはありませんか」

「ないだろう」

孔丘はあえて断定を避けた。未来をいいあてる予言者として世間から注目されることは、孔丘の本意にはない。

十二月の中旬にわかったことは、斉軍が臨淄をでたあと、いちど進路を東にとってから南下して、魯の国境を侵《おか》そうとしていることである。つまりその斉軍はまっすぐ曲阜をめざしてはいない。

丙の家にあがりこんだ漆雕啓は、助言者きどりで、

「先生は曲阜での攻防戦はないと予言なさった。すると南下している斉軍が迂《う》路《ろ》をすすんでいるのは、魯をあざむいて曲阜を急襲するためではなく、魯の辺邑《へんゆう》である鄆《うん》を攻めるのではないでしょうか」

と、いった。

丙は嗤笑《ししょう》した。

「孔先生の悪口をいうつもりはないが、儒者《じゅしゃ》は兵術にうとい。ましてそなたが兵術のなにを知っていようか。よいか、斉が鄆を取ったところで、魯にはなんの脅威にもならぬ」

鄆は曲阜からはなれすぎている。つまり斉の首脳が昭公を帰国させるための戦略を考えているのであれば、その邑は軍事的拠点にならない。斉軍は南下の途中で、突然、軍頭をめぐらせて曲阜のほうにむかってくる、と丙は予想している。

「斉軍には、きっと、内部の事情があるのです」

と、いいながら漆雕啓は頭を掻《か》いた。

「どんな事情だ」

「そこまでは、わかりませんが……」

「話にならん」

丙は跳《は》ね返すようないいかたをした。

が、斉軍は下旬になって、鄆を包囲して攻撃を開始した。鄆の陥落を丙が知ったのは、年があらたまってすぐである。丙は口をゆがめた。斉軍が鄆を取ると予想したのは、じつは孔丘で、漆雕啓は受け売りをしたにすぎないのではないか、と考えはじめた丙は、年賀にきた漆雕啓に、

「そなたのいった通りになった。鄆は落ちたよ。そなたの先生は、ほかになにかいっていないか」

と、問うた。

「あっ、鄆は斉軍に取られたのですか。丙さん、鄆について予想したのは、わたしで、先生ではありませんからね。先生は兵事に関心をおもちにならない。争いは争いを産《う》むばかりで、無益どころか、有害である、とお考えなのでしょう。が、避けがたい兵事があれば、われら門弟は無関心のままではいられない」

孔丘を敬仰《けいぎょう》している漆雕啓には、いかなる事態が生じても孔丘を護《まも》ってゆく、とい

う気概《きがい》がある。

「ふむ、ふむ」

丙はすこし眉《まゆ》を動かした。

「わたしの兄弟子に秦子丕《しんしひ》（秦商）という人がいます。この人の父は、あの秦堇父《しんきんほ》です。かれは武人の子として生まれただけに、つねづね兵事に関心があります。かれの説では、こうです。斉君は魯君をうけいれたものの、魯君に随従《ずいじゅう》している大集団を首都のなかにいれるわけにはいかない。そこで、どこかの一邑を空《あ》けて、かれらを収めるはずだ。その一邑も斉に属さず、魯に属していれば、斉は領地を割《さ》く必要がなくなる」

「ほう――」

丙の眉があがった。この説には理が徹《とお》っている、と感心した。

「鄆を取って、ひとまずそこに魯君を移す、ということか」

「そうです」

漆雕啓がうなずいたのをみた丙は、自身も内心でうなずき、このあと陽虎に連絡をとり、夕《よる》に、密談をおこなった。

いまや陽虎は季孫意如の謀臣のひとりとなり、季孫氏の軍事にもかかわっている。

丙の話をきいた陽虎は、しばらく沈思《ちんし》してから、

「君が鄆へ移るのは、まちがいあるまい。それから帰国のための工作をする。密使を発して曲阜にもぐりこませ、内応者を確保しようとする。君に従っている大夫《たいふ》はそろって凡庸《ぼんよう》だが、たったひとり、子家子《しかし》（子家羈《しかき》）だけが切れ者だ。かれが曲阜の守りを内から崩そうとするにちがいない。鄆から曲阜へ到る道は限られているので、伏兵を設け、刺客を遣《や》って、密使をひとりも往復させぬようにする。われが子家子の策を封じてみせる」

と、豪語した。

このあと数か月間、陽虎は暗々裡《あんあんり》に人を遣って昭公側の密使を斃《たお》し、昭公と内応者の連絡を杜絶《とぜつ》させた。

三月に鄆へ移った昭公は、曲阜のなかにいる協力者とのつながりを得られなかったため、夏に、武力だけで魯に侵入しようとした。外交力の弱さが、そのまま昭公の兵略の欠点となった。

このとき、昭公を援助する斉軍を景公がみずから率《ひき》いるという計画があった。それが実現していれば、まがりなりにも昭公の帰国はかなっていたであろう。

が、季孫氏は先手を打った。外交力の差といってよい。

意如の内命を承《う》けた家臣の申豊《しんぽう》と女賈《じょか》が、密使となって、すみやかに斉軍にはいり、まっさきに高齮《こうき》に会った。高齮は景公の陪臣《ばいしん》にすぎず、斉の実力者でも有力者でもない。が、意如と近侍の謀臣は、なにを押せば、ほかがどう動くか、よくわかっていた。

意如の密使は、高齢に二疋《ひき》の錦《にしき》を贈った。贈賄《ぞうわい》である。魯は昔から衣類の製造が盛んで、贈り物にした錦は極上《ごくじょう》であろう。


はたして、高齢が動いた。

かれの主人が、意如の関心のまとというべき、

「梁丘拠《りょうきゅうきょ》（あざなは子猶《しゆう》）」

である。この人物こそ、梃子《てこ》でいえば、力点にあたる。ここに力を加えれば、大きな物を動かすことができる。梁丘拠は、景公の重臣であると同時に寵臣《ちょうしん》なのである。

ただしかれは、景公の臣下としてのありかたを、

「同と和のちがい」

によって、執政である晏嬰《あんえい》（晏平仲《あんへいちゅう》）に批判された。

こういう話である。

あるとき景公が遊びにでて阜《おか》に登った。やがて六頭立ての馬車を御《ぎょ》して追いついた梁丘拠をみた景公は、

「よくここがわかったな。拠は、われと和する者である」

と、機嫌よく称《ほ》めた。が、晏嬰は、

「それは和するのではなく、同ずる、というべきです。和するとは、君が甘味であれ

ば、臣は酸味《さんみ》となり、君が淡白であれば、臣は塩辛いことをいいます。が、梁丘拠は、君が甘ければ、自身も甘い。それは同にすぎず、どうして和といえましょうか」

と、たしなめた。とたんに景公が不機嫌になったことはいうまでもない。この言の深意に景公が気づいたのは、晏嬰が亡《な》くなってからである。

むろんこの時点では、名宰相《さいしょう》とたたえられる晏嬰は亡くなっておらず、梁丘拠は有力な臣として景公の寵幸《ちょうこう》のなかにいる。

斉軍を率いている梁丘拠に、二疋の錦をみせた高齢は、

「魯人《ろひと》がこれを大量に買って、百疋をひとまとめにし、あなたさまに進呈しようとしています。が、道路が通じていないので、まずこれだけがとどきました。お受けになりますか」

と、意向をさぐった。

錦の美しさに目を奪われた梁丘拠は、ためらうことなく、

「受けよう」

と、いった。その魯人が季孫意如であることは、たやすく察しがつく。梁丘拠は斉君の義心にそむいて敵国の正卿《せいけい》をかばおうとしたわけではない。意如が悪臣であろうとなかろうと、斉の臣にとってはどうでもよく、実感をともなってわかることは、

——魯君は徳も運もとぼしい。

ということである。援助しがいのない君主を援助する虚しさが梁丘拠の胸裡にはある。

斉軍が死傷者をだして取った鄆という邑にはいった昭公は、斉に援けてもらうのがあたりまえのような顔をしており、昭公のために師旅《しりょ》を率いて南下している梁丘拠に、謝辞のひとつもよこさない。

敵国からとどけられた錦をみつめた梁丘拠は、

——魯君の左右に、人がいない。

と、つくづく意《おも》った。昭公が魯に帰りたいのなら、みずから戦うべきであろう。そう考える梁丘拠は、他国の内紛のために斉兵が奔走し、いのちを落としかねない危地にはいることに、ばかばかしさを感じているので、

——わが君が親征なさるまでもない。

と、おもい、景公に進言すべく、使者を送った。

「まず群臣《われら》だけが魯君に従うかたちで戦い、うまくいきそうになった上で、君が出動なされば、万にひとつも敗北ということはありません。そのような戦いかたで、たとえ成功しなくても、君の恥辱《ちじょく》にはなりません」

斉軍が昭公のまえにでるのではなく、昭公をうしろから押してやるというかたちであれば、戦いの成敗《せいはい》にかかわりなく、景公の名誉は保たれる。この進言を梁丘拠の気

づかいとして受け取った景公は、

「なるほど、そうしよう」

と、うなずき、自身は動くことなく、斉の大夫である公子鉏《しょ》を鄆へ遣って、昭公を戦場に押し立てた。

斉から魯にはいって曲阜に到る最短の道は、淄水《しすい》ぞいに南下したあと、さらに汶水《ぶんすい》ぞいに南下する道である。北から魯に侵入してくる敵軍を阻止するためにあるのが、成《せい》という邑である。この邑は、仲孫《ちゅうそん》氏の食邑《しょくゆう》であると同時に本拠地であり、ほかの邑より大きく防備も厚い。

邑の防衛の指麾《しき》をとっている公孫朝《こうそんちょう》は、昭公に同情する者ではないので、急速に南下してきた敵軍を瞰《み》るや、曲阜へ急使を駛《はし》らせた。

「この邑は国都を防衛するためにあります。われが敵をひきつけます」

そう意如に伝えたあと、われが昭公側へ寝返るかもしれないとお疑いなら、人質をだしましょう、とつけくわえた。

が、意如は、

「なんじを信ずる」

と、いい、人質を求めなかった。

敵軍の南下をくいとめ、魯軍の出撃のため時間稼ぎをしなければならない公孫朝は、意如の信頼を得た上で、きわどいことをやってのけた。まずかれは敵軍に降伏するふりをした。さらに、この降伏が曲阜に知られないために、といい、敵軍に邑を包囲してもらった。これによって、敵軍の足を停めたのである。

魯軍が北上してきたことを知った公孫朝は、

「降伏は、やめました」

と、ぬけぬけと敵陣に通告した。このときまでに邑の防備を万全にしてしまったのであるから、公孫朝はたのもしい狡猾《こうかつ》さを発揮《はっき》したといえるであろう。あわてて包囲を解《と》いて、陣のむきを変えた敵軍に、魯軍が襲いかかった。この戦いは、公孫朝の策に翻弄《ほんろう》された昭公の師旅と斉軍が、最初から劣勢であり、その劣勢をめぐらすことなく、敗退した。

意如のひそやかな外交の勝利といってよい。

「うまくいかなかったのか……」

梁丘拠からとどけられた敗報に接した景公は、小さく嘆息した。臣下まかせの軍と君主がみずから率いた軍とでは、覇気《はき》がまるでちがう。そこに想到しない景公は、昭公を帰国させるには、斉だけの力では不足していると考えた。そこで、莒《きょ》、邾《ちゅ》、杞《き》という東方の小国に使者を送り、秋に、それらの国の君主を集めて会盟をおこなった。莒と邾は魯に反感をもっている国であり、当然、その二国の君主は昭公に好意をいだいていなかったため、この会盟はさっぱり気勢があがらなかった。その会盟に出席した昭公は、やるせなげに鄆にもどった。

以前、昭公が斉に亡命して景公と会見した直後に、賢大夫というべき子家羈が、

「斉君には誠実さがありません。早く晋へゆかれたほうがよい」

と、献言《けんげん》した。この言を昭公が容《い》れなかったむくいが、鄆での無為の滞留《たいりゅう》となった。昭公は臣下の賢愚をみぬく目をそなえていなかったといえる。

魯軍の輜重《しちょう》隊の一部を引率して曲阜の外にでていた丙が、晩秋に帰ってきた。仲由《ちゅうゆう》はあいかわらず曲阜の城門を衛《まも》るために残留していて、戦場にはでなかった。仲由とともに城門のほとりで丙の帰還を待っていた漆雕啓は、丙の姿をみつけると、喜笑し、趨《はし》り寄って、

「凱旋《がいせん》将軍のようですよ」

と、からかった。丙はうれしさをかくし、あえて荒い口調で、

「ふたりとも、安楽な顔つきよ。われには阿呆《あほ》づらにみえるわ。戦場を踏んでみよ。軽口をたたいているひまなどないぞ」

と、いった。そのあと、ふたりにだけきこえる声で、

「曲阜での攻防戦はないという孔先生の予言があたるような気がしてきた。あの先生は、どうしてそんなことがわかるのか」

と、いい、ふしぎがった。

「聖人だからでしょう」

漆雕啓がさらりといってのけた。聖人とは、神の声を聴くことができる者をいう。

「聖人ねえ……」

丙は複雑な笑いをみせた。孔丘がおよそ常識はずれのことを門弟に教えていることはわかっている。士あるいはそれ以下の階層の者を政治的指導者にすべく教育している。礼と政治とは別物だろう、と丙はおもうが、礼の理義を高めてゆけば政治に到達するのか。

冬、王子朝の乱が終熄《しゅうそく》した。

晋軍の応援を得た敬《けい》王が、周都の王城にはいり、敬王にとって庶兄《しょけい》にあたる王子朝は逃げて、南へ奔《はし》り、楚《そ》に亡命した。

それを知った孔丘は、

「周の道は、かろうじて残った」

と、いい、明年周都へ往くことを四、五人の弟子に示唆《しさ》した。

成周へ

春になっても、魯《ろ》の首都である曲阜《きょくふ》には、平穏《へいおん》のなかにぶきみさが残っている。

それはそうであろう。

魯の君主である昭《しょう》公が、臣下である大集団を率いたまま、魯の東北部に位置する鄆《うん》という一邑《ゆう》に居坐って、曲阜に帰る機をうかがっているからである。

だが、昭公を保庇《ほひ》している斉《せい》の景《けい》公は、昨年の敗戦に懲《こ》りたらしく、積極的に動かない。国力をそこなってまで、他国の君主のために助力する必要があるのか、と考えはじめたといってよい。

王子朝《ちょう》の乱をみればよい。

王子朝が周《しゅう》王の位を強奪したことを不当であると感じた周の諸大夫《たいふ》は、挙兵した時点では互角であったが、その後、戦うたびに劣勢となり、ときには再起不能とおもわれるほどの大敗を喫《きっ》した。それでも屈服せず、けなげに戦いつづけ、晋《しん》軍の力を借りたのは、最後の最後である。それにひきかえ、昭公は独力ではなにもしない。最初から斉の軍事力をあてにしている。

「ご自身で魯の国を取り返す気概《きがい》をみせたらどうですか」

と、景公は昭公にいいたくなっているであろう。昭公にその気概がないのであれば、景公に臣従し、斉の大夫となって帰国をあきらめたほうがよい。

どうやら昭公という人は、そういう景公の心情がわからず、鄆をでては臨淄《りんし》へゆき、むなしく鄆へ帰るということをくりかえして、一年をすごすことになる。

昭公と斉に警戒すべき動きがなくなったため、曲阜城の警備もゆるみ、ふたたび仲《ちゅう》由《ゆう》が孔丘の教場《こうきゅうきょうじょう》に通うようになった。

仲由が孔丘の門弟となってから、孔丘にたいする世間の悪口が熄《や》んだというのは、仲由の勇名が世間に知られたためであろう。先年、季孫意如《きそんいじょ》の邸《いえ》に突入した昭公の兵から、超人的な剣術によって意如を衛《まも》りぬいた剣士のひとりが仲由である。その勇姿を世間が伝聞によって知り、賛嘆したということである。こういう巷間《こうかん》の声は、君主を逐《お》った意如という正卿《せいけい》を悪とみなしていないためで、都民だけではなく国民の大半が、

――わが国の政治をおこなってきたのは、季孫氏であり、昭公ではない。

という現実的な認識をもっている。その証拠に、昭公が国外に去ってから、昭公をなつかしむ声は揚《あ》がらず、意如を誹謗《ひぼう》して挙兵する豪族や大夫はひとりもあらわれな

かった。この現状をみて、孔丘は、

——なさけないことだ。

と、感じていた。力政《りよくせい》を匡《ただ》すのに武力を用いることを是《ぜ》としているわけではない。魯が礼の国であれば、下が上をしのぐような事態が生ずるはずもない。すなわち礼には僭越《せんえつ》や下克上《げこくじよう》を抑止する力がある。また、君主がいなくても平気でいる国民にも問題がある。天子が天を祀《まつ》る唯一人《ゆいいつにん》であるとすれば、君主は一国にあって地を祀る唯一人である。君主が不在の国に地神の加護と恵みがさずけられようか。礼に無頓着《むとんちやく》な国民がそういう不幸な異状を嘆くはずもなく、領地と領民をかかえる諸大夫もそれには目をそむけて、季孫氏のみを仰いでいる。

そういう現状を直視すれば、一国の上下の階層に礼を浸透させるのは容易なことではなく、孔丘はおのれの生涯という時間の短さを想《おも》って嘆息した。

孔丘はつねづね門弟に、

「たとえば山を造るとしよう。土を簣《もつこ》で運んで積んでゆき、あと一簣《いつき》で成るというのに、そこでやめてしまうのは、自分でやめたのである。たとえば地をならすとしよう。荒蕪《こうぶ》の地に、一簣の土をあけただけでも、自分で道を造ってわずかながらでも進んだことになる」

と、誨《おし》えている。

そういう教喩は、じつはおのれにはねかえってくる。山は無限の高さであり、道は無限の遠さである。孔丘にとって、毎日が一簣の土運びなのである。やすむわけにはいかない。

ひさしぶりに教場にあらわれた仲由が、すぐに畏敬《いけい》の念をむけられ、称嘆の声にかこまれても、うれしそうな顔をしなかった。それをみた孔丘は、

――みこみのある男だ。

と、おもった。苗《なえ》のままで穂《ほ》をださない門弟もいれば、穂をだしても実らない門弟もいる。仲由はいまや穂をだしつつあり、やがて実るであろう、と予想できた。

忠義と勇気の点で、おそらく仲由にまさる門弟はこれからあらわれまい。それがわかるだけに、かれを季孫意如の家臣にしておくことは、いかにも惜しい。が、孔丘はそれについてはなにもいわず、講義のあとに仲由だけを呼んで、

「勇気とは、正義の名の下で発揮されてこそ、まことの勇気となる。なんじには、それがわかっているとみたが、あえていっておく。ところで、われは十日後には周都にむかって発《た》つ」

と、語《つ》げた。

「存じております。残念ながら、わたしはお従《とも》がかないません」

「われも、残念だ」

みこみのある門弟には周都を観《み》せておきたい、というのが孔丘の真情である。

「家と教場が無人のままであると、荒れてしまうので、曲阜に残る秦商《しんしょう》と顔無繇《がんむよう》に守ってもらうことにした。なんじもときどき教場の掃除などをしてくれまいか」

「たやすいことです。おふたりがもっている詩と書の写しを、ここで写させてもらいます」

「良いこころがけだ」

孔丘はすこし安心した。仲由は人を安心させるなにかをもっている。剣術で鍛《きた》えた心気によこしまな翳《かげ》りがないせいであろう。

十日後が、旅立ちには吉日なのである。王侯貴族の家では、大事は亀甲《きこう》によって、小事は筮竹《ぜいちく》によって、占い決める。いまや亀甲を用いず、大事も筮竹で占うのが主流になりつつある。それゆえ孔丘は、易《えき》とよばれる占いの法にも精通しなければならなかった。易は、俗にいう八卦《はっか》である。

孔家には一乗の馬車しかないので、漆雕啓《しっちょうけい》が丙《へい》家から馬車を借り、食料の提供をうけた。

「周都は、大いに破壊されたときく。それでも孔先生は往くのかねえ」

と、丙はあきれながらも感心した。

孔丘のなかには、水火《すいか》も辞《じ》せず、という武人の血がながれていて、それがすさまじい学問への意欲に変わっている。

「夫子《ふうし》は、そういう人です」

と、漆雕啓は答えた。夫子といういいかたは、正確には、

「大夫であるあのかた」

という意味で用いる。が、高徳の年長者を指すときにもつかうので、孔丘の門弟は、先生、というかわりに、夫子、ということばを多用するようになった。

――いま夫子が周都へ往くことは……。

むろん学問のためではあるが、季孫氏の国となった魯をでることによって、季孫氏を無言で非難したことになる。漆雕啓はそう理解している。

三月末の早朝に、二乗の馬車が曲阜をでた。

数十人の門弟が西門のほとりで、その二乗の馬車を見送った。馬車の影が消えたあともしばらく動かなかった仲由は、秦商がきびすをかえすのをみて、

「明日、教場へゆきます。書を写させてください」

と、声をかけた。仲由は詩よりも書のほうが好きである。

「おう、よいとも」

武張《ぶば》ったところのある秦商は、すぐれた剣の使い手である仲由と気が合う。このさき、他国の援助を得られない季孫氏が昭公の問題をどのように解決するのか、大いに

関心があり、それについて仲由と語りあいたいとおもっていた。ちなみに両者の年齢についていえば、この年に秦商は三十三歳であり、仲由より五歳上である。

翌日、秦商が閉めきった教場に風をいれているところに、竹簡《ちくかん》をかかえて仲由がきた。

教場には、ふたりしかいない。

仲由が書を写しはじめるまえに、秦商は、

「季孫氏は国民に支持されているとはいえ、自身が君主になるわけにはいくまい。しかし擁立《ようりつ》する公子が国内にはいない。君主の不在がながびけば、晋が黙ってはいまい。もしも晋軍が魯君を援《たす》けて魯を攻撃するようになれば、三桓《かん》の兵が束《たば》になっても勝てまい。なんじを敗死させたくないので、夫子はなんじを周都へ連れてゆきたかったはずだ」

と、いった。

「先生のお心づかいは、察していました。が、それがしは主君の危難をみすてたくない。あなたにはおわかりでしょう」

仲由がそういうと、秦商は嘆息した。

「わかる。大いにわかる。われがなんじとおなじ立場にいれば、おなじことをする」

「先生が子開《しかい》や子騫《しけん》を随従《ずいじゅう》させたのも、ご深意があってのことと推察していますが……」

一家の次男以下の男子は、兵として徴《め》されやすい。国を挙《あ》げて晋軍と戦うときがくれば、父が仲孫氏《ちゅうそんし》の家臣であった秦商も兵役《へいえき》をまぬかれない。

「そうよな。兄とは仲がよい子開はともかく、子騫は継母《けいぼ》のいやがらせをうけつづけ、実父にもかばってもらえずに、ここまできた。それにもかかわらず、父母の悪口をいちどもいったことがない。夫子は子騫を孝子だと称《ほ》めておられるが、われも子騫には感心するばかりだ。戦場へはやりたくない」

子騫すなわち閔損《びんそん》は、今年二十二歳であるが、たとえ父母に悪徳があっても、それを誹《そし》ってはならないとする孔丘の教えにかなった孝子の典型であるといえる。もしも閔損が父母の欠点を世間に知らせるように話せば、閔損自身が徳の欠けた者の子になってしまう。ことばひとつでそうなるとすれば、よくよくことばに対して慎重でなければならない。これは孔丘がもっている合理であろう。

「ところで、斉君に頼ることを早晩あきらめるであろう魯君が、晋へ奔《はし》るまえに、季孫氏は魯君を無力にしておきたいはずだ。すると、夏か秋に、将士をつかわして鄆を攻めるとみているが、どうか」

と、秦商は仲由に問うた。

「さあ、どうでしょうか。それがしは季孫家の謀画に参加できる身分ではありません。

季孫家の策戦は、おもに陽虎《ようこ》という謀臣の頭脳からでています」

「陽虎か……」

秦商にとって、その氏名は、初耳であった。往時、季孫氏の宴会に招かれた孔丘を衆前で詆辱《ていじょく》したのが、その陽虎であるが、季孫氏の邸でなにがあったのかけっして孔丘が語ろうとしなかったので、陽虎にたいして悪感情をもちようがない秦商は、

――季孫氏の近くには切れ者がいるようだ。

と、おもっただけであった。

教場に吹き込んでくる風はすでに初夏のうるおいをもっている。

仲由が書を写す準備をはじめたので、秦商はおもむろに起《た》って、

「夕方にくる。それまでなんじはいてくれるか」

と、いった。顔をあげた仲由は、

「夕方までいます。それがしが教場を閉めますよ」

と、答えた。あいかわらず城門の警備をうけもたされている仲由だが、曲阜は緊迫感から遠ざかっているので、警備に神経をとがらせる必要はなく、しかも今日は非番である。

「では、たのむ」

秦商は帰ろうとした。そのとき、入り口に人影が射した。

「やあ、亢竿ではないか。ひさしぶりに、なんじの顔をみたわ」

「あっ、子丕《しひ》どの」

軽く礼をした亢竿は、うしろに立っていた少年をまえにだして、

「先生にお目にかかりたい。こちらは仲孫信子《ちゅうそんきし》さまのご子息の子説《しえつ》さまです」

と、いった。信子は、三年まえに逝去《せいきょ》した仲孫貜《ちゅうそんかく》の諡号《しごう》である。

「えっ」

と、おどろいた秦商は、わずかに困惑したが、すぐに、

「どうぞお上がりください」

と、いい、ふたりを教場に導いた。教場のなかで独《ひと》りで書を写しはじめていた仲由は、このちょっとした噪《さわ》ぎをあえて黙殺するように、首を動かさなかった。

——知らぬ貌《かお》だ。

仲由を瞥見《べっけん》した亢竿は、いつもとはちがった空気に触れて、

「今日は、休講ですか」

と、問うた。あいまいにうなずいてみせた秦商は、子説に目をやったあと、低頭し、

「わたしは秦商と申し、わが父の堇父《きんほ》は、あなたさまのご先祖にお仕えし、車右《しゃゆう》にとりたてていただきました」

と、述べた。これをきいて、緊張ぎみであった子説の表情がゆるんだ。

「堇父の名は、きいたことがある」

「それは光栄です。それで、ご来訪の趣《おもむき》は……」

「孔先生に就《つ》いて礼を学びたい。入門のお許しをいただくために束脩《そくしゅう》を持参した」

「まことに――」

驚嘆する、とは、このことであろう。そうではないか。魯国の運営にたずさわっているる三桓は、国民が仰望《ぎょうぼう》する最上の大臣であり、喪《も》の明けた仲孫家の家督を何忌《かき》が継ぎ、その輔佐《ほさ》となるべき弟が、貴人でありながら膝《ひざ》を屈して孔丘の教えを乞うなどという図は、たれも画《か》きようがない。

動悸《どうき》をおぼえながら秦商は、

「まことにみあげたお心がけですが、孔先生は、昨日、成周《せいしゅう》へむかってお発ちになりました。その地で留学なさるでしょうから、お帰りは、二、三年後になりましょう。お帰りになりましたら、わたしがお報《しら》せにあがります」

と、あえて鄭重《ていちょう》にいった。

子説の落胆ははなはだしかった。それをみただけで秦商は、

――このかたはご自分の意志でここにきたのだ。

と、わかり、子説という若い貴人にひとかたならぬ好感をいだいた。

亢竿は肩をすぼめ、

「それがしが迂闊でした」

と、子説に詫《わ》びた。しばらくうつむいて拳《こぶし》をふるわせていた子説は、

「わかった」

と、小さくいい、顔をあげて秦商をみつめて、

「入門したいのは、わたしだけではなく、兄もだ。憶《おぼ》えておいてもらいたい」

と、いい、爽《さっ》と起った。

門外には三乗の馬車が停まっていて、十五人ほどの従者がひかえていた。

――庶人の入門とは、だいぶちがうわい。

門外にでた秦商は、馬車に乗った子説に一礼し、この小集団が遠ざかるまでたたずんでいた。それから、まことだろうか、とつぶやきながら屋内にもどった秦商は、書の写しをつづけている仲由の横に坐った。

「きいていただろう。仲孫氏の兄弟が入門を希望している。ほんとうに入門したら、わが国の士大夫は仰天するだろう」

はずんだ口調である。

筆をとめた仲由は、さほど表情を変えず、

「あの子説はともかく、仲孫家の当主が教場に通ってくることは、まずないでしょう。もしもほんとうに通ってくれれば、のちのち仲孫家は季孫家をしのぐことになりましょ

う。でもそれは、ありえないことです」

と、冷淡にいった。上級貴族が、教場のなかにかぎらず、庶民とならんで坐ること自体、ありうることではない。

「まあ、そうか……。だが、子説どのにはひたむきさがあった。亢竽に勧《すす》められていやいや教場をのぞきにきたわけではない、とみた」

秦商は仲由ほど冷えた目で子説を視《み》なかった。

「貴族は気まぐれですよ。二、三年後に、はたして子説はここにくるでしょうか」

魯国の貴族にはまともな情熱がない。闘鶏《とうけい》のような遊興に情熱をかたむけるひまがあったら、ほかに為すべきことがあろう。季孫家の譜代の臣というわけではない仲由は、主君へのひそかな批判を胸裡《きょうり》にもっている。だがその批判をあからさまにしたことはない。

「人を誑るひまがあったら、おのれを磨《みが》きなさい」

これが孔丘の誨えである。

貴族と庶民から、儒教《じゅきょう》すなわち卑しい葬儀教団と誑られても、この師弟はいっさい自己弁護も反駁《はんばく》もしない。この沈黙は、剣の奥義に通ずる、と仲由は感じとった。昔の仲由にとって剣は自己顕示《けんじ》の道具であったが、いまの仲由にとっては精神の存在そのものである。精神は表現の母体になるとはいえ、表現することをつつしんでも、威と徳と魅力をそなえて在る、というのが理想である。

——人は理想を求めて生きるべきだ。

孔丘の教訓を借りるまでもなく、仲由はおのれのことばとしてそう思うようになった。季孫氏に仕えていることが、そういう求道にそぐわなくなれば、黙ってその家から去ればよい。無言の批判を感得できないような主人が、有言の忠告を容《い》れられるはずがない。人のためを意《おも》ってかえって怨《うら》みを買うことほど阿呆《あほ》らしいことはない。これも孔丘の合理である。観察力、洞察力、予見力にすぐれた人にはあえていう必要がない。それらが欠如している人にはいってもむだである。

——事《こと》に敏《びん》にして、言《げん》に慎《つつし》め。

と、孔丘は門弟に説《と》いたことがあるが、仲由はおのれへむけられた箴言《しんげん》としてうけとめた。

さて、自邸にもどって事のしだいを兄に報告することになった子説は、仲由が想ったほど気まぐれではなかった。

ちなみにこの年に、子説は十四歳で、何忌は十六歳である。ふたりともこの若さで加《か》冠《かん》の儀（元服）をすませている。

一日ちがいで入門できなかった、と兄に告げた子説は、

「孔先生がご帰国になるまで、待つつもりはありません。明朝、曲阜を発ち、先生を

追いかけます。途中で追いついて入門をゆるされれば、成周まで先生に従ってゆき、先生が留学なさるのなら、わたしも成周にとどまるつもりです」

と、はっきり述べた。

弟の性質を知っている何忌はおどろかなかった。すぐに家宰《かさい》を呼び、ふたりだけになると、

「子説が孔先生を追って成周へ往く。旅行の支度《したく》をたのむ。二、三年むこうにとどまる予定らしいので、滞在先の指示も忘れないでくれ」

と、いった。家宰はすこしおどろきをみせたが、

「うけたまわりました」

と、冷静に答え、苦笑した。

「なにを笑う」

「弟君を、乱がおさまるまで、国外に置かれるご所存とみえましたので」

この推察は、あたらずといえども遠からず、といってよいであろう。叔孫《しゅくそん》家が喪に服しているいま、季孫意如は昭公を挫傷《ざしょう》させるために、何忌とその私兵をつかうつもりであろう。君主に戈矛《かぼう》をむけるのは、

——なんの名誉にもならない戦いだ。

と、何忌はおもっている。それでも意如にさからうわけにはいかない。こういう益《えき》

のない戦渦のなかに弟をいれたくない。また先考の子は何忌と子説しかおらず、ふたりとも戦場にでて斃《たお》れれば、仲孫氏はあとつぎが絶えてしまう。ついでながら、亡《な》き父を考というのにたいして亡き母は妣《ひ》という。

「はは、子は父の遺言に遵《したが》わねばならぬ。いまの状況では、われは家を空《あ》けられぬ。ゆえに弟が父上のご遺志を実現させるだけのことだ」

そういった何忌は、翌朝、子説とともに家廟のまえで禱《いの》り、旅行の安全を願って弟に護符をさずけた。その間に、家宰は子説の侍人《じじん》となる亢竿にこまごまと教喩した。家宰が子説のために選んだ従者は五人であり、二乗の馬車を用意した。御《ぎょ》をおこなう者には、

「急いではならぬ。急ぐと、馬が倒れてしまい、かえって遅れる」

と、教訓を与えた。従者のなかに子説と年齢がひとしい童僕《どうぼく》がいる。家宰はその者に、

「よいか、水中《みずあた》り、ということがある。他国の水はよくよく注意して飲むべし」

と、さとした。

家をでるまえに子説は兄にむかって、

「孔先生の弟子に、秦商という者がいます。かれの父は堇父といい、わが家に仕えていました。秦商は兄上のお役に立つ者となりましょう。お召しかかえになるべきで

す」

と、ささやかな推挙をおこなった。子説はひとめで秦商の誠実さと才智をみぬいたのである。

「さようか。善処する」

「では――」

兄の配慮に感謝するように一礼した子説は馬車に乗った。孔丘とは二日遅れの出発である。出発のための吉日を占いましょうかと家宰にいわれた子説は、善《よ》いとおもった事を迷わず実行する日こそ吉日であり、どうして占う必要があろう、といい、占いにたよらずに曲阜をでた。この一歩が、かれの思想と生き方を定めるきっかけになった。

周都の老子

流霞《りゆうか》のなかに馬車の影がある。

「あれだ――」

と、叫んで、かなたを指した子説《しえつ》は、車中で跳ねた。

魯《ろ》の曲阜《きよくふ》から洛陽《らくよう》（洛水《らくすい》の北）の地にある成周《せいしゆう》へゆく道は、おもに三通りある。北から衛《えい》を通る道、曹《そう》を通る道、宋《そう》を通る道がそれである。曹を通る道がほぼ直線なので、その道を孔丘《こうきゆう》が選んだとみて、子説は済水《せいすい》ぞいの道を指示した。が、急ぐと馬が倒れる、と家宰《かさい》にいいふくめられた御者《ぎよしや》は、子説の焦燥《しようそう》をあえて無視した。このため、曹を過ぎても孔丘を発見できず、

――道をまちがえたか。

と、子説は不安に襲われた。が、侍従というべき亢竽《こうう》は、子説のいらだちを鎮《しず》めるように、

「いずれの道を選んでも、鄭《てい》国の管《かん》あるいは制《せい》を通ることになります。そのあたりで

孔先生に追いつけばよろしいではありませんか」

と、おだやかな口調でいった。

そういわれてなかば納得《なっとく》した子説は、ようやく旅行の楽しさを感じる心のゆとりをえた。国外での見聞は、好奇心をより強く刺戟《しげき》するのか、知識の質を変える。人に教えられなくても、自分で学びとる力を育てるといってよい。やがて黄池《こうち》という邑《まち》にはいるまえに、子説は孔丘と従者が乗る馬車をみつけた。ちなみに黄池は、ひとつの川が濮水《ぼくすい》と済水に分岐する地にあり、陸上だけでなく水上の交通の要地である。

「孔先生――」

子説は遠い影にむかって呼びかけ、馬車を急がせた。この子説の声がとどくはずがないのに、ふしぎなことに、かなたをゆく二乗の馬車が停止した。実際、このとき孔丘はふりむきもせず、

「たれか、われを追ってくるようだ」

と、いい、御《ぎょ》をしている漆雕啓《しっちょうけい》に馬車を駐《と》めさせた。ちょうどそこは並木路にさしかかるところで、木陰が多い。馬車をおりた孔丘は木陰のなかに筵《むしろ》を敷かせて坐り、ながれる霞《かすみ》を破って近づいてくる馬車を眺めた。

木に馬をつないだ漆雕啓と閔損《びんそん》は、いちおう用心して、孔丘をかばうように歩をすすめつつ、

――先生を追いかけてくる者など、いるのだろうか。

と、いぶかり、目語《もくご》しあった。が、はっきりとみえるようになった馬車の御者が亢竽であるとわかったので、

「先生の耳は、十里先の物音さえ聴くことができる」

と、驚嘆しあった。

むろん孔丘は超能力者ではない。孔丘は車中で異質な地のひびきを微《かす》かに聴いたにすぎない。自分を追ってくる者がいる、といったのは、なかば勘《かん》である。

停止した馬車からはずむようにおりた子説は、亢竽とともに趨《はし》り、坐っている孔丘にむかって跪拝《きはい》した。ふたりを視《み》た孔丘は、

「そちらは――」

と、すぐに声をかけた。それを承《う》けて亢竽が、

「このかたは、仲孫僖子《ちゅうそんきし》さまの第二子である子説さまです」

と、よどみなく述べた。仰首《ぎょうしゅ》した子説は、はじめて孔丘をみた。

――なるほど、異相だ。

孔丘の面貌《めんぼう》については、あらかじめ亢竽からおしえられている。

「孔先生は、ちょっと腰が引けるほどの異相です。が、その心は無限の寛《ひろ》さをもっておられます。知りたいことがあれば、恐れずに教えを乞《こ》うのがよろしい。その問いの

なかにあるあなたさまの真性《しんせい》をみぬかれて、孔先生はお教えになりましょう」

孔丘という学者はそういう人だと信じている子説は、ものおじすることなく、

「束脩《そくしゅう》をもって参じました。くわしい事情はあとで亢竿が語《つ》げますが、どうか先生のもとで就学することをおゆるしください」

と、澄んだ声で訴えた。

「われは、いかなる者でも束脩を納めて入門を願えば、拒絶したことはない。なんじはただいまからわれの門弟である」

この孔丘の声はやさしかった。

――子説には向学の志《こころざし》がある。

そう感じた孔丘は、おそらくこういう溌剌《はつらつ》たる若者は、身分の高さもさることながら、学問へのひたむきさにおいて、門弟のなかでも特殊な存在になるであろう、と予想した。ちなみに子説はすでに、

「子容《しよう》」

というあざなをもっている。また仲孫家の分家である、南宮《なんきゅう》家、を建てることになるので、南宮子容、と呼ばれることになり、その呼称の短縮形が、

「南容《なんよう》」

である。さらにさきのことをいえば、この南容が、孔丘の兄の女《むすめ》を娶《めと》ることになる。

黄池の邑にはいって宿舎に落ち着いたところで、孔丘のまえに坐った亢竽が、少々こみいった事情を語った。

まず仲孫僖子の遺言である。

おもいがけない内容ではあるが、わかりにくいものではない。礼儀に自信のない自分を哀しみ、自分の子には恥をかかせたくない親心に満ちたものである。しかも孔丘に師事せよ、と明言している。

ここまできいた孔丘は軽く嘆息した。僖子の勇気に打たれたといってよい。人はおのれの過《あやま》ちや欠点に気づいていながら、それをかくし通そうとする。が、おのれの過ちを改め、欠点を美点に変えるには、恥ずかしさに耐える心力《しんりょく》が要《い》る。それを勇気といいかえるのであれば、その勇気は戦場で敵兵と戦うときのそれにまさる。僖子にはそういう質の勇気があった。

「過ちをおぎなう者は君子《くんし》です。詩には、君子これ則《のっと》りこれ倣《なら》う、とあります。まさに僖子はその君子でしょう」

孔丘はそう故人を称《ほ》めた。

ところで、孔丘が引用した詩句は、「小雅《しょうが》」の「鹿鳴《ろくめい》」にある。それはまちがいないのだが、君子の意義がちがう。詩のなかの君子は、祭事をおこなう者、あるいは族長をいった。ところが孔丘が、君子、というと、それは、

「理想的な人格者」

を意味し、原義から離し、おのれの思想のなかで用法を限定し特殊化した。思想家がおこなう小さな発明といいかえてもよい。ところが儒教《じゅきょう》が広まると、この特殊用語が原義を陵駕《りょうが》して、ついに一般化してしまう。一語の意味にもそういう変遷《へんせん》があり、君子という語には、孔丘の個の力が宿っている。

それはそれとして、つぎの話が少々わかりにくい。

「子説さまは兄君とおなじかたから生まれましたが、ご養育の室がことなっておりました」

と、亢竽は述べた。

信子には正室がいた。その正室が男子を産めば、当然、その男子が仲孫家の嗣子《しし》となる。ところが、推測ではあるが正室は男子を産まなかった。そこで信子は側室を置いた。ひとりではない。ふたりを同時に側室とした。ただし信子は側室を求めたわけではなく、侍女《じじょ》になりたい女が突然、友人とともにやってきた。女は、夢のお告げがあったといった。その女が、やがて信子の子をふたり産んだ。そこで信子は侍女である女を格上げして室を与えたというのが事実に比《ちか》いであろう。側室となった女は、友人との約束があったらしく、ふたりの男子のうち、弟にあたる男子をその友人に託《たく》した。それによってその友人も信子の側室になったとみるのが正しいであろう。

すなわち、生母から離された男子が、子説である。おそらくこれによって、子説は仲孫家の継承における次席からおろされ、分家を建てるように特定されたのではあるまいか。なお、子説は死後に、敬叔《けいしゅく》、という尊称を得て、史書や経書に、

「南宮敬叔」

と、記されることになる。ただしそこに、ささいなことながらひっかかりがある。叔が三男を表すことは常識である。すると、子説にはふたりの兄がいたことになる。何忌《かき》とはちがう兄は、どうしたのであろうか。

それはさておき、魯の上卿《じょうけい》である仲孫氏の弟が孔丘の門弟となり、さらに仲孫氏の当主が入門を予定していると知った漆雕啓は、

「先生が留学を終えて帰国なさったら、ずいぶん風当たりが変わるであろうよ」

と、たのしげに閔損にいった。漆雕啓と閔損にかぎらず、孔丘がおぼえている不遇感を、門弟のすべてが共有している。

「そうですね。しかし君主のいない魯国はどうなるのでしょうか。先生は乱がつづいているかぎり、帰国なさいませんよね」

「ぜったいにお帰りにならない。周都での滞在が三年をこせば、食料が尽きる。われはそのまえに曲阜にもどって、食料を調達する。案ずるな。なんじは先生にお仕えしていればよい」

「よろしくお願いします」

閔損は漆雕啓に軽く頭をさげたが、この時点で、孔丘に随従《ずいじゅう》することになった子説が自身と従者のためだけでなく、孔丘のために、大量に衣食を用意してきたことを知らなかった。新弟子というべき子説が、孔丘の留学を可能にした、とのちに多くの人に知られることになるが、上級貴族の実力は孔丘の意想をうわまわるものであった、といってよいであろう。

この若さで大人の目をもっている子説は、鋭敏な感覚をそなえている。孔丘についての感想を亢竽に求められると、

「ひろやかなかただ」

と、いった。子説は孔丘から、どこまでもひろがるやさしさしか感じなかった。もっとも孔丘は実家にあずけたままの自分の子、つまり十八歳になっている鯉《り》およびその妹のひきとり時機《じき》を考えており、十四歳の子説をみて、親としての感情が生じたのかもしれない。

――自分の子を教育することほど、むずかしいことはない。

曲阜に教場《きょうじょう》を建ててから、ときどき実家に帰って兄と嫂《あによめ》に会い、鯉をみたが、そのつど鯉の顔に離縁した妻の顔がかさなる。鯉はつねに父を畏《おそ》れ、母を慕《した》っているようであり、曲阜にゆきたいといちどもいったことがない。そのことと学問への意欲は別

であろうが、孔丘は鯉を刺戟して反発されることを恐れた。人は求めすぎると失うものだ、とおもうようになった。父の家から母が去り、自分の家から妻が去ったという事実が、孔丘の心の癒《いや》されぬ傷となっている。このうえ子を自分のもとから去らせる愚《ぐ》をおかしたくない。

――不肖《ふしょう》の子でもかまわぬ。

孔丘はいやがる鯉をひきずってきて教場に坐らせるような厳格さを棄《す》てた。

天気にめぐまれた旅行であった。

黄池から西へすすむと川が多くなる。それらの川を渡るうちに初夏となった。

川辺も野も、薫風が吹き、孔丘と従者は爽やかさを満喫《まんきつ》した。

ついに成周に到った孔丘がみたのは、戦禍のなまなましさが消えていない都である。

――周公旦《たん》さまがお造りになった都だ。

古昔《こせき》、殷《いん》を倒した周の武《ぶ》王が首都としたのは、西方の鎬邑《こうゆう》（鎬京《こうけい》）である。宗周《そうしゅう》とも呼ばれることになるその首都の位置は、長安《ちょうあん》の西で、はっきりいって中原《ちゅうげん》と東方を治めるには不便であった。そこで武王の弟の周公旦が洛陽の地に副都を築いた。のちに王城といわれるその洛邑《らくゆう》は、一辺が九里の巨大な正方形を想《おも》えばよい。その中心に宮殿、宗廟《そうびょう》、社稷《しゃしょく》、朝廷、市場などがあった。やがてそこに、西方の首都を放棄した周王が移り住んだ。

成周にはいった孔丘は、高く揚《あ》げた指をめぐらせて、

「王城は小城というべきであり、東に大郭《だいかく》がある」

と、興奮をかくさずにいった。ふつう城が王侯の住居区であるのにたいして、郭は大夫《たいふ》から平民までの住居区である。成周の郭壁の長さは七十里ほどであるという。郭壁にそって歩けば二日かかる。

「さて、宿舎を捜さなければならないが、老子《ろうし》に入門をゆるされれば、留学することになる。そういう事情をわかってくれる人をみつけるのは、むずかしい」

孔丘が従者を集めてそういうと、まえにでた子説が、

「父祖以来、この地に通家《つうか》があります。周王にお仕えしている大夫の家がそれです。いまから捜してみます」

と、こともなげにいい、家宰からおしえられた家の主《あるじ》をたずねるために、王城の近くまで行った。その大夫は敬《けい》王に従って王子朝《ちょう》と戦ったひとりで、戦死していないかぎり、もとの家に帰っているはずである。一時《いっとき》もかからず、

「ありました」

と、朗らかに叫んだ子説は、大邸宅の門前に馬車を駐めると、門衛に亢竿をあたらせた。それから子説はあっけないほど早く、ふたりの従者とともに門内にはいっていった。

この邸宅の主人である大夫に面会した子説は、用意してきた錦衣《きんい》、錦帯《きんたい》それに軽裘《けいきゅう》を贈った。軽裘は、文字通り、軽い裘《かわごろも》で、上質な狐の毛で作られている。それらすべては市場にでまわらない特注品といってよい。

「やあ、これは、これは――」

と、大夫の顔がほころんだところで、子説のもくろみは亨《とお》ったというべきであろう。

夕方になるまえに、孔丘と子説は従者とともに、大夫の家臣にみちびかれた家に落ち着いた。すぐに漆雕啓、閔損、亢竽らが家のなかをくまなくみてまわった。検分を終えたかれらは孔丘と子説のまえに坐り、

「士の家であったようです。二十余人は住めます」

と、述べた。軽くうなずいた孔丘は、

「士にも、上・中・下がある。ここは中士の家であろう。諸侯の中士は十八人を養うが、周王に仕える中士は、それより多いはずだ。この家の主は、王子朝側に与《くみ》して亡《な》くなったとみえる。いまの周王にさからった士大夫は、家屋、財産などすべてを政府に接収され、その後、いくらかが功績のあった士大夫に賞与されたにちがいない」

と、説《と》いた。

「家は古くないのに、空家であったわけはわかりましたが、ここをいつまで借りられるのですか」

と、漆雕啓は子説に問うた。

「三、四年です」

ということは、四年以内に魯国の乱がおさまらないと、孔丘は別の家を捜さなければならないことになる。

部屋のわりあては、おもに亢竿がおこなった。

ひとりにひと部屋があてがわれたが、まだ空き部屋がある。が、子説は、僕婢《ぼくひ》をこの地で傭《やと》うので、部屋の数はちょうどよい、といった。財力をもった貴族の発想とはそういうものか、と漆雕啓と閔損は感心して、小さく嘆息した。

それぞれが部屋にはいるまえに、漆雕啓は亢竿の袖《そで》を軽く引き、

「あの邸宅の門衛に、なにかを渡したでしょう」

と、ささやいた。

「あっ、あれですか。干《ほ》し肉が余っていましたので――」

と、笑いを哺《ふく》んで答えた。

「なるほど、あの門が早く開いたのは、そういう奇術があったからですか。ところで、明日から老子を捜さなければなりませんが……」

こんどは亢竿の目が笑った。

「そのことでしたら、住所はわかっています。子説さまがあの大夫からききだしまし

た。すでに孔先生にはおつたえしてあります」

「手際がよい」

漆雕啓は哄笑《こうしょう》した。子説の主従によって予想された難儀がつぎつぎにはぶかれてゆく。

どうやら老子は、王子朝の乱のあいだ、戦闘が烈しくなっても、避難を考えなかったらしく、都外にはでず、自宅にいて熱心な門弟に教習をつづけていたようである。都内を横行する兵も、高名な老子をはばかって、近づかなかったということである。

「徳の力とは、そういうものだ。われもあやかりたい」

と、いった孔丘だが、なぜかすぐには老子のもとにゆかなかった。

三日間、従者とともに都内を見物した。このとき孔丘は太廟《たいびょう》に参詣《さんけい》したようであるが、王城のなかへは、どこまではいることができるのかと思えば、それには多少の疑問はある。

亢竽はこの旅で、三歳下の漆雕啓と親しさを増した。

――正義感の強い男だ。

と、漆雕啓を好意の目でみた。

「孔先生はわれらになにを観《み》せようとなさっているのか。あなたはどう思いますか」

歩きながら亢竽は漆雕啓に問うた。城壁と門は破壊されたままで、まだほとんど修築されていない。文化の香りに満ちているはずの周都は、醜態をさらしているといってよい。

「楚《そ》へのがれた王子朝が、いつなんどき逆襲にくるかわからないというのに、崩れたり穴のあいた城壁のほとりに警備兵の影はありません」

漆雕啓はよく観察している。

「たしかに……。都民は不安でしょう」

都民にとっての外敵は王子朝の軍であるというより盗賊団である。城壁と郭壁が不完全であれば、賊にたやすく侵入されてしまう。

「不安であるのは都民だけではなく、周王と大夫もそうでしょう。王朝を運営する人たちは、慢心《まんしん》しているわけではなく、要は、王室の財力が衰弱しきっているのです。城壁の修理も、都内に警備兵を配置するのも、晋《しん》だのみ、というのが実情ではありませんか。武力がいかに文化をこわしてしまうか、それをよくみておくように、と先生にいわれているような気がしています」

と、漆雕啓はいった。この男は、まっすぐにものをみて、まっすぐにものをいう。

「ああ、あなたはすぐれた門人です。子説さまは旅行中からあなたの言動に感心なさっていて、兄君に推挙したいとひそかに意《おも》っておられるようです。仕官のことを、考えたことはありませんか」

「仕官――」

漆雕啓ははにかみながら苦笑した。孔丘にめぐりあうまでは、どこかの貴族に仕えたいという意欲があった。が、いまはつゆほども仕官を望んでいない。

「買いかぶりです。わたしが孔先生から離れて仲孫家の臣下になれば、ただの子開《しかい》にもどります。あなたがみているわたしは、孔先生の光に照らされているだけで、その光がとどかないところに立てば、すべてが半可通《はんかつう》の凡人です。子説どのが称めたのはこんな男か、とがっかりされるだけですよ」

「謙遜《けんそん》、謙遜――」

そういいつつ亢竽は漆雕啓の謙虚さに心を打たれた。なるほど、べつのみかたをすれば、孔丘が漆雕啓という男をつくり変えたということになるであろう。

都内見物を終えて、いよいよ老子の家へむかう日に、閔損は、

「たぶん、先生にとって、今日が吉日なのです」

と、漆雕啓に小声でいった。

「あっ、そういうことか」

孔丘が入門のために吉日を占っていたことに、漆雕啓はようやく気づいた。

子説の馬車に先導されるかたちで出発した孔丘は、魯の老司書からきかされた話を憶《おも》いだしていた。曹国の君主が薨《こう》じたあと、会葬に参加した周の大夫が、学ばなくて

も、なんら害はない、と魯の大臣に語ったことである。周王を支えている貴族がそういうゆるい気構えであったがゆえに、王子朝の乱という巨大な害が発生した、とはいえないが、あのころの周王の周辺には向上心も緊張感もなかったことが、容易に推察できる。それにひきかえ仲孫僖子のまじめさはどうであろうか。そういう上卿がいたことだけでも、

——魯は、棄てたものではない。

と、いえるのではないか。

馬車を東南へ四半時《しはんとき》ほど走らせれば、老子の家であった。その家は、郭壁から遠くない位置にあり、崩れた郭壁があたりの風情を殺している。郭壁の崩れは戦いの傷あとというわけではなく、長年、風雨にさらされて頽落《たいらく》したようである。

「しばらくお待ちを——」

と、孔丘にいった子説は、めざす門を亢竿にたたかせた。まず老子が在宅かどうかをたしかめさせ、在宅であれば、孔丘の入門が可能かどうかを打診させた。

半時も経《た》たずに門外にでてきた亢竿は、冴えない表情で、

「老先生はご在宅でした。会ってくださいましたが、以前から、多くの門人をとりたくないので、大夫の推薦状をもたぬ者には入門を許可しない、とのことでした」

と、孔丘と子説に告げた。

孔丘の表情がすこしこわばった。魯の大夫の推薦状などもっていない。

すると眉《まゆ》を揚げた子説が、

「わたしにおまかせを――」

と、孔丘に軽く礼容を示したあと、門内に消えた。

留学の日々

人は、七十歳からを、

「老《ろう》」

という、というのがこの時代の通念である。老子《ろうし》は白眉《はくび》白髪《はくはつ》という容貌なので、すでに六十代から老子とよばれていた。

子説《しえつ》が会った老子は、七十四、五歳にみえた。体貌《たいぼう》に老耄《ろうぼう》の翳《かげ》りはなく、眼光に衰えもない。容態に人を威圧するようないやな重さがないのは、精神に慓《かる》さをもっているせいであろう。

勘《かん》のするどい子説は、すぐに老子に敬意をおぼえ、

——まれにみる碩学《せきがく》だ。

と、おもった。こういう人物には、まっすぐに事情を説《と》いてゆくにかぎる、と肚《はら》をすえなおしたのであるから、子説は尋常ならざる少年であったといってよい。また、眼前に坐った貴族の子弟らしい少年の説くことを真摯《しんし》に傾聴《けいちょう》した老子には、表にはだ

さない親切心があるのであろう。

子説は自分の地位を簡潔《かんけつ》に語った。

兄の仲孫何忌《ちゅうそんかき》は魯《ろ》の上卿《じょうけい》であり、自分は兄の同母弟ではあるが、養母が別にいるため、別家を建てることになった。ゆえに大夫《たいふ》であるはずであるが、君主が国都にいないため、まだ正式に大夫とは認められていない。その事実を老子がどう判断するかはさておき、自分は周《しゅう》の礼と文化を周都で学びたがっている孔丘《こうきゅう》という研究者を推薦して老子のもとで就学《しゅうがく》させたい。これだけのことを、さほど口ごもらずに子説は述べた。

黙って子説の説述《せつじゅつ》を聴いていた老子は、すべてを聴き終えると、感心したようにうなずき、

「魯に乱あり、ときいていたが、あなたのような人がいるかぎり、魯都は周都のような惨状にはなりますまい。その孔丘という者の入門をゆるしましょう。あなたの入門もゆるします」

と、いった。子説が気に入ったのである。だが、あえて恐縮してみせた子説は、

「ありがたいおことばですが、わたしは孔丘の推薦者として、先生にお会いしただけです」

と、婉曲《えんきょく》に辞退した。

あとでそのことを知った亢竿《こうう》は、

「老先生の門弟になるのはむずかしいというのに、せっかくの入門をおやめになったのですか」

と、残念がった。が、子説はすこしも悔やまず、

「父上のご遺言には、孔先生に就《つ》いて学べとあったけれど、老先生に就け、とはなかった」

と、いった。子説の孝心のありようとは、そういうものであった。

ここで子説は亢竽にはっきりとはいわなかったが、老子と孔丘とでは、決定的なちがいがある、と感じていた。老子は入門者を制限するが、孔丘はいかなる者でも入門を許可する。そのことだけでもわかるように、孔丘は知識のとぼしい庶民でも教育する。が、老子はある程度知識をそなえている者をより高めるように教えはするが、人格を育てることをしない。つまり老子には、

「教」

はあっても、

「育」

がない。それが教師の温度差となってあらわれている、というのが子説のひそかな見解である。

さて、孔丘の入門をゆるした老子は、当の本人をひと目みるなり、

「嚚なるか」

と、心中でつぶやいた。嚚は、やかましい、と訓《よ》む。

孔丘は教える立場にいるときと、教えられる立場にいるときとでは、性質が変わるようで、ここではすでに多大な疑問で脳裡《のうり》が沸き立ち、未知へむかって前進してゆく気魄《きはく》をみなぎらせていた。学問への情熱の量があきらかにほかの門弟とはちがうことに、老子は愕《おど》くというよりも憂鬱《ゆううつ》さをおぼえた。こういう門弟を教諭《きょうゆ》する教師はすくなくとも同等の熱意をもっていなければならないが、さすがに老子はおのれの老齢を意識して、

——やっかいな男をひきうけた。

と、後悔した。

なにはともあれ、この日から、孔丘の留学生活がはじまった。

孔丘は自身の学問に専念するだけではなく、借りている家の空き部屋を教場《きょうじょう》にして、従者に教えることにした。

——教えることは、学ぶことだ。

どんなところにいても、この信念はゆらがない。

孔丘の従者は受講できることを喜んだが、子説の従者についていえば、亢竿をのぞいて、学問に関心のある者はおらず、

「わたしなんぞは――」

と、逃げ腰になった。が、子説に叱《しか》られて、しかたなく教場に坐って孔丘の教えに接すると、急に表情が変わった。孔丘は相手の性格や知識の程度を察知して、教えかた、ことばの選びかたをかえる。あえていえば教諭の天才である。

子説はほかの者がいないときに、

「わたしがなすべきことは、なんでしょうか」

と、問うた。育ちのよさはおのずと容態にあらわれるもので、孔丘は子説から温雅なさわやかさを感じる。

「詩は三百余ある。それらをすべておぼえることです。詩の語句のなかに、あなたを感動でふるえさせるものが、かならずあります。詩に興《おこ》る、とは、そういうことなのです。そうなってはじめて、礼に立つことができるのです」

「わかりました」

孔丘の教えに素直に従った子説は、のちに「大雅《たいが》」のなかにある「抑《よく》」という詩に出会い、そのなかの白圭《はくけい》の句を愛するようになる。

白圭の玷《か》けたるは
なお磨《みが》くべきなり

この言の玷けたるは
為《おさ》むべからざるなり

白玉《はくぎょく》の圭でできた器が欠けても磨いてつくろえるが、失言はどうにもならない、という意味である。この詩をなんどもくりかえして詠《うた》っている子説をみた孔丘は、

「邦《くに》に道があるときには用いられ、邦に道がないときには刑戮《けいりく》をまぬかれよう」

と、その慎重さを称《ほ》めた。

たしかに子説には周密《しゅうみつ》を好む性質があり、孔丘が師事した老子の正体を知りたがった。そこで漆雕啓《しっちょうけい》に、

「孔先生は魯を発《た》つまえに、老子に師事すると決めておられたようですが、それについてなにかご存じですか」

と、訊《き》いた。

「いえ、なにも――」

「そうですか……」

子説はすこし考えたあと、亢竽と話しあった。亢竽は調査能力の高い臣下であるので、自分が老子について調べるのはいとわないが、魯までその高名がとどいているような学者について、周都にいる大夫が知らぬはずがない、という意見を呈した。つま

り亢竿は自分で調べるよりも、子説に調べてもらったほうが早く正確にわかる、という意を諷《ふう》した。

「なるほど」

小さくうなずいた子説は、日を選び、この家を貸してくれている大夫に面会して、老子に関する情報をみずから得た。

もどってきた子説は、

「老子は、もと、王室文庫の司書であった」

と、漆雕啓と亢竿におしえた。ちなみに司書の長官を司典《してん》という。図書館長であると想《おも》えばよい。どうやら老子は司典ではなかったらしい。周の景王《けい》（敬王《けい》の父）の晩年に官を辞したが、それ以前に、有志の者に学問をさずけることをはじめていた。ただし孔丘のように教場を建てたわけではなく、自宅を増改築して教えた。

「うわさでは、敗退した王子朝《ちょうそ》が楚へ亡命する際に、王室の典籍《てんせき》をもちだしたそうですから、王室の文庫は貴重な図書を失ったにちがいありません。もしも老子がそれらの写しをもっていれば、老子の蔵書にだけ稀覯《きこう》の書物が残っていることになります」

と、亢竿がうがったことをいった。

「なるほどなあ」

子説はやるせなげに嘆息した。すると漆雕啓が、

「周王室の典籍が楚という南方の国で保存される……。中央の華が散れば、四方へ飛散し、花びらは地方にとどまる。文化と伝統とは、そうなりがちだ、と先生はおっしゃいました」

と、いった。理解のはやい子説は、

「ひとつ利口になりました。そうであれば、中央の残花が老子ということになる。孔先生は、その残花にふれる最後の人になるかもしれない。やはり、周都にきて老子に師事なさってよかったのです」

と、いい、微笑した。

この日から五日後に、子説のもとに五十数巻の書物がとどけられた。

「ほおっ、これは――」

瞠目《どうもく》した亢竿に、軽く笑声を放った子説は、

「大夫の書庫で埃《ほこり》をかぶっていた書物をお借りした。貴族も戦いに明け暮れると、読書どころではなくなる」

と、皮肉をちらつかせた。子説はそれらの書物のなかから詩集をとりだして、さっそく暗誦しはじめた。早技《はやわざ》といってよい。

夏がすぎて、都内に初秋の風が吹くころ、漆雕啓は孔丘の表情が微妙に変化したことに気づいた。ためしに亢竿に、

「先生は楽しそうではありませんか」

と、いってみた。

「あっ、そういえば――」

亢竿は孔丘の声の張りのちがいを感じてはいたが、それが楽しいという感情の表れとしてとらえてはいなかった。漆雕啓にいわれて、なるほどそういうことなのか、とようやくわかった。

「老子が良い先生だからでしょうか」

そういった亢竿の目が漆雕啓の意見を求めた。漆雕啓は閔損《びんそん》についで孔丘に近いところにいる。孔丘のちょっとした変化に気づき、師の心情を察することができるのは、そのふたりを措《お》いてほかにいない。

「老子の人格と学識、それに教えかたを孔先生が喜ばれたのであれば、もっと早くに、でしょう。入門なさって三か月が経《た》とうとしているのです。ほかのなにかを、最近、発見なさったのです」

「ははあ、さすがに目のつけどころがちがう」

亢竿は、自分と漆雕啓とでは、孔丘への親密度がちがう、と自覚した。亢竿は仲孫家の家臣であるが、子説が建てる南宮家《なんきゅう》へ移ることが決まっている。主《しゅ》が子説、師が孔丘である。が、漆雕啓にとって孔丘は、師であると同時に主である。孔丘への敬意の篤さが亢竿よりはるかにまさっている。

「それで、ほかのなにか、とは――」

そう亢竿に問われた漆雕啓は、

「まだ、わかっていません。閔子騫《びんしけん》も首をかしげています」

と、苦笑をまじえて答えた。

たしかに孔丘には心情の変化があった。明るく変化した、といったほうがより正確であろう。

かつて得たことのないものを得たのである。

それは学友である。

孔丘は友人のすくない人で、友人とよべるのは、秦商《しんしょう》ただひとりであったといってよい。顔無繇《がんむよう》とのつきあいも長いが、かれは六歳下という年齢なので、孔丘の友人というより弟のような存在である。

孔丘が老子の門下生となって気づいたことは、同門の学生に周人《しゅうひと》がほとんどおらず、多くは周の外の国から学びにきていた、ということである。周人は王子朝の乱にいやおうなくまきこまれたか、あるいは退避して、門外に去った。残った学生は、中途で学業を放擲《ほうてき》するわけにはいかないという強い意志をもっていて、年齢は孔丘のそれに近い者がすくなくなかった。かれらは孔丘の冠と衣服の異風《いふう》を嫌って、近寄らなかったが、二、三か月後にはみかたをかえた。孔丘という魯人《ろひと》は、変人かもしれないが、知識が豊富で、もったいぶらないのがよい、と好感をいだき、うちとけるようになった。

かつておなじ職場で働く同僚から冷眼をむけられた孔丘は、いまおなじ教室で学問をする学生からむけられるまなざしにぬくもりを感じた。真剣に学問をする者はかたくなにならない。

――たがいに敬意をもって接する朋《とも》とは、よいものだ。

老子から教えられることのほかに、学友と語りあうことから得られるものの大きさを、孔丘ははじめて知った。

学を修《おさ》めて自国に帰る者は、なんらかのかたちで官途につくが、孔丘がそういう処世を選ばないことを知って、とくに親しくなった二、三の学友はおどろいた。

「君主か大夫に仕えなければ、せっかくの学識を活《い》かせない。老先生のような教師になるのは、官職を引退してからでよいでしょう」

と、かれらは口をそろえていった。就職のための学問である、とかれらだけではなく、門下生のすべてが割り切っている。

「いまの魯では、むりです。邦に道がない」

庶民にまで礼を広めたい、というのが孔丘の意望だが、これはこの時代では、かならず烈しい嘲笑をまねく異端の思想であり、とても理解されないとわかるだけに、さすがに意中をあかさなかった。

「たしかに、魯は乱のさなかですね」

ここの門下生は他国の擾乱《じょうらん》についてなるべく関心をもたないようにしているようではあるが、どうしても風聞は耳にはいり、それについて多少の議論はする。むろんかれらは魯の昭《しょう》公を追いだした季孫意如《きそんいじょ》には批判的ではあるが、似たような君臣のいさかいはすでに各国であり、また、しょせん他人事でもあるので、その議論に熱はこもらない。

下の者が上の者を非難するのは非礼にあたるし、在野《ざいや》の者が一国の君主と執政のありようをなじってはならない、と教えられなくても、そういうつつしみをもっているのが、この時代である。

——魯君は、いつか客死《かくし》する。

あの童謡はそのように予言していた。しかしながら、昭公は今年四十六歳であり、すくなくともあと十数年は生きつづけるのではないか。すると孔丘も十数年周都にとどまることになる。どこにいても、どのような境遇にあっても、孔丘はあくことなく学びつづける人であるが、十数年後を想うと、問題は、師の老子の年齢と体力ということになろう。

——さて、どうなるか。

孔丘は天意を想った。天意にさからうつもりはないが、天意を撼《うご》かすほどの学力があって、はじめて世人の師表になれる。そうならないのは、学力不足だ、と孔丘は考えることにした。

流寓《りゅうぐう》をつづけるにちがいない昭公の動静に関して、孔丘は無関心という意態《いたい》をつらぬこうとしたが、子説はちがった。もしも昭公が帰国して復位することになれば、仲孫家だけではなく、三桓《かん》の家はことごとく滅ぶことになるからである。

初冬に、仲孫家の使者が子説のもとにきた。三、四か月にいちどは使者を往復させてもらいたいと家宰《かさい》にたのんでおいた、その使者である。

「兄上は、出師《すいし》なさったのか」

使者の話をきいた子説は、一瞬、いやな顔をした。

今秋、季孫家と仲孫家は同時に兵をだして、連合し、昭公の滞在地である鄆《うん》を攻めた。その戦いでは、二家の連合軍が昭公の師旅《しりょ》を大破したという。季孫家の兵を指麾《しき》したのは、陽虎《ようこ》という重臣で、かれが実際にはその連合軍を統帥《とうすい》して、勝利を得たようである。が、素直に喜べない勝利である。

「これで、仲孫家はまぎれもなく君主に戈矛《かぼう》をむけたことになる。いいのがれはできない」

使者が帰ったあと、子説は亢竿に暗い表情をみせた。昭公との抗争は、勝っても負けても、醜声にまみれる。

「季孫氏は、狡猾《こうかつ》ですね」

と、亢竿はいった。そうではないか。季孫意如は昭公を攻撃するのに、自身は兵を率いず、家臣にやらせて、しかも将帥《しょうすい》を十代の仲孫何忌とした。汚名は、何忌がかぶる。

「それが政治というものだろう」

と、子説はあえて冷ややかにいったが、砂を嚙んだようなおもいは消えなかった。

あとでわかったことであるが、宋《そう》と衛《えい》の要請で、秋に、諸国の重臣の会合がおこなわれていた。議題はふたつあり、ひとつは成周《せいしゅう》に守備兵を送ること、いまひとつは、昭公を曲阜《きょくふ》に帰還させることである。

晋《しん》の頃《けい》公からその会の進行をまかされていた士鞅《しおう》のもとに、おどろくべき早さで、季孫家から賂遺《ろい》がなされていた。亢竿がいったように、これも季孫意如の狡猾さのひとつであろうが、晋を中心とする諸国連合軍に攻められてはひとたまりもないと恐れる意如の必死の外交であったといえる。

賂《まいない》をうけとった士鞅は、宋と衛の大夫を呼んで、

「季孫氏は天にゆるされ、民に援《たす》けられている。その季孫氏を倒すのはむずかしい。それでもあなたがたが、魯君を送り込もうとなさるのなら、われはあなたがたに従っ

て、魯を攻めて包囲するのはいとわない。だが、失敗すれば、死ぬことになりましょう」

と、すごみをきかせていった。

宋軍と衛軍の主導で昭公を送り込み、失敗したら、生きて還《かえ》れませんぞ、と恫《おど》されたふたりは、おじけづいて、魯君のことはご放念を——、といい、しりぞいた。

これで、どの国も昭公を援助しないことになった。

亡命の最初から、晋を恃《たの》むべきだと説いた子家羈《しかき》の進言を容《い》れずに窮地におちいった昭公の判断の拙劣さを、嗤《わら》うことはつつしまねばなるまいが、それにしても昭公の徳のなさはどうであろう。

行動するのではなく存在するだけで人をひきつける徳の力を考える孔丘は、心の目で、その昭公のさびしい流泊《りゅうはく》を凝視《ぎょうし》していた。

そういう孔丘の心の目をみぬくほどの洞察力を、まだそなえてはいない子説は、

——国もとの情況を、先生にお報《しら》せすべきか、どうか。

と、しばらく迷っていた。が、やがて、意を決して孔丘のまえにすすみでた。

「兄が魯君を攻めて、大勝しました」

細い声である。

「季孫氏の指図でしょう。兵を失った魯君は、斉《せい》君に頼るのをやめて、明年の春には

晋へゆくことになる」

いきなりの予言に、子説はおどろかされた。

「いまひとつ、お報せすることがあります」

「わが家のことですか」

「秦子丕《しんしひ》（秦商）どのが、兄に臣従し、従軍しました。先生の教場の守りは、顔路《がんろ》（顔無繇）どののほかに、冉伯牛《ぜんはくぎゅう》どのがおこなうとのことです」

伯牛はあざなで、氏名は冉耕《ぜんこう》という。門人としては古参のひとりで、年齢は三十である。かれも貧家の生まれであるが、それを感じさせない温厚さをもっている。

門弟をまとめてきた秦商が、仲孫何忌の臣下となって孔門から去ったという事実を、師である孔丘が哀しむかもしれないとおもいやる心が、子説にはある。また、やむをえないこととはいえ、兄が君主に兵馬をむけたという悖徳《はいとく》の行為について話すのは、つらかった。が、孔丘はそういう心情を察することができないほど鈍感ではない。

「道は、人それぞれです。苦難が多ければ多いほど、人は強くなります。易《やす》きを求めてはなりません。兄君の道は兄君しか、あなたの道はあなたしか歩けないのです」

これは秦商の道は秦商しか歩けず、なんでそれを止められようか、と孔丘が許容したことになろう。そう理解した子説は、孔丘という人格のなかにある弘量《こうりょう》にふれたおもいで、涙ぐみ、

「かたじけないおことばです」

と、頭を垂れた。

昭公にとっても、昭公しか歩けない道があるとはいえ、一国の君主は私人ではなく公人であり、選ぶ道とその歩みは多くの人に影響を与える。

翌年の春、はたして昭公は斉の景《けい》公のもとを去って、晋へ往った。おのれの不運にいらだっての直行であるといってよい。河水《かすい》西岸で、衛国の北に位置する乾侯《かんこう》という邑《まち》に到った昭公は、晋の朝廷に、

「出迎えがないのは、どうしたことか」

と、その冷淡さをなじったので、晋の大臣たちはあきれた。

「まえもってひとりの使者もよこさず、いきなりわが国に乗り込んで、迎えの使者を要請なさるのなら、国もとにおもどりになってから、なされよ」

こういうやりとりがあって、うちしおれた昭公は、いちど魯の辺境までひきかえして、晋の使者を待ってから、再度乾侯へ往った。

が、年内には埒《らち》はあかなかった。

虚しく一年をすごした昭公は、鬱々《うつうつ》と鄆に帰った。

ところが、慰問にきた景公の使者である高張《こうちょう》に侮辱された昭公は、怒って鄆を発ち、またしても乾侯へ往くという、実りのない往復をくりかえした。

晋の君臣が昭公に温情をみせないのは、おそらく昭公の父の襄《じょう》公が楚と通交したことに遠因があろう。すなわち魯は晋の同盟国ではなく、楚に従っている国だという悪感情を、かれらはもっていたであろう。

昭公にかぎらず、個人の徳は父祖の徳をもふくんでいる。

老子の教え

孔丘《こうきゅう》は、のち、老年になってから、自身の過去の年齢を特徴づけた。

十五歳で、学問に志《こころざ》し、三十歳で、曲阜《きょくふ》に教場《きょうじょう》を建てた。四十歳については、

「不惑《ふわく》」

という語を用いた。惑《まど》わず、と訓《よ》む。

惑は、あることを限定したことによって迷い、疑いが生じたことをいうが、孔丘に限っていえば、すでに十五歳から志向に迷いも疑いもなかったであろう。三十歳をすぎれば、学び、教え、育てる、という信念にゆらぎがあったとはおもわれない。とすれば、その惑いとは、自身の生きかた、あるいは心理についていっているのではなく、思想の基底《きてい》となるべき文化形態が、夏《か》、殷《いん》、周《しゅう》とあるので、なにが最善であるのかを模索《もさく》してきたことをいい、四十歳になって、

——周文化がもっともすぐれている。

と、確信したことにほかなるまい。

孔丘は師である老子《ろうし》に歌について問われたことがある。

「なんじは歌を好み、歌が巧《うま》いそうだな」

「好みますが、巧いとはいえません」

孔丘はちょっと恐縮してみせた。

老子は微笑した。

「歌とは、なんであるか」

そもそも歌とはなんであるか。その本質について、かねて考えていた孔丘は即答した。

「人は希望だけではなく、苦悩や絶望をも歌います。いわば喜怒哀楽の色を表現し、その表現を個人で終わらせるのではなく、かぎりなく多くの人々に共有させる力を歌はもっています。しかしながら、真の歌とは、万物が存在し、生きとし生けるものが生存する感動を表したものではありますまいか」

老子は微笑を絶やさない。

「そのようになんじに教えたのは、周の文化にほかならない」

「どういうことでしょうか」

「周の武《ぶ》王が殷の紂《ちゅう》王を討ってから、五百数十年が経《た》っている。が、殷は短命の王朝ではなく、六百年ほどつづいたといわれている。その時代の歌とは、怒りという一色しかもっていなかったと想《おも》うべきである」

孔丘は軽く息を呑《の》んだ。老子は自分にだけ重要な伝承を教えてくれようとしている。そういう予感で、胸がふるえた。

「人は、たれにむかって怒りの声を揚《あ》げたのでしょうか」

「ふむ、それは、まちがいなく神にむかって、だな。なんじも知っているであろうが、殷王朝は湯《とう》王からはじまって紂王で終わる。天下を治めていたのは、殷王のようにみえるが、じつは殷王は神意を聴いて官民にそれを伝えていたにすぎない。すなわち神意を知るただひとりが殷王であった」

「吁々《ああ》……」

と、嘆声を放った孔丘は、

「それでは、天下の人民を治めていたのは、神であったのですか」

と、おどろきをあらわにした。

「そう想って、よい」

「では、その神は、どこにいたのですか」

「天にも地にも、また、山にも川にもいた。さらに、亡《な》くなった殷王の父母も、神となった」

「はあ……」

殷の人々は神々と共存していたことになるのか。そのあたりが孔丘にとってわかりにくい。

「殷人《いんひと》は神に禱《いの》り、自身の願いを述べた。だが、待てど暮らせど、その願いがかなわないときに、かれらは神にむかって怒りの声を揚げた。それが歌だ」

これは伝承なのか、それとも老子が独自に究審《きゅうしん》したことなのか。とにかく、この説は孔丘に衝撃を与えた。しばらく黙考している孔丘に、老子は、

「なんじはものごとの起源を知りたがり、その起源を重視するが、歌ひとつをとっても、その変化に人の成長と文化の熟成がうかがえる。殷人は賢かったが、それでも時代は哼《くら》かった。周の、なんと明るく、ふくよかなことよ。そうは想わぬか」

と、諭《さと》すようにいった。

孔丘は心のなかでうなずきかけたが、急におもいついた。

「衛《えい》に朝歌《ちょうか》という邑《まち》があります。その邑は、紂王の都であったと伝えられ、朝から歌がながれていたといわれています。その邑に住む官民は、毎朝神にむかって怒っていたのでしょうか」

「はは、おもしろいことをいう」

老子は歯をみせて笑った。

が、孔丘は師をからかったわけではない。なにごとにたいしても、究悉《きゅうしつ》はしつこい

ほど真摯《しんし》である。入門してから三年が経った孔丘という門下生の性質をほぼのみこんだおもいの老子は、ここもいいかげんにあしらわなかった。

——うるさい弟子だが、教えがいはある。

老子は孔丘が入門してから、いっさい門弟をとらなかった。自身の年齢を考えてのことである。そのため、一年に四、五人が卒業していったので、この年まで残っている門弟はわずか九人である。

「あるとき、殷の王室は、もろもろの神をまとめて祀《まつ》ることにした。それらの神の最上位にいたのが、上帝である」

老子の表情から笑いが消えた。

「殷王室が諸神を専有したのですか」

「そういうことだ。その後、祖先神しか祀らなくなった」

「庶民は、神を失ったことになりますが……」

孔丘は師の説に耳をそばだてつつ、さぐるようにそういった。

「たしかに、そうなる。庶民の不安と不満を解消するために、紂王の父である殷王は大胆な発想をして、それを実現した。すなわち、上帝を地におろした」

「はあ……」

孔丘の理解は、老子の教喩《きょうゆ》に追いつかない。上帝を地におろす、とは、どういうことなのか。

「王自身が上帝になったのよ。ただし、上帝とはいわず、帝といった」

「えっ――」

喫驚《きっきょう》する、とは、まさにこのことであろう。この年まで、孔丘は多くの古書を読んできたが、どこにもそのようなことは書かれていなかった。かたずをのんだ孔丘は、舌をもつれさせながら、

「それでは、紂王も、帝、であったのですか」

と、問うた。

「当然のことだ。紂王は人でありながら神であり、かれが朝歌で歌わせていた歌は、帝と祖先を讃美《さんび》するものであった。そのあたりから、歌は性質を変え、その一部は、殷が滅んでも周にひきつがれたはずであるが、いまとなっては、その歌のひとつも残っていない」

唖然《あぜん》とした孔丘をしばらくながめていた老子の眉宇《びう》に、急に、さびしさがただよった。

「なんじは礼を探究している。だが、古い礼を熟知《じゅくち》して実践できた者の骨も朽《く》ちてしまい、今日《こんにち》、残っているのは、ことばだけだ。ことばだけでも残ってくれた、とみるか、ことばしか残っていない、とみるか、人それぞれであるが、われは、そのことば

はなかみのない虚しいものとみる。なんじはこの乱世に古礼をおこなうべきだと考えている。ちがうかな」

「ちがいません。ご推察の通りです」

「なんじが望んでいることは、時を得て、はじめて可能になる。なんじの態度は、なんじには人よりすぐれているという驕気《きょうき》があり、欲が大きすぎる。なんじの態度は、尊大とはいえぬが、気どりがあらわになっている。こういうことわざがある。良賈《りょうこ》は深く蔵《かく》して虚しきがごとく、君子は盛徳《せいとく》あるも、容貌は愚《ぐ》なるがごとし。いまのままでは、なんじは時を得ることができず、さまよいつづけることになる。われがなんじにいえることは、それだけだ」

ほかに門弟がいないときを選んで老子が孔丘に与えた訓戒である。

良賈とは、すぐれた商人をいう。そういう商人はおのれの豊かさを誇らず、まことの君子は愚人のような顔をする。いまの孔丘はその逆であり、それでは国の高位に登る好機をつかめない。礼は高位にある者が実践して下に浸透させてゆくのが順序であり、下から上へ礼を及《およ》ぼすことなど不可能である、と老子は思っている。それゆえの忠告であった。

孔丘は師の人格の深いところにあるやさしさにふれたおもいで、

「ご訓戒、肝《きも》に銘《めい》じました」

と、いって、深々と頭をさげた。すると老子は表情をやわらげて、

「あと三年で、ここを閉じる」

と、なぜか楽しげにいった。

――あと三年か……。

孔丘の心に動揺はなかった。三年後にはほかの師を捜さなければならない、とはおもわなかった。三年後には魯《ろ》の乱が熄《や》み、帰途につく。昭《しょう》公の生死をたしかめるまでもなく、そういう予感がかれの胸裡《きょうり》で強くなった。

「そのあと、先生はなにをなさるのですか」

老子の表情にふしぎな明るさがあるので、孔丘は問わずにはいられなかった。

「旅にでる」

老子の正確な年齢はわからないが、八十歳前後で、旅行にゆく人は稀有《けう》であろう。

「どこへ――」

と、問えば、孔丘は門弟として従《とも》をしなければならないとおもい、口を閉じた。おそらくその年までここに残っている門弟の三、四人は老子の従者となるにちがいない。かれらは老子に生死をあずけるほど崇敬《すうけい》しており、師とおなじ天の下、地の上で生きてゆくことを択《えら》ぶであろう。

教室をあとにした孔丘は、馬車に乗ってから、

「なるほど、そういうことか……」

と、くりかえしつぶやいた。暗いつぶやきではない。馬を御《ぎょ》している閔損《びんそん》はそのつぶやきを耳にして、すばやく孔丘の表情をうかがうと、

「今日は、老先生から、なにか大きな賜物《たまもの》があったのですか」

と、勘《かん》のよいことをいった。

すこし首をあげた孔丘は幽《ほの》かに笑った。

「人への最大で最高の贈り物はことばであるといわれており、われもそうだと思っている。が、人の蒙《くら》さを啓《ひら》くことばは、つねに正しいとはかぎらない。教えられたことを、ときには疑い、みずから該究《がいきゅう》して、正否をたしかめる必要がある。しかしながら、そういう作業をするまでもなく、教示されたことが、まちがいなく正しい、と心魂《しんこん》に達するときがある。今日が、それであった」

「それを、わたしどもに、伝授してくださるのですか」

閔損の声がはずんだ。

「むろん――」

と、いった孔丘は帰宅すると、すぐに弟子を集めた。復習を重視する孔丘は、自分のためにその講義をおこなったといってよい。ただし聴講する者のなかに子説《しえつ》とその臣下はいない。かれらは魯へゆき、ようすをみてから、洛陽《らくよう》にもどってくることにな

っている。

まず孔丘は殷の歌と周の歌のちがいを説《と》き、天上の帝と地上の帝について語った。

それから、

「天」

について力説した。車中で考えたことである。

かつて殷と周は、牧野《ぼくや》とよばれる大草原で戦った。牧野はいまの衛の国にある。

「牧野、洋洋《ようよう》たり。檀車《たんしゃ》、煌煌《こうこう》たり。この詩は牧野の戦いを歌ったもので、みなも憶《おぼ》えたであろう。檀は落葉樹で、材質が堅いが強いので、おもに車輪に用いられた。煌は、きらきらしているさまをいうが、より正確には、玉《ぎょく》のようにきらめいていることをいう。周の兵車の大集団が、朝日をうけて、光り輝きながら牧野を北進したのである」

ちなみに孔丘が引用した詩は、「大雅《たいが》」の「大明《たいめい》」にある。

この歴史を変える大戦で、周は勝者となったが、紂王にかわって天下の主《あるじ》となった武王とその輔弼《ほひつ》の大臣は、傲慢《ごうまん》にならなかった。

紂王が神であると同時に人であったこと、つまり神と人とが一元《げん》になったがゆえに、紂王が倒されたことで、殷王朝はすべてを失った。その事実を冷静にみつめ、武王は帝とは称しなかった。

が、天帝をもとの位置にもどすのは、殷民族の信仰を復活させることになるので、天帝にかわる絶対的存在を形而上《けいじ》に設定しておく必要が生じた。そこで発想されたのが、天、である。天は抽象的で、神の象《かたち》をもたないが、意志はもつ。周王のみが天を祭ることができるが、いちいち天意を聴いて政治をおこなうわけではない。そういう関係を天下に認知させたのは、周の首脳の叡知《えいち》といえるであろう。のちに、王侯貴族だけではなく、庶民さえも天の存在を信じ、天命あるいは天意を意識するようになり、天は自己規律の大本《おおもと》となった。

孔丘がそう説くと、閔損と漆雕啓《しっちょうけい》は昂奮をあらわにした。

「周の人々は、殷王朝を倒すまえに、すでに天という思想をもっていたのでしょうか」

と、漆雕啓が問うた。

「武王はもとより、その父の文王《ぶん》も、天命に従ったとおもわれるふしがある。なんじが想ったように、天という思想は、殷を打倒したあとのにわかづくりの思想ではあるまい。周の文化は、文王から発したといっても過言ではない。紂王の政治が衰乱《すいらん》するあいだに、文王は西方の覇者として諸侯に依恃《いじ》され、ついに天下の三分の二を有しながら、それでもなお殷を討たず、紂王に服事《ふくじ》した。それにまさる徳はなく、至徳《しとく》というべきである」

この日の孔丘は、文王よりはるかまえの聖王、すなわち堯、舜、禹などについて滔々《とうとう》と語った。弟子にとっては幸福な時間であった。

子説と従者がもどってきた。

かれらは晩春に洛陽を出発したが、夏の暑さにさらされて旅行することを嫌ったらしく、秋の涼風《りょうふう》を待って曲阜をでたようである。

朗報をたずさえてきた子説は、すぐに孔丘に報告をおこなった。

「伯魚《はくぎょ》どのが――」

と、子説は切りだした。伯魚は孔丘の子の鯉《り》のあざなである。この年に、年齢は二十一である。

「すでに教場を守っておられました」

「さようか……」

あえて孔丘は喜色をみせなかったが、ほっとしたことはたしかである。兄のもとにいた孔鯉が、教場に移ったわけはどのようなものか。子説の立場としては、そこまで深くは問えなかったようなので、孔丘は推量するしかない。ひとつ考えられることは、兄の子である孔蔑《こうべつ》が成人となったため、孔鯉は実家に居づらくなったことである。そうではなく、孔鯉が本気で学問がしたくなって曲阜に上ってきたのであれば、教場には冉耕《ぜんこう》や顔無繇《がんむよう》などがいるので、教えを乞《こ》うたらよい。

——学問をはじめるのに、早い、晩《おそ》い、ということはない。

孔丘はそうおもっている。

「魯の国情について申しますと、国内はいたって静穏《せいおん》です。魯君は晋《しん》の乾侯《かんこう》にいて動きません。晋は当分、軍旅を催さないでしょう。といいますのは、晋君が薨《こう》じたからです」

と、子説は述べた。晋の頃《けい》公が亡くなったのは六月であるから、それは最新の情報であるといってよい。

「そうであったか」

君主の喪中《もちゅう》には兵をださないというのは、基本的な礼である。いままでも晋の朝廷は昭公への援助をしぶってきたのであるから、国が喪に服せば、なおさら昭公に軍事的な助力をするはずがない。ことばは悪いが、昭公は晋によって飼い殺しにされる。

「ところで——」

孔丘は子説にむけるまなざしをやわらげた。

「あと三年で、老先生は消える」

「消える、とは——」

子説は、その突飛《とっぴ》な表現におどろいた。

「老先生は旅にでる。ご自身でおっしゃったことだ。二度と洛陽にもどりにならない。おそらくそのゆくえを知る者は、皆無となろう」

「老先生は、どこへゆかれるのですか」

「わからぬ」

孔丘はそういうしかない。

老子はながいあいだ周文化の中心地にいて、あらゆるものを破壊した王子朝《ちょう》の大乱を経て、文化のむごたらしい衰容《すいよう》をみつめることに嫌気《いやけ》がさしたのではないか。王都に残っている古い礼は、なかみのない形骸《けいがい》にすぎない、と老子はいった。たしかに伝統を正しく継承していた文化人は、周都をでて、戦禍のおよばない地へ四散した。その事実をふまえれば、当然、伝統にも嘘《うそ》があり、その嘘をまことしやかに門弟たちに伝授する自身を棄《す》てたくなったのであろう。そう推察すれば、孔丘が為すべきことは決まっている。

礼に関していえば、古い礼のなかにある正しい礼を発見すること、それができなければ、正しい礼を創造することである。ただし、それを成したからといって、ことばにうつしかえると、そのことばは虚偽《きょぎ》をふくみ、やがて歪《ゆが》み、朽ちて、ついには虚しいものになってしまう。

老子が教えてくれたことは、そういうことである。

子説は愁眉《しゅうび》をみせた。

「老先生が旅立たれたあと、先生はどうなさるのですか」

「魯へ帰ることになろう」

この口調になんらためらいはなかった。

「国の乱が熄んでいなくても、ですか」

それでは、孔丘はおのれの主義と信念を棄てたことになるではないか。

「いや、乱は熄むであろう。季孫《きそん》氏はあらたな君主を立てる」

あまりにもはっきりと孔丘がそういったので、子説は瞠目《どうもく》したままであった。

当然、このあと、門弟のあいだで、孔丘の明確な予見が話題となった。孔丘の性格を知りつくしているといってよい閔損は、

「先生はときどき未来を透視なさる。きっと、あと三年で乱は終わりますよ」

と、明るくいった。

実際のところ、晋の首脳は昭公を飼い殺しにするつもりはなかった。昭公のあつかいに苦慮していたといったほうが正確であろう。去年、衛の霊《れい》公（名は元《げん》）が乾侯をおとずれて、みずから昭公を慰問した。これなども、

――晋ははっきりと解決策を示したらどうか。

という、無言の督促《とくそく》にもとれる。

晋は昭公を自国の一邑《ゆう》にとどめて、放置するしか能がないのか。そろそろ諸侯は、

盟主国である晋の政治力と外交力に疑いをいだきはじめるころである。

それをもっとも強く感じていたのが、短期の服忌《ふくき》を年末に終えた、晋の新しい君主の定公《ていこう》（名は午《ご》）である。

かれは新年を迎えて聴政《ちょうせい》の席に即《つ》くとすぐに、朝廷の運営者である五卿《けい》を招いた。

このときの五卿とは、

魏舒《ぎじょ》（魏献子《ぎけんし》）

士鞅《しおう》（范献子《はんけんし》）

荀躒《じゅんれき》（知文子《ちぶんし》）

趙鞅《ちょうおう》（趙簡子《ちょうかんし》）

荀寅《じゅんいん》（中行文子《ちゅうこうぶんし》）

という五大臣である。かれらが実質的には天下を経営しているとみてさしつかえあるまい。ちなみに荀氏は早くから二家に岐《わか》れ、中行氏と知氏は同等の威勢を保ってきたが、いまや知氏すなわち荀躒のほうが優勢である。

これら五卿がそろったところで、定公は、

「魯の季孫は国君を追放して擅朝《せんちょう》をつづけている。不忠の臣というべきである。かの者をとがめずにいることは、わが国の威信にかかわる。魯君に兵をそえて、帰国させようとおもう」

と、宣《の》べた。

いつまでも昭公を乾侯に置いたままでは、晋の無策を天下にさらすことになるので、春のうちに晋軍を出動させ、昭公を援護して帰国させることで、懸案をかたづけたいという定公の意向である。

この強い声をきいて、大いにあわてたのが、季孫意如《きそんいじょ》から賂《まいない》をうけとっていた士鞅である。すかさず、

「そのまえに季孫を晋に召しましょう。もしもこないようでしたら、それこそ不忠の臣であり、それから討伐なさったらいかがでしょうか」

と、機転をきかせた。冷や汗をかいたにちがいない。

五卿の討議をきいた定公は、けっきょく士鞅の意見を善《よ》しとした。それによって晋の朝廷は季孫意如を召喚《しょうかん》することにした。これが決定されるや、ただちに士鞅は密使を魯へむかって発《た》たせた。季孫意如に助言を与えたのである。

「あなたはかならず晋にこなくてはなりません。あなたに咎《とが》がおよばないようにはからいます」

密使をうけた季孫意如は、士鞅の厚意に感謝したあと、家人を呼び、

「まもなく、晋から正式な使者がくる。晋へゆく支度《したく》をしておくように」

と、いいつけた。

それぞれの帰国

魯《ろ》の曲阜《きょくふ》をあとにして、晋《しん》へむかう季孫意如《きそんいじょ》は、自邸をでるまえに、

「われは犠牲《ぎせい》になるために、祭場《さいじょう》へ曳《ひ》かれてゆく牛のようだ」

と、妻子にこぼした。むこうに着けば、晋の卿《けい》である士鞅《しおう》の陰助《いんじょ》があるはずだと心を鼓《こ》しながらも、ぶじには帰れまい、という恐怖がある。

晋から指定された地は、適歴《てきれき》、である。そこで尋問《じんもん》がおこなわれるらしい。適歴の位置は、魯の昭《しょう》公がとどまっている乾侯《かんこう》の東にあたる。なお、のちに黄河《こうが》とよばれる河水《かすい》は、このころ衛《えい》国でふたつのながれに岐《わか》れて北上している。乾侯は西側の河水のほとりにあり、適歴は東側の河水から遠くない、という両所の位置関係である。

家臣と二千数百の兵を率いて西行した季孫意如は、東側の河水を渡った。あたりに高い山はなく、高地といえば砂丘であり、緑の多い風景をみなれている意如にとって、心まで乾燥しそうであった。もっともまだ晩春であり、若い緑はこれからである。

道に特徴がなく、

——この道でよいのか。

と、不安にならざるをえなかった。が、半日もすすまぬうちに適歴に着いた。意如はすでにその地に会見場が設けられていたが、晋の卿の到着はまだであった。意如は係りの吏人《りじん》に、

「どなたがいらっしゃるのか」

と、問うてみた。

「荀氏《じゅん》がいらっしゃるとのことです」

ここに荀躒《じゅんれき》か荀寅《じゅんいん》がくる、ということである。

——士氏ではないのか……。

意如の不安は濃厚になった。荀氏がくるのであれば、せめて荀寅にきてもらいたい、とひそかに希《ねが》った。荀寅の女《むすめ》が士鞅の妻になっており、両家が姻戚《いんせき》関係にあるから、士鞅のてごころが荀寅につたわるはずである。

だが、三日後に到着したのは、荀寅ではなく、荀躒であった。

——手強《てごわ》い人がきた。

荀躒は人への好悪の烈しさを内含《ないがん》している。性質に毒をもっている人であるが、このころはまだその毒は露出していない。欲望が大きく、しかもその欲望を実現してゆ

く政治力をそなえている点で、じつは意如に似ている。それはそれとして、意如が脳裡《り》で画《か》いている晋の五卿の勢力図は、

——荀躒は魏舒《ぎじょ》に近く、士鞅と荀寅からは遠い。

というものである。ちなみに、趙鞅《ちょうおう》という卿は、その二勢力のどちらにも付いていない、と意如にはみえる。

荀躒と意如は会見の席についた。

予想通り、そこは尋問の会場となった。ただし荀躒は想《おも》っていたほど高圧的ではなく、感情の色をださなかった。

「わたしは、わが君にかわって、あなたに問う。なにゆえあなたは君主を逐《お》ったのか。君主がいるのに仕えないときには、周《しゅう》の法が適用される。よく考えてお答えなされよ」

厳粛《げんしゅく》そのものの口調である。

このときの意如の衣冠は、

「練冠麻衣《れんかんまい》」

である。ねり絹の冠と麻の衣は、喪《も》に服するときにつけるものである。すなわち意如は、死を覚悟してこの場にいる、と無言に表現した。

が、それをみた荀躒は、いぶかりもせず、おどろきもしなかった。君主を追放した

大臣のこころがけとしては、それくらいは当然であろう、とおもって意如を冷静に観察していた。

するすると席をおりた意如は、はだしのまま、地にひれ伏した。

「わたしが君主にお仕えしないのは、お仕えしたくても、君主が国にいないので、できないからです。刑法をのがれるために申しているのではありません。わたしに罪がある、とわが君がお考えならば、わたしは自邑の費《ゆうひ》にしりぞき、君のお調べを待つでありましょう。ただただ君のご命令に従う所存です。もしもわが先祖の功をお認めくださるなら、わが家を断絶せずに、わたしにのみ死を賜《たまわ》りたい。賜る死もなく、断絶もないのなら、それこそ君の恩恵です。身は死すとも、名は不朽と申せましょう。また、もしも君に随従《ずいじゅう》して帰国することができれば、まさしく本望です」

「ふむ……」

荀躒は平伏している意如を瞰《み》ながら、少々黙考した。これから意如が昭公に会って帰国をうながし、随行するかたちで魯へ帰るというのであれば、晋は調停をはたして、魯の内乱を斂《おさ》めたことになる。晋としても、荀躒にしても、どうしても意如を罰したいわけではない。要は、晋の国威を天下に示せばよいのである。

「あなたの意趣《いしゅ》は、わかった」

もしも意如が頑《かたくな》で利をむさぼるだけの大臣であれば、ここで捕らえて幽閉し、その間に、昭公を魯に帰すという手がないわけではない。荀躒はあらかじめそう考えていた。だが、昭公と意如の反目《はんもく》から生じた乱は、たしかにふたりの闘争ではあるが、それを私闘とみなすのはあまりにも軽率《けいそつ》である、と荀躒は考えなおした。その乱には魯国内の多くの士と大夫《たいふ》がかかわっており、意如を翼《たす》けてきた大夫のなかには仲孫《ちゆうそん》氏と叔孫《しゆくそん》氏という大勢力の当主がいて、昭公の帰国と同時にかれらが処罰されるとなると、火に脂《あぶら》をそそぐような事態になりかねない。そうならないためにも、

——魯君と季孫氏を和解させるのがよい。

と、荀躒は判断した。

「では、乾侯へ往きます。付いてこられよ」

乾侯にいる昭公に意如を面会させ、余人をまじえず、ふたりだけで話しあって、それからふたりそろって帰国してもらう。荀躒は脳裡にそういう図を画いた。

荀躒と意如が移動するさなかに、初夏となった。

さきに荀躒が河水（西側の河水）を渡った。

まず荀躒が昭公に会って、意如がこの地まできて、昭公を迎える用意があることを伝える必要がある。つぎに、それにたいする昭公の反応をたしかめなければならない。

昭公の寓居にはいった荀躒は、無表情のまま、人払いをしてもらった。

昭公は朗報を期待する目を荀躒にむけた。晋軍が自分のために動いてくれる、その

決定を報《しら》せにきてくれたのではないか。そういう目である。荀躒の表情に明るさがないことくらいわかりそうなものなのに、昭公は感性のどこかが欠けている。

おもむろに昭公のまえに坐った荀躒は、

「この地にまもなく意如が到着します。ここにくるまえに、われは君命によって意如の無礼を責めましたが、意如はけっして死をのがれようとしなかった。これ以上、あなたにもよけいなことを申すつもりはありません。あなたは、かれとともに帰国なさるがよい」

と、すこし声を強めていった。

とたんに昭公の目容《もくよう》にけわしさが盈《み》ちた。意如の名をきくことさえ、けがらわしいという顔つきで、

「晋君のご高配には感謝します。が、あの男には会いたくない。というより、会ってはならぬのです。もしも会えば、河水の神に誓ったことを棄《す》てることになり、わたしは罰を受けるでしょう」

と、いい放った。昭公は晋国にはいって河水を越えるときに、璧《へき》を沈めて、二度と意如には会わぬ、と誓ったのであろう。

——愚かな誓いよ。

荀躒はさすがに慍然《うんぜん》とした。昭公は晋へ亡命する際に、ふたたび河水を越えて帰国

できるようにと泗水の神に素直に祈るだけでよかったのに、私怨をさきにするとは、あきれた君主よ。そうおもった荀躒は、この調停がばかばかしくなり、いきなり自分の両耳をふさいで起《た》った。さらに小走りしながら、

「わが君は、魯君を帰国させられない罪を恐れておられた。しかし、こうなったかぎり、魯国の難《なん》をあずかり知らぬこととしたい。わが君にはそのように復命させてもらう」

と、あえて大声でいった。室外にいた昭公の従者にきかせるためである。

この声をきいて、はっと顔色を変え、まっさきに昭公の室に飛びこんだのは、子家《しか》羈《き》である。今日の調停をこばんでしまうと、昭公の帰国の道は永遠に閉ざされてしまう。子家羈は昭公の膝《ひざ》をつかまんばかりに、

「季孫とともにお帰りになるべきです。一慙《いちざん》を忍ばず、終身、慙《は》じるのですか」

と、烈しく訴えた。一慙は、一時の恥といいかえることができる。

鬱々《うつうつ》と考えこんでいた昭公は、

「わかった」

と、小さくうなずいた。意如の名をきいただけで嚇《かっ》となった自分を反省しはじめていた。だが、直後に、室内になだれこんできたほかの従者の息巻きによって、そのうなずきはかき消された。かれらはくちぐちに、

「意如を追い返しましょう。ご命令をくだされば、われらが意如を襲います」

と、荒々しくいった。

かれらの無謀の鋭気《えいき》をきらって退室した子家羈は、天を仰いで嘆息した。最初からかれらが昭公を誤《あやま》らせている。季孫邸に攻め込んで意如を追い詰めたときも、国外にでて晋へむかわず斉《せい》へ行ったときも、策略もなく鄆《うん》で戦ったときも、まちがった道を択《えら》んだ。いままたかれらは晋の定《てい》公と荀躒の配慮を足蹴《あしげ》にして、昭公を衰《すい》亡《ぼう》の淵《ふち》へひきずりこもうとしている。しかしながら、晋は今後いっさい魯の内紛にはかかわらない、と荀躒が明言したかぎり、昭公のために軍事的援助もしないことになる。その重大な事実を、かれらはみすごしているのではないか。意如への憎悪に凝《こ》り固《かた》まっているかぎり、かれらは君主の命運を淪没《りんぼつ》させ、みずからも不帰《ふき》の客になるだけである。かれらは君主を助けるふりをして実際は殺そうとしている。君主を殺す者は、おのれも死ななければならない。昭公を殺したがっているのは、意如ではなく、忠勇をいたずらにふりかざしている多くの従者だ。そういう実態を直視した子家羈は、苦悩しながらも、あきらめず、昭公を救う道がわずかでも残っていれば、その道を突き進もうとした。

憤然《ふんぜん》と意如のもとへ行った荀躒は、

「魯君の怒りはまだとけていない。あなたはとにかく帰って祭《まつ》り事《ごと》をなされよ」

と、いい、帰国をうながした。

「そういうことでしたら……」

荀躒の仲介の労に謝辞を献じた意如は、ためらわず、従者とともに帰途についた。

それを知った子家羈は、昭公の宅のまえに馬車をつけて、密《ひそ》かに昭公に面謁《めんえつ》した。

――これがわが君を救助する最後の機会だ。

そういう強い意《おも》いで、

「君よ、表の馬車にお乗りください。その一乗《いちじょう》をもって魯の師旅《しりょ》に飛び込めば、季孫はかならず君とともに帰るでしょう」

と、子家羈はいい、昭公をせきたてた。ここでの昭公は、

「否《いな》」

とは、いわなかった。子家羈の声が天からおりてきたように感じた昭公は、旅装に着替えることもせず、いきなり起って室外へ趨《はし》りだした。門前に停まっている馬車には御者《ぎょしゃ》もいない。昭公はその馬車に飛び乗って手綱《たづな》をつかんだ。

昭公にとって不運であったのは、馬車を発進させた瞬間を、臣下のひとりに目撃されたことである。

「君がお独《ひと》りで外出なさいましたぞ」

ひとりのわめきが、ふたりのわめきとなり、三人、四人のわめきにひろがるころに

は、

——君はわれらを棄《す》てて、意如に頼ろうとなさっている。

と、勘《かん》づいた者たちが、馬車を急発進させて、昭公を猛追しはじめた。

ほどなく昭公はかれらに追いつかれ、怒声にかこまれて、ひきもどされた。このとき、昭公の命運は尽きたといってよい。

この日から昭公は鬱憂《うつゆう》そのものとなり、二十か月後、すなわち翌年の十二月に、乾侯において薨《こう》じた。病死にはちがいないが、悶死《もんし》といいかえたほうがよいかもしれない。

「魯君がお亡《な》くなりになった」

この報《しら》せが、周都にいる子説《しえつ》と孔丘《こうきゆう》のもとにとどけられたのは、春闌《たけなわ》のころである。

すでに周都は、晋の主導によって、大規模な修築がおこなわれ、荒壊《こうかい》の跡《あと》は消えた。散見する花の風景は、わずかながら人々の心に平和のなごみを与えた。

——世を吹く風から、けわしさが消えている。

おそらく魯に吹く風もそうであろう。そう感じている孔丘にむかって子説が、

「この家は、今秋まで借りられることにしておきましたが、先生はいつ魯へお帰りですか」

と、問うた。

「晩夏には、発《た》つ」

孔丘は断言した。

「あっ、さようですか」

子説は目をかがやかせ、眉宇《びう》を明るくした。長い留学生活に厭《あ》きたわけではないが、自国に帰ることはなんとなくうれしいものである。

「魯君が他国で亡くなったので、帰葬させなければならない。つぎに、あらたな君主を定めなければならない。乱が熄《や》んだとはいえ、次代の政治体制がととのうのは、晩夏になろう。ゆえにわれは晩夏に発つ」

「そういうことですか。魯君の子のなかで、どなたがつぎの君主になるのか。ここにもむずかしさがあります」

昭公の子のなかで、意如にたいしてもっとも強い反感をいだき、意如を誅滅《ちゅうめつ》する計画をたちあげたのは、公為《こうい》である、と知られるようになった。晩年の昭公は公為の性質にあるずるさに気づき、後嗣《こうし》の席からはずし、弟の公衍《こうえん》を太子にしたらしい。

「諸公子のなかからひとりを選んで君主に立てるのは、なるほどむずかしい。へたをすると、ふたたび乱が生ずる。季孫氏を嫌わず、さからいたくもないのに、やむなく国外にでた公子がひとりいる」

「はて、その公子とは――」

子説は首をかしげた。

「襄《じよう》公の子で、君の弟である公子宋《そう》がそのかただ。つぎの君主は公子宋であろう」

「それは、それは……」

子説は意表を衝《つ》かれた。周の思想の特徴は、血胤《けついん》の正統を尊ぶところにある。が、王子朝《ちよう》の乱の原因と結果をみてわかるように、その思想は根を失い、揺蕩《ようとう》している。本家がそのようであれば、分家である魯の公室も、政治的配慮を優先して、後嗣の正否にこだわらない方法を求めることになる。

――孔先生はそれを非難なさらない。

意外といえば意外であるが、よくよく考えてみれば、意外ではない。孔丘はつねづね、その地位、その立場にいない者が、管掌《かんしよう》外のことがらについて発言してはならない、といっている。まして野《や》に在《あ》る者が、魯の公室の後継問題を論じてよいであろうか。

しりぞいた子説は、ほかの従者に、

「孔先生は晩夏に帰国するとおっしゃった。また、あらたな君主は公子宋になる、と予言なさった」

と、告げた。直後に子説の従者と孔丘の門弟は、喜笑《きしよう》におどろきをまじえて譟《さわ》いだ。

漆雕啓は閔損の耳もとで、

「先生はときどき予言なさるが、ことごとくあたっている。おそらく先生は魯君が客死することがわかっており、嗣君が公子宋になることを、だいぶまえに……、もしかすると、魯を発つまえに、わかっていたのではないか」

と、低い声でいった。

「そうですね……、あるいは、そうかもしれませんが、慎重なかたなので、確信がもてるまで、軽口《けいこう》をつつしんでおられたのでしょう」

「それにしても、先生には、なぜ未来のことがおわかりになるのか。それほど先生は筮占《ぜいせん》に凝っておられるようにはみえないが……」

軽くうなずいた閔損は、

「周都で入手なさった書物のなかに、易《えき》、はありますが、耽読《たんどく》なさってはいませんね」

と、孔丘の関心が八卦《はっか》にむけられてはいないことを語《つ》げた。ちなみに孔丘が易を好んだのは晩年であるといわれている。熟読しすぎたため、竹簡《ちくかん》をつなぐ皮紐を三度も切った。そのうえで、易の解説を多く書いた。それらの解説はひとまとめにされて、

「十翼《じゅうよく》」

と、よばれるが、後世の学者は、それらすべてが孔丘の作であるとはおもわれない、

と強い疑問を呈している。それはそれとして、十翼のなかにある「繫辞伝《けいじ》」は、易経概論《がいろん》といいかえてもよいが、倫理書ではなく、めずらしく哲学書というべきであり、そこにある言論の昇華《しょうか》は、すべての時代を超越する力をそなえていて、奇蹟的な名著といってよい。

さて、晩夏にさしかかると、老子《ろうし》は孔丘を呼び、

「そろそろここを閉じたい。そなたはどうするつもりか」

と、問うた。孔丘は平然としていた。

「十日後に、帰国する、と決めてあります」

「はは、さようか。では、われも十日後にここを発とう。われとそなたは元《もと》はおなじでも、むかう方向とすすむ道がちがう。おなじ日に、背なかをむけあって旅立とう」

十日後には、実際にそうなった。

老子の従者は五人であった。

――老先生は周文化を棄てるのだ。

門をでてゆっくりと歩き、おもむろに馬車に登って車中に立った老子を仰ぎみた孔丘は、そのように実感した。

周文化にとらわれない独自の思想を、老子はどこかで披露《ひろ》するのであろうか。老子は周都の教師という衣をぬぎ、おのれの思想の普遍性を求めて旅立つのかもしれない。

——老先生に棄てられたものを摭うのは、われだ。

という自覚が孔丘にはある。以前、老子は、周文化の正統な継承者はすべて亡くなり、残っているのはなかみのないことばだけだ、といったが、孔丘はそのことばをよみがえらせて実体化し、正しい過去をみようとしている。むろんことばを蘇生《そせい》させることによって、まちがった過去をみるおそれもあるが、孔丘はひるみはしない。自分がそれをおこなわなければ、過去は過去、古代は古代として、死物と化してしまい、中華の人々は大きな遺産を失うことになる。孔丘にはそういう自負がある。

だが、老子の背なかを瞻《み》ていると、

「帰る国と家があるそなたは、周文化を至上とする狭隘《きょうあい》な世界に、とじこもりにゆくのか」

と、いわれているような気がしないでもない。

そう考えはじめた孔丘にむかって、老子が手をふった。

——別れを告げる手か。

と、孔丘はおもったが、どうやらその手は、早く自分の馬車に乗れ、とうながしているらしい。

「さらば、です」

感慨《かんがい》をこめて老子に一礼した孔丘は、馬車に乗った。それを待っていたかのように、老子の馬車が動きはじめた。それにつづく馬車は一乗だけである。老子はふりかえらなかった。おのれの過去もみないということであろう。

「やってくれ」

と、孔丘が、手綱を執《と》っている閔損に声をかけたとき、六年余の留学が終わった。

この留学を陰《かげ》で支えたのが子説であることは、言《げん》を俟《ま》たない。

周都をでたこの集団が東へ東へとすすむうちに、暑気が隤《お》ちた。

済水《せいすい》ぞいの道に涼風がながれるようになった。

孔丘はいそがなかった。

ときどき馬車を駐《と》めさせて、川辺に立ち、水のながれをながめた。その後ろ姿を視《み》て漆雕啓は、

——先生は川がお好きだからな……。

と、微笑した。

周都の北をながれる河水の水が済水にながれこみ、魯の西北を通り、斉に達して、海までゆく。それが周文化のながれであるとすれば、海のかなたにある島国までとどくのであろうか。

孔丘の袂《たもと》がひるがえった。子説が孔丘に歩み寄り、

「あと四日で、曲阜です。先生がお帰りになることを、わが家と教場《きょうじょう》にさきに告げま

す」

と、いった。二十歳になった子説の容姿に精神の輪郭があらわれるようになった。

孔丘のうなずきをみた子説は、すぐに従者に指示して一乗の馬車を発たせ、ついで漆雕啓と閔損に話した。

「よし、われがゆこう」

漆雕啓はひとりの門弟を誘って、先行する馬車を追うように出発した。

三日後に、孔丘は曲阜の郊外に到った。

視界に一乗の馬車の影が生じた。

閔損は前方を凝視していたが、やがて、

「あの馬車には、伯魚《はくぎょ》さまと冉伯牛《ぜんはくぎゅう》どのが乗っておられます」

と、喜びの声を揚《あ》げた。孔家の父子関係のむずかしさを、幼いころから知っている閔損は、伯魚すなわち孔鯉《こうり》のほうから父に近づいてきたことを祝福した。ただし、孔丘が常人《じょうじん》ではないだけに、その子でありつづけることのつらさを想像するに難《かた》くない。それでも孔鯉が父を出迎えたのは、覚悟の上での行為であろう。閔損は孔鯉の心情を察して、

——よく決断なさった。

と、涙がでそうになった。

（下巻に続く）

初出誌
「文藝春秋」二〇一八年一月号〜二〇一九年十二月号
「オール讀物」二〇二〇年三・四月合併号、五月号
単行本
二〇二〇年十月　文藝春秋刊

文春文庫

孔《こう》丘《きゅう》 上

定価はカバーに
表示してあります

2023年10月10日 第1刷

著　者　宮城《みやぎ》谷《たに》昌光《まさみつ》

発行者　大沼貴之

発行所　株式会社 文藝春秋

東京都千代田区紀尾井町 3-23　〒102-8008
TEL　03・3265・1211㈹
文藝春秋ホームページ　http://www.bunshun.co.jp

落丁、乱丁本は、お手数ですが小社製作部宛お送り下さい。送料小社負担でお取替致します。

印刷・TOPPAN株式会社　製本・加藤製本　Printed in Japan
ISBN978-4-16-792106-4

宮城谷昌光
楚漢名臣列伝
秦の始皇帝の死後、勃興してきた楚の項羽と漢の劉邦。覇を競う彼らに仕え、乱世で活躍した異才・俊才たち。項羽の軍師・范増、前漢の右丞相となった周勃など十人の肖像。
み-19-28

宮城谷昌光
三国志　全十二巻
後漢王朝の衰亡から筆をおこし「演義」ではなく「正史三国志」の世界を再現する大作。曹操、劉備など英雄だけではなく、将、兵、そして庶民に至るまで、激動の時代を生きた群像を描く。
み-19-20

宮城谷昌光
三国志外伝
「三国志」を著したのは、諸葛孔明に罰せられた罪人の息子だった（「陳寿」）。匈奴の妾となった美女の運命は（「蔡琰」）。三国時代を生きた、梟雄、学者、女性詩人など十二人の生涯。
み-19-35

宮城谷昌光
三国志読本
「三国志」はじめ、中国歴史小説を書き続けてきた著者が、自らの創作の秘密を語り尽くした一冊。宮部みゆき、白川静、水上勉らとの対談、歴史随想、ブックガイドなど多方面に充実。
み-19-36

宮城谷昌光
三国志名臣列伝　後漢篇
怜悧な頭より「孝心」が尊ばれた後漢時代。王朝末期、外戚と宦官に権力が集中し人民は疲弊、やがて「黄巾の乱」が起きる。国家の危機に輩出した名臣・名将七人の列伝。　（湯川　豊）
み-19-45

宮城谷昌光
華栄の丘
詐術とは無縁のままに生き抜いた小国・宋の名宰相・華元。大国・晋と楚の和睦を実現させた男の奇蹟の生涯をさわやかに描く中国古代王朝譚。司馬遼太郎賞受賞作。　（和田　宏・清原康正）
み-19-34

宮城谷昌光
沈黙の王
中国で初めて文字を創造した商（殷）の武丁の半生を描いた表題作に加え、「地中の火」「妖異記」「豊饒の門」「鳳凰の冠」の全五篇を収録。みずみずしい傑作集。　（湯川　豊）
み-19-37